笑笑书生 作品

关不上 的 门

中国出版集团
现代出版社

图书在版编目（CIP）数据

关不上的门/笑笑书生著. --北京：现代出版社，2017.6
ISBN 978-7-5143-4971-9

Ⅰ．①关… Ⅱ．①笑… Ⅲ．①中篇小说－小说集－中国－当代
②短篇小说－小说集－中国－当代 Ⅳ．①I247.7

中国版本图书馆CIP数据核字（2017）第118774号

关不上的门

作 者	笑笑书生	
责任编辑	李 鹏	
出版发行	现代出版社	
地 址	北京市安定门外安华里504号	
邮政编码	100011	
电 话	010-64267325 010-64245264（兼传真）	
网 址	www.1980xd.com	
电子邮箱	xiandai@vip.sina.com	
印 刷	北京一鑫印务有限责任公司	
开 本	710×1000 1/16	
印 张	15	
版 次	2017年6月第1版 2022年7月第2次印刷	
书 号	ISBN 978-7-5143-4971-9	
定 价	45.00元	

做跳涧虎，还是插翅虎

◎ 王十月

小说家楚桥说，你一定要读书生。

书生是谁？我为什么一定要读？

书生是我的好基友，当年你在深圳时，你是我最好的基友，你不在深圳了，书生是我最好的基友。

好吧。虽然我极不喜欢取代我的家伙。

你们一定能成为好基友。楚桥补充了一句。

于是，我读了书生的小说。当时我的心情不怎么好，这两年来，我的心情一直不好。这操蛋的世界，有太多让人愤怒的东西，让一个稍有良知的人，都无法做躲进小楼的书生。

我没有读进去，我对楚桥说，我不喜欢书生的小说。

后来，加了书生的微信。读书生微信上的文章，我成了他的粉丝。

书生谈金庸，谈古龙，谈武夫与侠者的江湖，谈的却是当今的人心世道。

这是个智慧的家伙。

这是个对世界有态度的人。

一个将态度巧妙地表达出来的人。

好吧，我觉得，我应该再来读读书生的小说。

《糟糕透顶的休息日》。

冗长沉闷的描述，琐碎的生活细节，似是而非的故事，充满暗示的语言，让读者感觉，每一处看似随意的描写，都是深有用心，都是机关遍布，都不可忽略，他把无聊的东西写得煞有介事，你知道，后面一定会有出奇不意的地方。这是小说家惯用的路数，骗不了我这种常年累月专业读稿的老司机。这种压着写的手法，让人不自觉地想起加缪的《局外人》，我承认，这也是勾着我一直读下去的原因之一。果然，小说结尾处，意外出现了。小说中的主人公，在电视新闻里发现，自己居然是杀人嫌疑犯——再次让人想到局外人的局外感——读到此处，再回想文中人物前面处处的行为，果然十分可疑！书生当然知道读者和小说中的主人公一样急于想知道那个叫习莽的家伙究竟是不是杀人犯，事实真相如何？书生将读者所有的疑问都堵死了，他有意把读者引进迷宫。

由此可见，从技术层面来说，书生也是个老司机。

真相只有一个。但这个真相，书生没有告诉大家。

书生写的是习莽，不是柯南。

应该说，这是一篇布局精巧的小说。

再读书生其他的小说，《关不上的门》《重温旧梦》……发现书生的小说，多是那种观念先行的小说。他大约是个智力超群的家伙，很得意于在读者面前展示他的智力；他又博读了许多的书，特别是一些冷门书，他乐于在小说中将他所知的那些冷门知识塞进去，造成阅读的隔离感；他不是个好好讲故事的人，甚至是个反故事的人，每当他成功地将读者带入故事时，总是立刻故意将读者从故事里推出来，他告诉读者，你要开始思考了，哲学的、艺术的、科学的、人文的……总之，你不要被故事所迷惑。

他将一些现代派的小说技巧打包乱炖。

应该说，我和他的小说观不一样。我写小说，无论怎么包装，骨子里是现实主义者，而书生是现代主义者。果然，我从他谈论文学的文章中印证了这一点。他对现实主义多少有些微词。好了，不争论这个问题。托尔斯泰和乔伊斯都是伟大的小说家，虽然在我看来，托翁更伟大。我是想说，如果书生的小说，在形而上的思考之外，在技术的眼花缭乱之外，再对我们这个时代的真实有更深入更准确的思考并通过小说表达出来，那就是给老虎插上了翅膀。

做跳涧虎，还是插翅虎，这是个问题。

书生谈文学的文章，才华多得漫了出来，他读过那么多的书却不是书呆子，他有那么多的想法和见识。相比他的小说而言，他在微信上谈江湖的文章，谈读书的文章，更加自由无拘，而在写小说时，文笔相对拘束了。大约，是他读了太多大师的小说，在写小说时，知道了深浅，知道在大师面前自己的渺小，显得有那么一丢丢不自信了。

给人写序，而说了坏话，似乎不合国情。好比请你吃酒，却要指点菜烧得不够好。

书生雅量，大约不会计较这些。如果书生要计较，我就说，我是将他和他喜爱的大师在比较，如果放在当下的文学圈，书生，猛人一枚也。

小说家楚桥说，你一定要读书生。

楚桥是个诚实的人，也是有文学眼光的人，更是骄傲的人，他轻易不夸人。

那么，读读书生吧，效果怎么样，谁读谁知道。

王十月，1972年生于湖北石首。迄今已在《人民文学》《中国作家》《十月》等刊物发表小说、散文二百余万字。出版有《无碑》《迷岛》《收脚印的人》等。长篇小说《无碑》入选中国日报评选"2009年度10大好图书"，"过去十年中国文学十五部佳作"（排第九名）。曾获第五届鲁迅文学奖、第三届冰心散文奖单篇作品奖、《中国作家》鄂尔多斯文学新人奖、广东省五四青年奖等。

每一天都糟糕透顶

◎ 曾楚桥

夜已经深了，书生还在外面荡游。进入每一条街道，他都要抬头望天，不是天空有多吸引人，而是生活有时候需要仪式感。比如一件长衫，一定要白色的。白色就代表了一种仪式。书生去年参加某文学颁奖会，那一袭洁白的长衫，曾给女粉丝们留下深刻印象。书生期待再一次站在演讲台上，当然少不了要一袭洁白的长衫，谈不上吸粉，也许是需要那一袭长衫来掩饰他单薄的身体。此时，还差十分钟十二点，女儿这个时候睡了吗？想到女儿，书生就心里一阵刺痛。加快脚步要往家里赶。

我其实和书生是一类人。我也喜欢夜游。书生和我稍为不同的地方，在于他的夜游有时是被逼的。书生经常加班，每次深夜回家，都不由自主地想要写诗。在寒夜里，那些会跳舞的文字，每一粒都是有温度的。路过广场时，书生会想到破碎成颜色各异的羽毛。还会想到，有些骨头，未必是高贵的。我有时也想，夜游是一只黄狗。它不合时宜的吠叫声，让夜空也矮上三尺。

在家里时，书生大多时间都躲在书房里。书房里散发出来的气味是一剂良药。除了不能治愈他多年的鼻炎外，能让他安静下来，烫心贴肺一样舒适。客厅到书房的距离有多长？书生其实心里是清晰的。他想起白天看到的那些脸。那些脸有时会模糊成一幅印象派的画。凡高？凡高肯定是一个好名字。他有一只血淋淋的耳朵。那是因为爱。书生也有爱。他的爱全溶化在女儿粉藕一样的小手中。

在客厅里，书生总是抑止不住地想要变成一只大甲虫。甲虫能置身事外吗？显然也是不能的。但甲虫至少可以偶尔地麻木一下神经。他有点无奈，一些曾经很熟悉的人，会变成可怕的陌生人。好友Z在微信里@他：深夜里读加缪是危险的，容易让人短暂地失忆。书生笑了笑，他没有读加缪（他不是讨厌《局外人》，相反，他非常欣赏这本书，但他不想成为局外人）。轻轻翻过书的封面，是《微暗的火》。有火就有光，他的生活里要有光，还要春光明媚。

在春天里，书生要做一盏灯，为一个叫王莼莼的女孩子。他曾想照亮她的一生。但是这盏灯还没有开始做，就因为一张潦草的画作，将书生钉在流氓的耻辱柱上了。书生偶尔回想，那一年的五月，樱桃还没有完全成熟，他就发现自己有点变声了。少年时的一次冒险，在漫长的春夏，像一声巨响，一直震荡在书生怯弱的心里。

许多年之后，书生才发现自己最强大的地方是在自己虚构的王国里。这时候书生便是王，是唯一的王。在自己的王国，他想流放谁就流放谁。没有人敢心存不轨。高兴时，书生让人坐风筝飞上天，心情不好时，书生处死一个人就像踩死一只蚂蚁一样轻而易举。书生喜欢用文字将自己掩藏起来。文字背后那个书生，其实向往苏东坡和令狐冲那样的生活。有一身的本领，有小李一样快的刀，当然也要有独孤九剑，屠尽天下恶人和贪官。

谁在窗外夜莺一样鸣叫？难道夜莺也需要表达吗？真是无解。

书生心烦意乱地在记事本上写下一个人名：习莽。他不知道为什么就喜欢上这个名字。冥冥中，他觉得这个名字和自己有着千丝万缕的关系。他觉得习莽就像失散多年的兄弟一样亲切。习莽姓李？对书生来说，姓什么不重要了。重要的是，他总是在关键时刻，或者说在别人最需要呼吸的时候，扼住了人家的喉咙。那一刻，习莽是混乱的。书生解释说。其实不用解释，读者是聪明的。人们有理由相信，习莽在某个时刻就是书生。身体不属于自己时，混乱就开始了。书生能感受到那种混乱丛生的无所适从。在无法处理时，只好放任自由。他刚刚在电脑里打出一个标题：《糟糕透顶的休息日》，突然就听到窗外传来大人斥骂孩子的声音。他决定让习莽在休息日里好好地和陌生人说说话。

习莽其实不是一个好色的男人，他对女人的性暗示无动于衷，证明他是个正人君子。他盯着那女子裸露一半的乳房看时，心里想的却是白云苍狗。世事真是奇妙啊。下一刻会发生什么呢？新闻联播里的杀人犯会被绳之以法吗？女主播痛哭流涕的样子让书生心里极不舒服。但他又不能不让她哭一会儿。因为这世界充斥着大量假惺惺的同情，甚至爱情。

没有爱情。谁想要爱情，谁就是傻子一个。

习莽也没有。他一个人在休息日到处荡游，十足一个流氓。

我发信息给书生：别和习莽耿耿于怀了。来沙井吧。沙井有永兴桥。一座见证过爱情的桥。

书生在某个有阳光的日子来到沙井。但他没有心情参观永兴桥。他一来到就跟我发脾气，骂个不休。

书生说，科塔萨尔是个坏蛋。

书生说，王尔德是个坏蛋。

书生说，纳博科夫是个坏蛋。

书生差一点说我也是个坏蛋了。他望着我，摇摇头，冲口而出的却是，你老哥喝酒不行。

我说我写字行。书生就要我给他的小说集写个序。我自然不敢推辞。只是我这么写序，十月兄会笑我么。

书生说，没关系，我到时送他一匹好马，他想要一匹马好久了。

好，那就要一匹马吧，可以追回糟糕透顶的每一天。

　　曾楚桥，男，广东化州人。从 2007 年至今，已在《收获》《人民文学》《中国作家》等全国文学期刊发表文学作品一百二十余万字。小说曾入选《中国文学大系 2007 年短篇小说》等多种文学选本。著有小说集《观生》《幸福咒》。

我们到底需要什么样的文学

——以小说为例

在《文学讲稿》的开头，纳博科夫再次重复了那个有关文学创作的隐喻：一个孩子从尼安德特峡谷里跑出来大叫"狼来了"，而背后果然紧跟着一只大灰狼——这不成其为文学，孩子大叫"狼来了"而背后并没有狼——这才是文学。那个可怜的小家伙因为扯谎次数太多，最后真的被狼吃掉了纯属偶然，而重要的是下面这一点：在丛生的野草中的狼和夸张的故事中的狼之间有一个五光十色的过滤片，一副棱镜，这就是文学的艺术手段。

就是"这一点"，不但揭示了文学创作的核心秘密，也指导甚至规定了真正的写作应该如何进行。

故事？如果可以，赶快编一个，如果不能，也没什么大不了

通过"狼来了"的隐喻，纳博科夫抛出了他对于作家身份的定义：他是讲故事的人（三个方面之一）。这个定义被莫言直接用作诺贝尔颁奖典礼上的演讲主题。而2013年诺贝尔文学的获得者门罗在接受采访时则直言不讳地说："我永远都在编故事。"这些观点很容易引导我们走向一个看似绝对、当然也可能是经验之谈的结论：没有故事，就没有写作。

太多作家把故事作为文学创作的起点与终点，其唯一的区别在于：大作家

讲了一个精彩的故事，坏作家则讲了一个拙劣的故事。把故事等同于文学尤其是小说创作的作家，古今中外，生者逝者，如果排成一排，大概也可以与优乐美奶茶一争长短了。对此，很难说我们应该庆幸，还是不满。

尽管故事是编造的，但故事总是产生在事实的阴影里，就像苔藓总是生长在阴湿的墙根。毛姆写作，必须在自己见闻和思考的基础上进行，那部他写得眉飞色舞、我们读得津津有味的《寻欢作乐》，就是以托马斯·哈代为原型的——他的一再否认反而让我们对这个判断愈加坚信；半自传体的《人性的枷锁》更不用说，里面处处晃动着他自己敏感、孤傲的影子。有人甚至断言，一名作家的前五本作品都会自觉不自觉地写他自己的经历。

这里就涉及到另一个问题：故事和真实之间的区别是什么？或者说，可否通过故事（也就是文学作品）去了解社会事实呢？某种程度上是可以，但更多的情况下恐怕会弄巧成拙。因为，无论作家写的故事多么真实，那也是文学的真实，而非生活的真实。此亦一真实，彼亦一真实，彼此之间，隔着一层有色玻璃，看起来花也不是那朵花、星星也不是那颗星星了。

这里不妨比较一下文学与历史两个概念。文学和历史都讲求真实，但实现的方式却大相径庭：前者大体借助想象和艺术，对它的基本要求是务必集中、具体、生动，最终通向情感的强烈刺激和记忆的鲜明深永；而后者多半通过考据和分析，它表现出的克己美德是扣住表象，有一说一，断定已然，最终形成事实的记录。因此，如果要了解真实生活，不妨去读历史著作或者新闻报道；而如果想深挖事物的本质、洞悉人物的心理、甚至品咂艺术的精妙，那最好去阅读文学作品。书籍与读者的天然距离保证了后者的"安全"：《少年维特之烦恼》那颗子弹绝对不会穿透你的胸膛，《红楼梦》里的冷香丸肯定治不好你的热毒，唐僧念的紧箍咒也不会从透过《西游记》的纸页使你头痛欲裂，那双推开孙柔嘉身体的小孩子的手更不可能从《围城》里伸出来撩拨你的梦境，但却足以令你或哀、或乐、或怨、或怒、或恋、或骇、或忧、或惭，并忍不住拍案叫绝："善哉善哉！如是如是！"

值得注意的一个现象是，故事在成为作家法宝的同时，也在不断遭遇来自堡垒内部的挑战。一个好故事，固然可以成就一篇好作品，但一篇好作品却不一定依赖于一个好故事。萨瓦托曾经提到：莎士比亚采用过二流作家用过的平庸素材，但他写出了伟大的悲剧，这意味着情节几乎等于"零"。格非注意到，在博尔赫斯"一生的创作中，有一个逐渐远离的淡化故事的总体趋向，尽管这样一个趋向并不能覆盖所有的事实——作者晚年仍然没有放弃写作单纯故事的癖好。"而汉德克对故事的抗拒则显得既直白又偏执："我讨厌情节，我本就不是一个擅长耍诡计的人。"

熟悉文学史的人不难得出这样的结论：越到后来，故事和情节在文学创作中的地位就越淡化、越边缘，尤其是在现代主义和后现代主义兴起之后，把以故事为生的传统现实主义衬得愈发肤浅和笨拙了。我们看《洛丽塔》，看《尤利西斯》，看《追忆逝水年华》，看《北回归线》，看《莫菲》和《马龙之死》，实在找不出什么动人的故事情节来，而且令人恼怒（或许应该用"惊叹"一词）的是，当我们试图对这些作品作个简述时，反而把一些宝贵的东西给丢弃了。从讲故事的角度来说，贝克特们写得最好的小说甚至都无法和大仲马们的二流作品抗衡；但我们不得不承认，前者超越了后者，20世纪超越了19世纪。

狄德罗在《达朗贝尔》里创造了一句名言："没有一个花匠会在玫瑰的记忆里死去。"同样，作家们也没必要在故事的牢房里生老病死。打破铁窗，冲破天花板，外面天朗气清，云淡风轻，文学的世界美好如斯。

为你所处的时代、而非别的任何时代的读者而写作

你在为谁写作？帕慕克也经常被问到这个问题，他的回答是："不管他是国内还是国际作家，他们都在为理想的读者写作，首先，他们会想象有这么一个理想的读者，然后在创作时，他满脑子里还得时刻不忘这个人。"

作家为谁写作的问题，其实就是作家希望谁来阅读和欣赏自己作品的问题。在20世纪初期的中国，许多作家宣扬自己是为"穷人"、"无产阶级"或"社会上占大多数的最贫苦、最受压迫的人"写作的。这些思想纯正、心地善良的人或许并非不知道，假如他们完全践行他们的写作志向的话，那只不过是在为一群几乎不识字、不读书的人而写作，他们的辛苦劳作很可能连自己都养

活不了，更别提上奉父母、下养子女了。显然，他们的回答既不诚实，也不符合人性。

也有作家说是为喜爱他的人、为他们自己而写作的，或者，他们不为任何人而写作。不过，这些只能算是特例，姑且存而不论。

事实上作家只能为自己所处的时代写作，只能为活着并有可能看到他作品的读者写作。尽管不少作者都抱着司马迁"藏之名山，传之其人"的想法，但没有人能预料到明天会发生什么，更没有作家会预料到后世读者的口味，因此也无法为相隔几代的读者提前奉上一盘合乎他们需要的宫保鸡丁或者黄焖鱼翅。换句话说，你刻意为后世读者写作，后世读者也未必会买你的账、领你的情。不排除有些作家在世时乏人问津，死后几百年却像文物似的被发掘出来，引来赞美如潮、知音如云；但这也只能算是非典型案例。总的来说，你还是在为你所在的国家、你同时代的读者写作。只有他们能读懂你的作品，只有他们在为你的作品花费金钱和时间。当然，如果你足够杰出和伟大，能够成为帕慕克所说的"国际作家"，那你还可能借助翻译影响到其他民族、其他语言的读者；在媒体的全球化时代，这已经不是什么稀罕的事了。

这就涉及一个时代审美的问题。对于文学创作来说，一个时代自有其独特的氛围、独特的生活方式和独特的阅读需求。时代不同，读者不同，创作也要随之改变。不变，是等死；当然，如果乱变，那是作死、找死。必须变得其法、变得其度，方能不负时代、不负读者，甚至"移一时之风气，示来者以规则"。

完全不考虑读者的作家很可能是自恋癖加自大狂。对读者的适度尊重不但是作者的品德要求，也是作者写作策略必须面对的问题。但是，读者选择一本书，通常是感性的、随机的，充满了偶然性和不确定性；为购买一本书查阅大量资料、咨询许多朋友、从而确定某个购买对象，这种事就连"高级读者"都不会做。因此，读者通常并不清楚他想要哪个作家、哪种风格的作品。乔布斯一向反对无原则地迎合消费者："不用去问他想要一个什么产品，因为他可能说他想要一匹马。"同样，我们也很难想象马尔克斯在波哥大街头拉住一个中年男人问道："你想读一本什么样的书？"那他的回答绝对不会是《百年孤独》或《枯枝败叶》，而很可能是《如何找到翻倍的股票》，或者《40岁以后泡妞心法大全》。不过我们不能不承认，马尔克斯在世界范围内创造了一大批高水平的读者。

过于迎合、迁就读者的作家是胆小鬼。这类作家确实更有可能"成功"——在经济上成功，在名声上成功；但他们往往会输掉更多、更重要的东西——作品自身的创造性、严肃而富于水准的评介、高雅读者的真心佩服，以及文学史上应有的地位等。报纸或网络上经常看到一些畅销书作家拿"市场"和"销量"的砖头去堵评论家的嘴巴："我的书要是那么不堪，怎么可能有这么多读者去买、去读呢？你以为大家都是傻瓜吗？"携众自矜、倚多忘形。岂不知在任何时代，都会发生几起大家莫名其妙争读一部三流作品的社会"事故"。不禁想起钱钟书在《英国人民》一文引用到的妙句："需要多少傻瓜凑成一般读众？"

最可悲的是连读者（包括一般读众）都不会讨好的作者。网络写手月关在《我对文学困境与突围的看法》一文里转述某地一位作协领导的话，就是对这类作家的最好描述："愁人呐，我们的一些作家，自恋呐，不肯进步，一写就是农村，一写就是三十年前的农村，再不然就是城乡结合部，内容文风不肯改变，写出东西来自己陶醉得一塌糊涂，可读者根本不买账。"

21世纪的中国和世界，2014年的读者与受众，需要与之相应的创作观念与创作策略。如果你不能创造一流读者，就请引导普通读者；如果你不能引导普通读者，就请顺从他们，如果你连顺从都做不到、做不好，那么，干脆趁早改行吧，做快递员或餐厅服务员都行——听说前者的工资已经过万了。

未经文学"棱镜"过滤的作品，只是一具文字的木乃伊

假如我们回到纳博科夫"过滤片"和"棱镜"的说法，不难得出这样的观点：文学是创造，小说是虚构（"撒谎"）；经过文学"棱镜"的照射与过滤之后，世界焕然一新，艺术宣告诞生；这个时候的作家不仅是"讲故事的人"，更是魔法师和发明家。

原生态的世界是既真实而又混乱的。"写作的艺术首先应将这个世界视为

潜在的小说来观察，"纳博科夫兴高采烈地说，"不然这门艺术就成为无所作为的行当。我们这个世界上的材料当然是很真实的（只要现在还存在），但却根本不是一般所公认的整体，只是一摊杂乱无章的东西。作家对这摊杂乱无章的东西大喝一声：开始！霎时只见整个世界在开始发光、溶化又重新组合，不仅是外表，就连每一粒原子都经过了重新组合。"重新组合后的世界，风不再是原来的风，人不再是原来的人，而是经过艺术家以其独一无二的方式创造的新事物、新体系，是艺术家魔法与发明能力的结晶。

至于一些平庸的作者，只会笨拙地把客观世界的毛坯事物有闻必录地照搬到纸上，桌子就是桌子，茶壶就是茶壶；他们恨不得把一只鸡有多少根鸡毛都要数出来，把每根鸡毛都是什么颜色都要区别开来，却全然不关心这只鸡的喜怒哀乐，以及它与这个世界的关系；他们只会装饰平凡的事物，习惯于从古旧的程式里翻检几件自己用得着的破家当；他们不懂得寻找新形式，也不操心创造新天地。这些可怜而又可笑的文字的搬运工！他们炮制的产品只是一具文字的木乃伊，干枯而丑陋，有时还很吓人。一些粗心的读者有时会受到这些玩意的蛊惑；但在公正无私的时间的判官面前，它们注定只有一个归宿：一只铁皮垃圾桶，或者一口劣质的桐木棺材。

追求艺术的真实固然是文学的重要甚至根本目标，但艺术的真实并非一个有着固定形式、固定标准的概念。真实也在随时代的变化而变化。19世纪的真实跟20世纪不同，20世纪的真实跟21世纪也存在差异。在雨果、狄更斯、巴尔扎克、陀思妥耶夫斯基、托尔斯泰等人的小说里，他们的读者能够辨别出小说家笔下的每座城镇、每条街道、每栋房子、每间酒馆，甚至每把椅子、每只酒壶。这当然是追求"真实"的结果。但是到了20世纪前半叶，传统的现实主义向现代主义、后现代主义过渡，真实的意义也得到相应的修正。文学关注的重点从客观层面走入心理、精神层面，而且在文体、结构和写作技法上突飞猛进，在真实性的发掘与营造上更是达到了前所未有的深度与广度。

鉴于文学史上各种流派都拥有相应的哲学思想、创作法则、书写策略与文体特征，不妨把这些主要流派各自视作一块棱镜：简言之（这种表述意味着无法避免的漏洞），通过现实主义的镜面，以托尔斯泰为首的同行们发现了客观世界的颜色与形状；借助浪漫主义的镜面，雨果带领着他的队伍洞悉了人类情绪的结构与分量；透过现代主义的镜面，卡夫卡、乔伊斯、加缪、贝克特们解剖了社会个体的存在困境；穿过后现代主义的镜面，艾柯、巴思、品钦、冯尼古特、巴塞尔姆等人引领一批追随者进入了人类社会的精神混沌。在不少人看来，这些流派并无高下优劣之分；但在另一些人眼里，后来者站在前辈的肩膀上，多少总会占些便宜。

至于我们这个时代的作者，在已经仙逝的伍尔芙、福克纳、卡尔维诺、博尔赫斯、富恩特斯等大师级人物留下了大量遗产的背景下，在我们身边的莫言、马原、苏童、余华、格非、阎连科、薛忆沩等一大批重要势力正在殚精竭虑执着创造之时，在 21 世纪已经迈入第 14 个年头之际，如果还在以 19 世纪之前的手法写 30 年前的篱笆、女人和牛屎，不知道别人，反正我自己挺不好意思的。我又想起了快递员这个很有"钱途"的职业。

风格和结构是文学的灵魂，决定一部作品的高下与成败

创作一部文学作品，可以有各种各样的动机：喜欢、炫耀知识、追求真理、感到孤独、为了游戏（就像一个孩子玩弹球、毽子或铁丝一样）、批评和自我批评、同别人进行交流、扫除心灵中的垃圾、表达对土地的感情、对虚构和撒谎的爱好；或者因为不能做其他事情；或者"好比我长了一个疖子，不等疖子熟，就非得把脓挤出来不可"；或者"因为我不是个出色的游泳者"；更有甚者"为什么写作的问题，我自己也搞不清楚"。

文学创作的动机，影响到文学作品的品位和地位。在某些历史时期，崇高的道德意识和强烈的批判意识使文学成为讲台、教堂、传单、喇叭、匕首或手枪，就是没有使文学成为文学本身。而批评家们也习惯了在文学作品里挖掘"道德寓意"和"终极关怀"，误导许多懒散的读者人云亦云地以为作家首先应该是道德家和革命家。我很奇怪，文学家从来没有向政治家、思想家、哲学家、历史家、教育家、社会学家、文学评论家们索要"文学性"和"艺术性"，而大家（这么多"家"合起来，不是"大家"是什么！）却合起伙来向文学家追讨"社会意义"和"社会担当"，仿佛文学家是他们天生的债务人。作为社会关系的产物，文学固然可以承载五光十色的社会内容，可以思考一个社会、一群人、一个国家甚至整个世界；但是，如果因此把文学的描述对象看得比文学本身还要重要，那就混淆了主次、颠倒了本末。再怎么说，作为原材料，面粉也不可能代替面包。

因此，假如从实用的角度来看，面包师傅根本用不着在面包的形式、色泽、味道上花费太多的精力——除非肚子对充饥的要求上升到了"艺术"的高度。对于作家来说，把生活、环境、人物、故事等面粉经过发酵、塑型、焙烤、冷却等过程加工成像刚出炉的面包一样活色生香的文学作品，是最基本的要求。这就促使他们必须尽可能地去除一些过于功利性的动机，把功夫花在艺术结构的经营和艺术质地的呈现上，保证最终的"风格"（就像面包的口味）迷人而富于魅力。

"如今我是一个死人，成了一具躺在井底的死尸。尽管我已经死了很久，心脏也早已停止了跳动，但除了那个卑鄙的凶手之外，没人知道我发生了什么事。"帕慕克的《我的名字叫红》的开篇让阎连科觉得"神奇而又美妙"，并因此"想到马尔克斯在《百年孤独》中那句让无数作家着迷的开头。"接下来，你还会听到一只狗的叙述，一匹马的叙述，一枚金币的叙述，各色人物的出场和发声，构成了这部小说的基本框架，也决定了它的叙述基调；而在我们阅读它的过程中，我们能从每一个句子里感受到作者对这个世界的不安与思考，也能在每一个段落里领略到作者少见的细腻、诗意、柔情，以及不经意的幽默。

在分析《尤利西斯》的"艺术"时，茨威格显得激情四溢，并把同是读者的我们也带入了这种激情："它并非按照建筑术和雕塑术表现出来，仅仅见诸文字。詹姆斯·乔伊斯乃是纯粹的魔术师，一个语言上的半芳蒂人——我相信，他说10句或12句外国话，却从自己母语中取来一种崭新的句法和一种夸张的词汇。他控制着从最精致的超感觉的表达方式直到一个醉妇躺在阴沟里的胡说八道的整个键盘……在他的交响乐队里，掺杂着一切语言的元音和辅音乐器，一切学术的一切术语，一切行话和方言，英语在这里变成了泛欧罗巴的世界语。这位天才的杂技家飞快地从尖端跳到宽度，他在叮当作响的剑戟中间舞蹈，跃过一切奇形怪状深渊。只有语言上的成就证明了这个人的天才：在近代英语散文史中，随着詹姆斯·乔伊斯揭开了特殊的一章，这一章由他开始也由他结束了。"茨威格的话过于诗意，需要加以提炼：乔伊斯的叙述惊人的坦率、清晰、富有逻辑、从容不迫；由那种不完整的、急促的、不连贯的"意识流"叙述方式体现出的天才开辟了一个新时代。《尤利西斯》频繁地改换文体、动用各种各样的语言把戏（双关、词序变换、暗示、重复、戏仿等），完成了"人的头脑从一个片刻到另一个片刻进行着的漫无边际的思维和想象的记录"（叶芝语），造就了一个杰出的、永久性的整体结构。《尤利西斯》值得所有写作者参考，虽然读完它比啃掉一块大理石还要艰难。

在风格与结构方面，我们从来不缺乏可供欣赏和师法的对象：博尔赫斯的明净、精确与节制，索尔·贝娄的自由、风趣、絮絮叨叨、寓庄于谐，略萨在结构方面的苦心创造，昆德拉对复调对位的精心使用等；我们缺乏的也许是认同和勇气。对文学结构与风格的研习，没有什么实用价值，不能教给人去处理生活中问题的方法，更不能提供通向成功的文学创作的捷径；它只是"纯粹的奢侈品"，能让读者感受到一部精致的艺术作品所提供的单纯满足，能让作者在创作过程中收获自尊、骄傲与无法言说的愉悦。

在任何经典意义的文学作品中，风格和结构都是其灵魂所在；与之相比，道德寓意往往是无聊说教的代名词，而伟大的思想注定会沦为一堆正确的废话。

目录 CONTENTS

春天里的樱桃

　　从保留至今的照片看来，这就是我出生和成长的地方。在这些照片上，我看到了抹着黄褐色泥浆的墙、树干上贴着的已经被雨水洗去光泽的春联（"满院春光"——就像此刻一样）、那条泛光的水槽以及那只毛色雪白带着一半波斯血统的小猫。照片上还显示出一扇糊着旧报纸的窗户，窗户后面就是我的卧室、书房兼天堂。这间屋子堆满了废纸，床头放着一张比我当时还要高出一寸的巨无霸式的木制方桌（是由精通木工的舅舅设计制作的），桌子的一角堆着厚厚薄薄的几十本书。这些都是父亲和母亲在儿童节和我生日时送给我的礼物。他们并没有多高的学历，也没有读书的爱好，但却十分注重培养子女读书的兴趣。我这些礼物中有少儿版的《西游记》《儿童古诗100首》《故事大王》，甚至还有一本《歌德抒情诗选》。我很喜欢这本当时误以为是"唱歌"的书。歌德诗里好多温暖明媚的句子我都能成诵。后来这本书失踪了数月之久。当哥哥把它从床底下救出来时，它已经被耗子咬掉了一个角，同时在书脊的正中间留下了一块拇指大小的缺痕。这本书至今还被我视作珍宝。

我少年时最好的玩伴，那个在我所有童年回忆的文字里叱咤风云的朱子贺，经常隔着大门叫我出去玩。无论是午后、黄昏还是月夜，在门前平坦的大路上，总会有一群小孩子在做各种游戏。当朱子贺出现时，他自然就成了主角。这个面皮白净、身材中等的家伙，具有被所有同性孩子同时视为榜样和敌人的全部因素：讲卫生、学习成绩一流、在父母面前永远乖巧听话，甚至他还会许多女生玩的玩意，比如踢毽子、跳皮筋。他甚至在某一年的端午节亲手做了一个香袋，针脚细密，做工精美，足以媲美许多女生的手艺。对此我们只有绝望地企羡。在这样一座无法逾越的高峰面前，我只有通过画画和读书才找回了一点点平衡，在我摇摇欲坠的自信的小茅屋旁边支起一根细细的小木棍。

那时候，我经常趴在一块冰凉的青石板上，用父亲给我买的新蜡笔为一丛看似牡丹的东西着色。这是我少年时期为数不多的乐趣之一。我在已经用过的作业本的反面，用铅笔勾勒出我意想中牡丹、玫瑰、向日葵等，然后再用蜡笔把它们涂成红色、黄色或者靛青。我甚至画过紫色的丝瓜、黑色的太阳以及粉红色的女孩儿。不久我才知道，这个女孩儿早已先于我的作品而存在了。

在这个四季分明的地方，我最期待的是春天的到来。在后来的中学生涯里，我对中国古典诗词十分迷恋，在那盏25瓦的台灯下仔细阅读了从《古诗十九首》《唐诗三百首》到《纳兰性德词选》等众多诗词作品。在这些作品里，几乎所有与春天相关的文字几乎全都流露出浓浓的忧伤与怨恨。但是在那时候，我的春天却几乎充斥着快乐与幻想——即使偶尔有些莫名其妙的惆怅，那惆怅里分明也隐藏着浪漫、满足与旖旎的柔情。

"这是我表妹。她昨天才来我家的。"有一次，朱子贺来找我时，指着身后一个比我稍微矮些的小女孩儿对我说。

"你叫什么名字？"我问。

她穿着一件淡绿色的衬衫，外面套着一件暗红色的毛线坎肩；她的长长的头发编织成两条粗黑的辫子，一条在前，一条在后；乌溜溜的黑眼睛和我对视着。我觉得她就像从一则童话的城堡里走出来的小公主。

"我叫王莼莼。"她稍显怯生地回答。

"是纯洁的纯吗?"我再问。

"不是。是纯洁的纯加一个草字头。"她缓慢而清晰地说。

由于我家和朱子贺家的友好关系,父亲和母亲热情地款待了王莼莼,往她的口袋里塞了很多糖果。还说,等我们的樱桃熟了,一定邀请她来吃,"现摘,现吃,很甜的。"

朱子贺被一群小朋友邀请去一棵粗大的国槐树上"摸瞎驴"(以石头、剪子、布决出一个倒霉蛋,用一块破布条蒙住他的眼睛,在树上捉住一个小朋友,如此往复),王莼莼不愿意去,我也经受住了在树枝上飞闪腾挪的诱惑,朱子贺就把她可爱的表妹托付给了我。我内心的激动真是难以言表。

我邀请她在院子里参观,给她看我们的樱桃树、正在怒放的石榴花、一个新改造的花圃,花圃里被月季、美人蕉、大丽花、菊花苗挤得密密麻麻的。我说,那个美人蕉是我种的,夏天的时候,它长得比我还要高;我说,冬天的时候天太冷,必须得把美人蕉根部以上的茎叶全部砍掉,用塑料薄膜把它包起来,否则它就会冻死。我又说,我们家的樱桃树已经四岁了,去年挂果不多,今年——你瞧,树枝都压断了,这就叫"一年稀一年稠"。我还说,六月末、七月初的时候樱桃就熟了,那时你一定再来我家,我给你留最大最红的,多少都行。

"谢谢你,我希望到时候我能来。"王莼莼说,对我轻轻地一笑。

在朱子贺带她回家吃午饭的时候,我忽然记起应该让她参观一下我的书房,如果她喜欢读书,我就把我的《故事大王》借给她。甚至如果机会允许,我也应该给他讲讲《老鼠嫁女儿》或者《猴子智斗大鳄鱼》的故事。然而,现在说什么都晚了。

第二天,朱子贺告诉我,他姑姑来把她接回家了。我的心里顿时空空的。

这种内心空空的感觉后来一直伴随着我,从夏天到秋天,从秋天到冬天。我怀疑我再也见不到她了。

我减少了与伙伴们游戏的时间,更多地躲在房间里看书或睡觉。我用书本把窗户上的小洞挡起来,这样别人就看不到我了。但从窗户上部某条窄窄的缝隙里,可以看见一线蓝天。有时候在窗外的树枝上,麻雀们在叽叽喳喳地吵闹，细碎的声音像金鱼吐的泡泡。偶尔听见一行清脆的脚步声传来，从大门口到堂屋，我的心激动得怦怦直跳。但是，幻想中暗红色的影子总是被大人的疑惑的目光所代替。他们觉得我不大对劲，但也并没有放在心上。在屡次遭受失望的打击之后，我就不再关心脚步声和开门声了，只是在睡不着的时候盯着床头墙壁上贴的一张被称作《花神》的欧洲名画怔怔地出神，并以想象的力量把画上的人变成我的意中人，我的小天使。

甚至在最不合时宜的场所，她的形象也纠缠着我。晚上和父母兄弟一起吃饭的时候，我会设想她和我坐在一起的情景，我会给她夹鸡蛋、蒜薹以及小块的鸡肉；她会充满娇羞地看我一眼，偷偷地把那些菜送到嘴里去。想着想着，笑意侵上我的嘴角。"弟弟傻了，弟弟傻了。"哥哥嘲笑我道。上课时，在教室里第四排中间的座位上，我总是忍不住在前排搜寻那两条魂牵梦萦的辫子。从左边第一排开始，我的目光在左与右之间不停地移动，呈现一个巨大的"之"字形。然后又重复一次。身材微胖、一向和蔼可亲的班主任暂时停止了讲课，并以一贯的平和语调说道："有些同学曾经听课很认真，这几天不知道怎么了，老是左顾右盼的。"

几乎所有同学的眼睛全盯着我。我低了头，脸上有点发烧，心里感到很屈辱。

一个下雨的黄昏，我在田野里慢慢地走着，密密的雨丝包裹着我瘦弱的身躯。路面潮湿，草叶明亮。不时有飞鸟归巢。不远处，有几户人家的灯火渐次闪亮，在雨雾中透出一片浅浅的黄晕。走到一个池塘的旁边时，我停了下来。我的衣服已经湿透了，浑身冰冷，好像要失去知觉了。我交叉双手，抱着两个肩膀，牙齿不停地打战，一边喃喃自语似地吟咏歌德的诗：

> 你可知道那柠檬花开的地方？
> 黯绿的密叶中映着橘橙金黄，
> 怡荡的和风起自蔚蓝的天上，
> 还有那长春幽静和月桂轩昂——
> 你可知道吗？
> 那方啊！就是那方，

我心爱的人儿，我要与你同往！

在五月的第一个周六，她终于来了！是她一个人来的。"表哥自己出去玩了，让我来找你玩。"她说。

"你等着，我去拿我的蜡笔，咱们一起画画。"我激动得几乎说不出话来。

我把我的铅笔、蜡笔、一个还没用过的大开本的本子都拿了出来，放在那条光滑的青石板上。太阳透过树叶照在石板上，也照在她白嫩的小手上。我这才注意到她上身穿着一件粉红色的长袖薄毛衣，下身套着一条淡蓝色的膝盖下方绣着一枝喇叭花的裤子。

大人都出去了，院子里静悄悄的。樱桃树上的果实虽然还没有完全成熟，仍然引来鸟雀的觊觎。有时警觉的白头翁看到树下的两个孩子，就扑棱棱地飞到旁边的大树上，回头对着我们疑惑地叫两声，随后掠过房檐，消失不见了。我邀请她画那株正在盛开的美人蕉。

"我不会，你画吧，我看着。"她说，仿佛白玉一样平滑而精致的脸上泛起一层好看的红晕。

她的回答正合我意。

我趴在石板上，迅速而准确地画出一朵带叶子的美人蕉。我直起腰来看了看，心里非常满意。

我说："你来涂颜色吧，用红色涂花，用绿色涂茎和叶子。"

她趴在我画画的位置，从蜡笔盒里取出那只大红的笔，仔细地在花上涂。她的两只辫子搭在肩膀上，头发的黑与衣服的红形成鲜明的比照，随着她肩膀的微微抖动，弄得我眼睛都花了。

她又去图叶子。刚涂了一半，忽然听到大门方向传来敲门的声音。敲门的力气不算大，但从厚重的铁门上发出的声音却袅袅不绝，在我的耳朵里不停地回响。

"有人来了，你去开门吧。"她说。

我心里有些忐忑不安，一边走一边思忖着到底是哪位不速之客。不会是父亲或母亲，他们通常是一边敲门一边叫我；也不会是哥哥，他不喜欢敲门，而习惯于踢门；也不可能是朱子贺，他敲门的声音会很大，同时伴随着喊声。会是谁呢？

门吱呀一声开了，我惊呆了，费了好大的劲才忍住没有大叫。

是一个乞丐。他身材挺魁梧；头发要比我的长好多倍，披散在脑袋的前、后、左、右，只有在朝前的一面开着一条缝儿，不至于挡住了他的视线；他脸上脏兮兮的，似乎可以揭下一层灰尘来；最奇怪的是他的打扮，虽然春天已经来了很久了，他却还滞留在冬天——穿着一件厚厚的棉袄，并用一条类似于围巾的破旧的东西系住腰部。那条围巾原本是褐色的，现在也跟棉袄的颜色一样黑黢黢的。

怎么办？我心里弥漫着惊恐。我不知道这个乞丐将会干什么。听大人们说，很多乞丐都有精神病，他们或者是因为无儿无女又死了老伴，精神出现错乱，才出来讨饭；有的是被狠心的儿女赶出家门，无依无靠，只好乞讨为生，但所遭受的刺激是毋庸讳言的。从眼前这个乞丐的打扮来看，他显然属于精神不正常的范畴。如果他知道这个院子里暂时只有两个七八岁的孩子，那又会怎样？他会不会直接闯进来抢我们的东西？如果我们喊叫，他会不会打我们一顿？甚至，他会不会杀了我们？我越想越害怕。

我的小公主就在后面看着这一切。我绝对不能表示出丝毫的怯懦。我暗自思索，如果他敢硬闯进来，我就以迅雷不及掩耳之势抢起门后的一把铁锨，狠狠朝他头上来那么一下。但同时，我又盼望着路上会走过一个熟识的大人，那样我一定会叫住他，让他帮我们撵走这个可怕的同类。与他对峙了整整一分钟有余，为了保护我的小情人，我准备豁出去了。然而就在这时，这个奇怪的乞丐开口了："有没有吃的？我要点吃的。"

他的声音很微弱，似乎没有想象中那么可怕，我就鼓足了勇气，大声（必须保持声音洪亮，这样我身后的人儿才能听到）对他说："我们家没吃的了，你去别家看看吧。"

我等着最坏的结果，但这个可爱的老头儿却给了我最好的回报：他冲我和善地一笑，转身走了。

我像一个从战场上凯旋的英雄一样回到了我的小公主身边。我看到她那双水晶般的眼睛里写满了佩服与信赖。

"没什么的，一个要饭的，我已经把他打发走了。"我流畅地念出在关门时

就拟好的简短的获胜发言。

"他的样子好怪啊。"小姑娘笑着说，用小小的拳头拍一拍胸口，表示自己惊魂未定。

整个下午，我们画了几十张画。院子里一切能画的东西，花卉、槐树、屋顶、猫、木桶、自行车、晾晒的衣服甚至一把用秃了的扫帚，都被我们画在了白纸上，并涂上了各种颜色。其中那只晒太阳的小猫以及那株开满火焰似的花朵的石榴树，都是由她亲手涂的颜色。我心里已经盘算好在她走后把这两幅画藏在我的枕头下面；如果我想她了，就拿出画来亲一亲。

"你会画人吗？"小姑娘瞪大眼睛问，那副天真可爱劲儿让我感到心痒难熬，真想把她拉到我的怀里，亲亲她的小脸。

"当然会。"我毫不迟疑地回答。

我撕下一张干净的纸，先用铅笔勾勒出一个瓜子脸，再画出两条辫子。我注意到小姑娘的脸有点红了。我继续往下画：眉眼、鼻子、嘴巴、衣服，再加上一条大石板。

"这是我吗？"我听出她声音里有一种颤抖的兴奋。

"你看着像谁？"忽然，我做出了一个胆大包天的决定："我还没画完呢。"

两分钟后，那个坐在石板上的小姑娘的对面出现了一个小男孩儿：平头，一袭夹克衫，在画面的中央位置，伸出一只穿着球鞋的脚；令人惊骇的是：小男孩儿的嘴巴噘起，伸向小姑娘的左脸，眼看就要碰上了。

"你，你……你欺负我！"小姑娘眼圈红了。她愤然站起身来，再也控制不住自己的眼泪。

"你欺负我！你欺负我！"她转身跑了，边跑边哭，我这才意识到自己闯下了大祸。我手里拿着刚刚画好的、连颜色还没上的画，呆呆地望着她的背影；在她甩上大门的之后几十秒里，那声巨响还在我心里震响不已。

糟糕透顶的休息日

"皇上，是我啊，快接电话呀，皇上，是我啊，快接电话呀……"公共汽车上，一个半秃顶的中年男人手忙脚乱地从口袋里掏出手机，但他的"爱妃"已经把电话挂掉了。他过于特别的手机铃声吸引了大多数人的注意，有人失笑，有人鄙夷，有人皱眉，只有坐在后排靠右窗位置的一个年轻人不为所动，依然保持着看风景的姿势。

这个叫习莽的年轻人大约28岁，留着一寸多长的头发，黑亮而坚硬；清秀的五官之间，隐藏着一丝疲倦。他的鼻梁很高，沿眉心缓缓而下，又匀速隆起，形成一个好看的弧度。在他的五官之中，他最满意的就是他的鼻子了。但车上并没有人注意到他的鼻子。他也不在乎。他知道这个社会到处充满着隔膜与距离。他想起了与前任女友之间的一些事情，禁不住叹了口气。

车行至莲花山时，他看到许多人进进出出；有老

人有孩子，还有些穿着暴露的年轻女孩儿。有些男士不顾自己女人的贴身监控，咽着唾沫射去两支火花四溅的利箭——他们巴不得自己的双眼带着红外线瞄准器。习莽很奇怪深圳的四月已经这么热了。在货真价实的2013年，他当然不会再人云亦云地想到世界末日，但对于这个理论上的亚热带城市，早上是春天，中午是夏天，而晚上又变成了秋天，还是让他极不适应。

他习惯性地把头靠在椅背上，右手握成拳头，并以指弯与手背之间形成的平面部分托着腮部，免得车辆颠簸时撞在玻璃上。每到一站，总有些人会下车，也总有另一些人会上车。因此，尽管从上车开始到现在已经走了六七站路，车上的人数似乎并无增减。习莽联想到质量守恒定律，并默默地背诵了出来：在化学反应中，参加反应前各物质的质量总和等于反应后生成各物质的——

这时候，一个女人上了车，并坐在了习莽的身边。虽然没有刻意看她，但习莽断定她是漂亮的。她的V型T恤有点宽松，里面的两只小动物不安分地抖动着。她的长发、刘海让习莽想起了周慧敏。但周慧敏已经过气了。她的脸庞几乎和她的脖颈一样白。习莽觉得她像一只从纳博科夫小说里飞出的蓝灰蝶（Polyommatus blues）——她的T恤是浅蓝色的。习莽本能地想跟她说话，并进入艰辛的酝酿过程。

机会来了。蓝蝴蝶忽然要去看车厢左壁上张贴的行车路线图。她迅猛的甩头动作带动她的长发扫到了习莽的鼻孔，一个响亮的喷嚏喷薄而出。前面有几个人显然对这个喷嚏持欣赏态度，抬起头来看了习莽一眼——也许是借机看这个漂亮女人？

尴尬的是这位美丽的肇事者："对不起，我不小心碰到你了。"

习莽撤掉支撑脑袋的手，向姑娘微微一笑，表示原谅她了，而且不止原谅那么简单："我很荣幸——"也许是看到姑娘的脸开始泛红，他并没有按原计划说出太过分的话，只是说出"和你同座。"

蓝蝴蝶可能觉得自己有义务把谈话继续下去："你去哪里？"

"我在地王大厦下，你呢？"

"我去东门逛街。"

行经华强北时，习莽看到一些卖电子产品的商店门口挤满了人。一些店员打扮成卡通人物、举着最新或打折产品的广告走来走去。还有商店在门口搭起一个简易的舞台，一个年轻男人一手拿着话筒，一手拿着促销的产品，声嘶力竭地对台下说着什么。虽然那人的声音经过话筒和空气的双重过滤，但如果仔细听，还是能听清楚的；只是习莽不愿听，它们也就变得毫无意义了。

姑娘说："那些人穿的衣服真丑。"

"哪些？"

"就是那些穿动物服装的。"她指的就是那些行走的广告牌，那些卡通人物。

习莽的目光越过这些人体广告，落在那些卖山寨货的店铺招牌上。他心里涌起一种以失望和羞愧为主的复杂情绪。这个城市号称走在时代的最前列，但并没有发明任何东西；它只是从欧洲和美国拿来一切，再将其歪曲、丑化，剥夺其美感，拆掉其意义，为其涂上一层农业文明的粗犷颜料再将其廉价地呈现出来。

于是他回答她道："不仅仅是丑，简直是奇丑无比。比起你来，简直一个天上，一个地下，一个蝴蝶，一个老鼠。"

姑娘笑起来："你是说我是老鼠喽。"

习莽大胆凑近她说："你是一只性感的蓝色雌蝴蝶。"

他忽然有一种抑制不住的冲动，要卖弄自己的学问，于是，她向姑娘靠得更近些——已经闻到她头发上的清香了，也许是脸上的，总之是，有一种清香，正丝丝缕缕地钻入他的鼻孔——小声地朗诵起纳博科夫那首著名的诗来：

> "我发现了它，为之命名，用精通的
> 分类学拉丁语；因此成为
> 一种昆虫的教父和它首个
> 描述者——如此，足矣"

他忽然觉得被人重重地推了一把，头差点撞到窗玻璃上，同时耳旁震响一声咒骂："流氓，色狼，敢揩老娘的油！信不信我报警？"

习莽顿然睡意全无，睁开眼睛一看，车上只剩下了十来个乘客。再看外面，车已经到了门诊部了——离他要下车的地方已经多出一站路了；但车已经再次启动了；也就是说，他起码要到东门才能下车，并到马路对面再坐两站路才能到达他的目的地。

他忽然想到刚才听到那句咒骂，似乎就出现在他旁边。他看到有三四个乘客一直在盯着他看，脸上写满了鄙夷；而她的邻居，那只梦中的蓝蝴蝶，正朝她瞪着眼睛。她的三角眼因为用力过度而改变了几何形状，变成了椭圆形；布满皱纹和斑点的方脸不停地抽搐着，鼻孔里喘着冷气——温度比车内空调吐出的空气还要低。

习莽既奇怪又恶心，原想问问怎么回事，不想东门站已经到了，他只好抓紧时间下车。他分明觉得车内几道目光子弹一样追着他，直到车门啪地一声关上了。

来到公司，他直接打卡进门，却发现公司里空空荡荡的，一个人也没有。他不禁有点生气。说好的来加班，但项目组没有一个同事来。他旋即觉得，"没有一个同事来"是不准确的，毕竟自己来了，但如果改成"项目组只有我一个人来"，似乎又不能表达他的意思，起码力度大减。

他打开了公司里所有的灯。现在室内的光亮比室外还要充足。尽管太阳是世界上最大的光源，但有时候电灯居然比太阳还要明亮，这倒是个有意思的发现。但这种发现一文不值。他抬头看了看头上的电灯，那盏灯的灯罩脱落了，灯身夸张地斜伸出来，仿佛随时会掉落。他不由得想起小时候看的《西游记》里"困囚五行山"一段，孙悟空在如来老儿的手心里看到五根柱子，误以为是撑天的天柱，还说："不好，这五根柱子不结实，要是捅断了天塌下来砸了我的头可不得了，我得赶紧走。"

他听到自己嘴里发出孙悟空一样"噢噢噢"的叫声，并收腰缩颈，跳荡腾挪，来到自己的座位上。他并不急于打开电脑，而是随手拿起面前的报纸读起来。报纸是上周的，封面还是雅安地震的消息。7.0级，170多人遇难。还有日本首相安倍晋三参拜靖国神社的报道。郭富城与熊黛林分手的新闻。埃尔克森为恒大队攻入两球……50分钟过去了。

他有些无聊，就把报纸丢了，随手打开了电脑。"系统集成方案实施流程""方案书""项目计划""实施方案""测试方案"。他觉得枯燥无比。更要命的是，他忘了这次加班的任务。他只是隐约记得部门领导通知他来加班。当时是打的电话还是发的短信？他忘了。过了一会儿，他拿出手机来查看通话记录，并没有领导跟他通话的痕迹。也没有短信。这到底是怎么回事呢？到底哪里出了岔子？

也许根本没有人通知他加班……但明明……

他又拿起那份报纸看起来。报纸上的字他全认识，但每一个字都没有意义。组合到一起也没有意义，就像粪土跟粪土混合在一起一样。

他去倒水喝，才发现饮水机里一点水也没有了。他愈发感到唇焦口燥，于是下楼去买矿泉水。杂货店里没有人。他在门口站了一会儿，依然没有店员出现。他只好自己走了进去，这才发现一个老头靠在椅子上睡着了，高耸的柜台挡住他红润的面孔。他喊了两声，老头没醒。他只好提高了声音，老头双手一抖，总算睁开了眼。他抬手抹了一下嘴角的口水，收了习莽递过来的2元钱，继续靠在椅子上睡觉。

这时候，习莽觉得完全没有必要再去公司了；但是他必须上楼去关掉所有的电灯，并确认门窗都已经关好。

在关上公司的大门时，他从玻璃上看了看自己的脸孔，并摸了摸自己的鼻子。他对自己的鼻子很有信心，在与人交谈或发表演讲时经常会用食指碰触鼻翼，久而久之就形成了他的习惯性动作。

他沿着路边走，走得很慢。如果他驻足不动，路会不会反过来走他呢？太阳照得他眼睛发痛。他只好抬起右手遮挡一下。这个动作被路过的出租车司机误认为顾客在叫车。他停在习莽的旁边。习莽忽然想早点回家，就上车了。司机正在广播里收听一桩凶杀案。

前面有点堵车。司机比乘客还要着急，不停地骂前面的车，从人家的智商、技术一直骂到人品，甚至因此怀疑人家的老婆缺乏眼光。总的来说，他重复而坚决地表达了要和车主的母亲共度良宵的美好愿望，而且并不在乎她丑如癞蛤蟆或者美如杨玉环，也不在乎她已经年过半百甚至两年前就已黄土覆身。

爱情当如是啊，习莽调皮地想道。

出租车开得飞快，很快就到了梅林关口。习莽决定改变主意，先去看望一个老朋友。司机计算了一下路程，显然要比原先的目的地缩短了不少，脸上露

出不悦之色。但他还是掉头开向南边。5分钟后，习莽在一片破旧的城中村下了车。

他敲了很久的门——大概有15分钟。他盯着门上已经泛白的"招财进宝"，又念了念门框上的对联："国逢安定百事好，时际芳春万——"门开了。

对于他的不期而至，这个叫高一郎的朋友并没有表现出预期的热情。他穿着白色的棉质背心和一件皱巴巴的大裤头，肩头上由于挤压而留下几道暗红的沟壑。头发乱蓬蓬的，像乌鸦刚建了一半的巢穴，又像古代诗人的草稿。他把习莽让到客厅，打开电视，自己则一头钻进了洗手间。

这个同样单身的男人屋里散发出浓重的汗臭味。门口的鞋子、盖着褐色面料的沙发、椅子上搭的衣服，甚至地板，都在散发这种气味。习莽心想，作为一个胖人，真不容易。为什么要用"不容易"这个词呢？也许是肥胖的人无论做什么总是行动缓慢，动辄溢出一身臭汗？这个时候，电视画面上播放着每天都在重复的政治新闻。他注意到电视机旁边有一瓶花：5、6、7、8枝红色的玫瑰，可惜都已经枯萎了。诗人为什么总喜欢把自己的爱人比喻为"红玫瑰"呢？比如罗伯特·彭斯吧——

> "啊，我的爱人像一朵红红的玫瑰，
> 它在六月里初开；
> 啊，我的爱人像一支乐曲，
> 美妙地演奏起来。"

"4月15日发生的波士顿爆炸案，造成包括一名中国留学生在内的3人死亡，200多人受伤。4月20日，恐怖袭击疑犯之一塔梅尔兰·察尔纳耶夫在逃亡中死亡。弟弟焦哈尔被捕时受伤，现在已由普通医院转至监狱医院。监视画面显示两人作案过程，但双亲依然为他们'喊冤'，称他们遭栽赃嫁祸。"

这个37岁就离开人世的苏格兰诗人，他难道就不会想到玫瑰只有两种命运么？被人买卖，等待枯萎。然而，诗人依然声嘶力竭地唱道：

> "亲爱的，直到四海枯竭，

到太阳把岩石烧裂！
我会永远爱你，亲爱的，
只要是生命不绝。"

矛盾，真是矛盾：插在瓶子里的玫瑰不过只有几天的生命，在四海枯竭、太阳把岩石烧裂的时候，你的爱人会变成什么呢？一把灰尘，一团气息。不过，不能用逻辑去分析诗人和诗歌；物质不灭——高一郎出来了。

他洗了脸、刮了胡子、梳了头发，显得精神抖擞。他对习莽说，他正在研习野兽派的绘画，用强烈的色彩，奔放粗野的线条，扭曲夸张的形体，来表现对客观世界的主观感受。他还临摹了一张马蒂斯的画，但不知道塞到哪里去了。他让习莽稍等片刻，自己钻到卧室去找那张习作。

习莽对现代派绘画并不了解，仅仅在上学时期记住了些诸如"野兽派""立体派""未来派""达达派""表现派""超现实主义"之类不明所以的概念。高一郎是美术学院的毕业生，但工作之后，画画的激情逐渐消退，只是偶尔兴之所起，随手画几幅速写，聊寄心情。他平时都不置画具，不知道这张临摹的"野兽"会是什么样子。

他忽然听到对门有人高声说笑。接着门哐当一声关上了。仿佛一场小型的地震。也许那声音没有想象的那么大，只是他的听觉被突如其来的刺激弄得有些紧张。喧哗过后，一切又转为安静。

他开始感到有些无聊。觉得今天尽遇到不可思议的事：公交车上被莫名其妙地瞪视；无法证实的加班通知；杂货店里睡觉的老头和他的口水；高一郎的无精打采与不应该的冷淡……这简直是一篇卡夫卡的小说。他觉得无形中有一种力量，在排挤或压迫他。他陷入了意识的慌乱，愈发焦躁起来。

他忽然想构思一篇小说，一篇关于意识的小说：一个中年男人，因为环境所迫，变得落落寡合，他说话的数量从每天的 500 句减为 300 句，再减至 100 句，现在，他一天连 5 句话都说不了，其中有 3 句还是跟自己说的。他的沉默寡言慢慢地被同事接受了，但妻子却始终不习惯。一个周末（为什么是周末），他为了躲避和妻子不得不进行的交谈，偷偷地溜了出去；同时为了让这种逃避更加彻底，他故意忘了带手机。他在街道、公园漫无目的地转悠，在咖啡馆喝咖啡，看着眼前的芸芸众生。他还去电影院看了一场电影，跟一个女售票员聊了几句。跟陌生人聊天的快感让他难以忘怀。他在晚上12点才回家，但出人意料的是，妻子并未入睡。他只好跟她敷衍。在拥抱和爱抚中，他们激情地合而为一。他忽然觉得口渴，下床去找喝的。没有找到。可乐、雪碧、橙汁、牛奶、矿泉水、加多宝，都没有。他要下楼去买饮料，社区商店的女服务员接待了他。在付账的时候，女服务员脸上诡异的微笑让她难以忍受。他骂了她几句，女服务员忍不住顶嘴。她话里有话，而他也听出了弦外之音。他怒火中烧，挥拳打了她一下。他感到手有点痛。女服务员一声不吭，栽倒在地。他拿了矿泉水，慢慢走回家。上床时他才悟到女服务员微笑的含义：他没穿衣服，下半身——

高一郎到底没有找到他的"野兽"。他的失望和烦躁让习莽觉得，此时告别是唯一的选择。高一郎当然没有挽留他。

在下楼时，他不无幽默地想到，这种小说完全是狗屁；构思的时候以为自己钓到了一条罗非鱼，结果只是一个臭屁——他本来打算说"一只臭屁"，觉得不合适，又改为"团""条""匹"，最终还是用了"个"字。但是他无端地觉得，如果用"一匹臭屁"可能更能准确地表达他内心的真实感受。尽管他已经否定了自己的构思，可是他还是为他的小说设想了这样一个题目：《糟糕透顶的休息日》。

一路上他走着在"之"字形。他不知道自己为什么要这样走路。人行道本来就很窄，所以他的"之"字一定很瘦，很可能是草书。他不坐车，好让自己感到很累。但奇怪的是，尽管已经走了很长时间，他却毫无倦意。他哼起了流行歌曲。他觉得自己唱的是林俊杰的《江南》，唱完后才发现他一直在哼周杰伦的《兰亭序》，而且只是在重复地哼这几句：

　　"无关风月　我题序等你回
　　悬笔一绝　那岸边浪千叠
　　情字何解　怎落笔都不对
　　而我独缺　你一生的了解"

在一个开放式简易足球场边，他停了下来。一群十几岁的中学生在踢足球，一队穿着 AC 米兰的队服，一队穿着皇家马德里的队服。这个时候，AC 米兰正向皇马的球门猛攻。攻方流畅的传递让习莽赞叹不已。场边一些观众大声叫好。习莽还注意到，在球场对面的天空里，有一团雪白的云彩，正向东南方向移动。他觉得膀胱有些发胀，转身看到有个"WC"的指示牌，他快步走了过去。厕所里有一股化肥的味道，把他的鼻子弄得很不舒服。小便池上积满了黄色的污垢。他故意往污垢上瞄准，并增大力度，但那些污垢粘得很结实，仿佛跟便池的白色体壁融为一体了。

他继续观看比赛。他注意到分数牌上写着 2：2。AC 米兰又开始了新一波攻势。9 号和 10 号进行了一次有模有样的撞墙式配合，但皇马一个像佩佩一样凶悍的后卫把球踢向了场边。球的运行轨迹表明，如果没有人拦截，如果物理学上的惯性定律依然在起作用，这个球 100％ 会出界。习莽看着来球，一时心痒难熬，他抬起脚来，用尽力气，把球踢回了场内。

一个穿红黑球衣的后卫幽灵般出现在他面前。这个家伙个子有 1 米 8 左右，整整比习莽高了一头。他开始推搡习莽，并质问他懂不懂规矩。AC 米兰的 9 号也围了上来，身后跟着一群身材高大的队友，其中还有一个穿白色球衣的，他是来看热闹的。拳头像雨点一样落在习莽的头上、肩上、胸口，旁边还有些观众瞪大了眼睛看着这个意外事故。习莽想辩解一下，但没有机会。疼痛使他愤怒起来，他开始还手，那些攻击他的人开始手脚并用。习莽的腿上被谁的鞋钉挂到了，开始涌出鲜血，但这只有他自己能感觉到，深色裤子盖住了伤口。习莽不再还手了，那些中学生打够了，像中场休息结束，一起走向中圈。

习莽从地上爬起来，感到十分耻辱。他摸了摸自己的脸，有些生疼。不知道是不是肿了，也不知道是不是破了相。看热闹的人很快作鸟兽散，没有人理他。他并不怪他们。他觉得这种看客式的冷漠正是中国社会的一部分，每个人都在加强这个特色；他既然接受了整体，也必须接受部分。

他跳上一辆公共汽车，在人群里挤来挤去，在靠近后车门的地方站住了。没有人注意到他的狼狈相。也许伤情并不像他担心的那么糟糕。车外忽然刮起了风。

他在华强北下了车。他想去星巴克喝一杯。但是当他走到那个熟悉的地方

时，却发现星巴克被几个珠宝首饰店给代替了。店里挤满了人，许多人在观看、询问、试戴。他记起这几天很多人去香港抢购黄金的新闻。

星巴克被挤到了二楼，空间缩小了一倍。咖啡豆不敌黄金，没有什么可以战胜黄金。他要了一杯卡布奇诺，店员问他放不放糖。当然要放。他拿到咖啡时，发现在角落里还有一个空位子，就过去坐了。他喝了一口咖啡，感到前所未有的苦。不是放了糖吗？

"不好意思，我再给你拿两包糖来。"

加了糖，还是苦涩难忍。看着这杯上面白、下面黑的饮料，习莽既失望又生气。他赌气似地望向窗外，却被邻桌挡住了视线。由于背光，邻座的一对男女脸色显得很暗。女人用一只绿色的吸管狠命地搅拌她的咖啡。习莽觉得她的动作如此陌生。之所以陌生，是因为他从未在公开场合看到女士这样做过。落地玻璃窗外，几个 LED 屏幕不停地变换着画面。他有一种预感：这个城市有意令自己闪烁在镁光灯下，置身于永不停歇的广告促销中。整个时代似乎都笼罩在某种神秘的、广告式的权力体系中。他把这看作一场醒不来的噩梦。女人还在使劲地搅拌着，有几滴咖啡溅了出来，并在明亮的红木桌面上静止不动，一张纸巾立刻把它们吸干了。

他看到桌上放着几本杂志，顺手拿起一本看起来。这本杂志上介绍了一些新上映或即将上映的电影。电影海报上最显眼的位置留给了几个当红明星：好莱坞的，港台的，大陆的。过去，人们常常会重温一部电影，这是个美好的习惯；现在，这个习惯业已消失。他又拿起一本《周末画报》来。在快速翻动中，他看到一些故作惊人之语的标题，觉得好笑。他更喜欢看里面的一些广告画面：电脑，钟表，汽车，微张着嘴的性感女人。直到看到一篇感兴趣的文章，他才进入正常的阅读节奏。

"所以，也难怪《少年派的奇幻漂流》这么一个看似离奇的故事，在他笔下却能演绎得让人如此信服。说服力，对于气场强大的马特尔来说，其实是顺理成章、水到渠成的结果。普世而真切的人《少年派的奇幻漂流》在面世时曾经遭到过有关剽窃的质问……"这一段并没有分行，标点符号也没有用对，读起来怪怪的。习莽又翻到另外一篇文章。

一个穿短裙的年轻女人过来问他能否和他坐一起，因为其他位子已经坐满了。当然可以。女人主动和他聊天，让他很感意外。不过他没心情聊天。他在考虑如何拒绝她。

"先生很喜欢读书吧？"

"嗯。"他头也不抬。

"看着你就挺斯文的。我也很喜欢读书，上学时就经常看《读者》，现在也经常看杂志，特别是有关时尚的、美食的、旅游的。"

习莽无意中瞥见她丰满的胸部，几乎有三分之一暴露在外面，白得像球场上看到的那团云彩。他端起咖啡喝了一口。当他放下杯子时，一只苍蝇落在杯沿上。他很奇怪在开着空调的房间里居然还有苍蝇。他伸手把苍蝇赶走了，可是手刚一缩回，苍蝇又回来了。

他开始和女人聊天。他不知道聊些什么才好。相比之下，他更喜欢跟陌生人聊天，可是此刻，他总是无法聚精会神。他很纳闷，他并没有什么心事啊。女人可能也感觉到了他的拘束，就抬手看了看表，问他愿不愿意和她一起共进晚餐，并暗示晚餐后做什么可以由他来安排。

他不愿请她去高档饭店，而是径自进了一家港式茶餐厅。他让女人自己点餐；随后他也点了一份炒饭，一杯饮料。为了寻找话题，他差点把打架的事告诉了他。他怀疑自己脸上还带着明显的创伤，并奇怪女人何以不问他。女人开始诉说自己对时尚的见解，对人生的感悟。她为什么会提及这个话题？"及时享乐"是什么意思？"风流快活？"跟谁风流快活？

墙上的电视里正在播放本市新闻：在一个出租屋里，发现了一具女尸！据女主播说，是房东要收房租，给租户打了很多电话，但租户一直没接，他觉得奇怪，就私自打开房门，才让这桩骇人的事件公之于世。警察初步鉴定的结果是：死者死前受到了性侵犯，但死亡的根本原因却是窒息——换句话说，死者被掐死了。

女主播脸上毫不掩饰地写满悲伤和愤怒。她说："警方表示，死者的男友有重大作案嫌疑。据房东说，疑犯名叫习莽，30岁左右——"

在电视上听到自己的名字，习莽感到很不自在；而自己的名字出现在一起凶杀案里，更是让他吃惊。只听女主播继续说道：

"稍后警方将公布疑犯的照片，希望广大市民提供破案线索。有关案件的最新进展请关注本台的进一步报道。"

女人也在盯着电视看。习莽心想：小市民们就喜欢看小沈阳、港台剧和凶杀案。现在的新闻报道也投其所好，把尸体，尤其是赤裸的女尸放在报纸的封面和电视的直播画面里。他向旁边看了看，其他人只是在吃饭和聊天，偶尔有人抬头看一下电视，但并无特别反应。对于这种情况，他理解为大众的自私和麻木不仁。或者说，在这个人口众多、发展迅猛、人民喜恶几天一变的国度里，激情、暴力和谋杀行为都是普通的日常情景，不值一提。

他想起自己的名字出现在案件中，心里又不自在起来。新闻报道里显示的作案现场确实很像他的住处：一间30多平方米的单身公寓，摆在墙角的二手衣柜，褐色皮纹沙发，以及窗台上有些干枯的海棠。要说不像，也就是这株海棠了。习莽记得他的海棠长得很健硕，还点缀着零星的浅红色花朵。至于那具尸体，由于被一张床单盖住了，他并不能确定是否就是他的前女友。但那条床单看着又十分眼熟。

女人开始吃她的咸蛋黄煲仔饭。她用一枚小勺子把蛋黄切割成均匀的小块，与米饭拌在一起，一小口一小口地吃着。电视新闻又切换到雅安地震。

"小帅，你为什么老是不说话？"女人问他。

他听到"小帅"二字，一时竟误认为这就是他的名字，既然叫"小帅"，当然就跟那个凶杀案没有关系了。他感到一阵轻松，愉快的感觉向每一个细胞、每一根神经扩散。但是，这只是一个昵称，也许是这个陌生女人用来称呼一切男人的习惯用语。他重新陷入了烦躁。我们总是很难永久地保留对事物的赞叹和随吃惊而来的欣喜，很难保留事物的美好倾向，他不无遗憾地想道。

习莽感到自己的手机在震动，是一个陌生的电话。电话那边一个和气的女声问他的房间还需不需要续住，如果要续住，今天晚上就要再加600块钱的押金。在听电话的过程中，习莽才想起这几天一直在住宾馆。到底住了几天呢？他实在记不起来了。他在把手机放回口袋之前，顺手查了一下通话记录，发现了四个未接电话。难道，这就是房东打来的几个电话么？他看了下时间，正好是他被那些踢球的中学生群殴的时候。

女人脸上现出惊喜："原来你住在宾馆里？我女朋友今天去香港，晚上不回来，她把钥匙带走了，我正愁没地方住呢。"

习莽心烦意乱，不回答她，只顾吃他的饭。女人用勺子敲了敲她的盘子，以此指明他的沉默，而习莽抬头看了她一眼，挤出一个勉强的笑容，算是对他的沉默的一个回答。

"到底行不行呢？"女人不理会他的微笑。

他只好坚决地用声音拒绝她："哦，今晚我女朋友出差回来。我们再找其他机会吧。"

女人掩饰不住的失望。不过她并没有放弃最后一丝希望："你女朋友什么时候回来？也许我们还有时间……"

"7点。距现在不到50分钟了。"

习莽想在公园里安静一下。这一天发生了太多的事情，他的心里一团乱麻似的，理不出个头绪。新闻里的案件究竟是怎么回事？他怎么忽然成了杀人犯？警方可能正在全城通缉他。他朦朦胧胧地记得，他跟前女友已经分手很久了，甚至她的形象都已经像五更鸡啼时的鬼影一样稀薄不清了。她极力回忆起他们分手的原因。最初他认定是一个陌生电话。那天晚上，女友正在看一部热播的韩剧，忽然他的手机响了。是一个女人的声音，甜软得发腻，她一口咬定她们是"老朋友"。女友感觉出情况异常，抢过手机去，只听到一句愤怒的诅咒："混蛋，你个没良心的，祝你出门被车撞死，下辈子投胎做畜生！"

不过这次他们并未分手。第二天他们等对方手机开机时，终于弄清楚那原来是一个打错的电话；对方虽然没有道歉——其实是他根本没打算听她的道歉，因为他当时有点激动过头了——却足以挽救他们的爱情。

第二个事故也与电话有关。那天他跟母亲通电话，说道"终身大事"，他确定女友还在洗手间，就半开玩笑地说道："我和她的关系还没有发展到可以结婚的程度呢。"刚说到"程"字的时候，他已经发觉女友正站在门口偷听他的通话呢。一星期后，他们和好如初，他还开玩笑说，她有做间谍的潜质。

第三次，是她忍受不了他的怪癖，坚决地与他分手了。是在春天还是夏天？反正天已经很热了——他忘不了他黏糊糊的一身汗，她也忘不了。他们激情似火，缠绵到忘情处，他忽然想起之前看过的一些 AV 电影，不由自主地掐住了她的脖子，她的颤动和起伏让他很满意。她以为他马上会松开双手，结果他还在用力。她憋着一口气说："不要了，快憋死了！"尽管如此，他们还是

一步步登上了极乐之巅。事后，女友一动不动，白嫩的肉体在灯光下刺人眼目。他又轻轻地弹了弹她的乳头，感到一丝疲倦、一丝莫名的恐惧。

他好像记得她恼怒地说："在我最需要呼吸的时候，你却扼住了我的喉咙。"现在他却犹豫了，他真的听到了这句话吗？

他摸了摸自己的脸，看了看面前的湖水。灯光渐次亮起，并在水面上伸展开来，变成一条晃荡着的彩色光柱。

他觉得有必要跟母亲通个电话。电话打通了。

"我打算今年就结婚。我想，我又不打算独身，那么，早结婚也是结，晚结婚也是结，晚结不如早结。"

母亲很高兴，称赞他终于想通了。母亲告诉他，自己已经找算命先生算过，根据他和她未来儿媳妇的生辰八字，十一期间结婚再好不过了。她没有说具体是哪一天，不知道是忘了，还是没必要说。他想也许是后者；因为母亲平时最信算命，那么重要的日子她不可能忘记。但她确实没有说明到底是 10 月 1 日还是 10 月 3 日最适合他们结婚。

他挂了电话，才记起打电话之前他本来想跟母亲说的是另一件事。但怎么会说起结婚来？跟谁结婚？他又想起那桩凶杀案。如果这桩案件是真的，而他又是凶手，那结婚的打算就显得很荒谬了。其实他也知道，要证实这件事易如反掌，只需要他给前女友拨个电话就行了。他考虑良久，决定不打这个电话。他给自己的理由是：既然已经分手，就不要再骚扰人家。男人都是有自尊的。再说，再说……别多想了，那是不可能的。

他想起自己是住在宾馆里的。服务员刚才又打电话来催他回去办手续。他有点奇怪，为什么要催他呢？他已经明确无误地告诉她：房间当然是要续住的，至于要再住几天，暂时还不能确定，但今晚是 100% 要住的。他有个不愿多想的猜测：那桩凶杀案或许是真的。他和女友做爱的时候，他确实掐了她的脖子，而且，因为他们当时正在向"高峰体验"（按他的说法）冲刺，他不愿意（也许是忘记了）改变动作，他掐她的力度依然在加大，他被一种惯性控制住了，就像刹车失灵了。她痛快的表情增强了他的快感。"在我最需要呼吸的时候，你却扼住了我的喉咙。"也许这句话根本就是他的幻觉。他以为他们一起携手冲上了极乐的顶峰，就像两首同韵的绝句，同时写完了最后一句，其实只是他一个人达到了那种销魂的境界。假如真的是这样（但愿真的是假如），那么宾馆服务员的催促就别有深意了：也许他进入宾馆大门的一刹那，三四个穿制服的警察就会猛扑过来，给他戴上手铐，把他押上警车……

他明显地感到自己的身体颤抖起来。他的意识里掠过"不寒而栗"这个成语。然而，最终他又释然了。当务之急是，他必须搞清楚他到底为什么会住在宾馆里，而且已经住了几天？此前到底发生了什么？存在着这样一种可能：他本来工作、生活在另一个城市，公司派他来深圳出差，已经三天了，事情尚未处理完。今天是休息日，他为了消遣，出来逛街，顺便看看这座城市的风景；甚至他都不一定叫习莽……

他长长地呼出一口气，踏上了回宾馆的地铁，他计算了一下时间，即使加上出地铁的时间，也只需要短短的 10 分钟；10 分钟后，一切就会真相大白。

重温旧梦

　　轻轻一推，门就开了。潘少衡习惯性地用了三成力气，但在手指与冰冷的玻璃接触的一刹那，他就意识到自己用力过度了，于是及时收住；门在被打开的过程中，他已经开始佩服自己反应的敏捷。他隐隐约约记得，他今天有一件棘手的事情要处理，地点就在公司的会议室。

　　他掏出手机看了一下，又装进了口袋。他有些懊恼，因为他实在想不起自己为什么要到公司来。周日上午，天气晴好，他应该在海边或公园里游玩，尽可能地发掘好心情。我已经有多久没有爬山了？我已经有多久没有旅行了？我已经有多久没有看望朋友了？但是他却莫名其妙地来到了这里——这个令他厌倦和恶心的地方。他拼命想记起自己从哪里来、怎么来的。反正不是从家里。因为他昨晚住在旅馆里，房间至今未退。中午 12 点如果还不退，就要再交一次押金。也不是坐公交车来的，因为他看见公交车里罐头似的乘客就觉得头晕脑胀。那是打的，或乘地铁来的么？门咣的一声关上了。他靠在门上，又掏出手机来看，同时想起刚才就已经看过一次了，只是忘了为什么要看，看到了什么。这次再看手机，目的很明确：现在几点了；有没有未读短信和未接来电。

现在是十点十一分。没有未读短信和未接来电。就在此时，十一分变成了十二分。如果再等一下，十二分还会变成十三分。现在离十三分还有多少秒呢？他试着从第三十四秒开始数，当属到第五十七秒时，时间已经变成了十三分。他无聊地笑了笑；或者说，他认为此刻他脸上应该表现出无聊的表情。

他忽然想起还有一项工作没有完成，就急匆匆地跑到自己的座位上，打开了电脑。他惊讶于自己的桌面上竟然如此干净，办公文具都在笔筒里，所有的文件都夹在文件夹里，摆放得整整齐齐，就像——像什么呢？像用尺子量出来的，又像仪仗队的队形，或者李嘉欣的牙齿。感谢清洁工阿姨的用心。随即他又看到，他的笔记本不见了，那上面记录着每次开会的内容，还有一些诗稿。为了随时记下自己的灵感，他把一些诗词格律事先写在了笔记本上，他还记得前几天他写下了一联自以为妙绝的诗："未许雄心横四海，不妨身世占一丘。"他向左右邻桌上看了看，左边桌上倒是有一本笔记本，但开本和颜色都不对。一定是清洁工阿姨给收走了，甚至有可能当作垃圾给丢了。他不禁有些怨恨，虽然觉得恨一个清洁工显得有失风度。

电脑打开了。需要登录密码才能进入。他习惯性地输入了自己的生日和姓名的全拼，并习惯性地等着眼前一亮，出现那个他业已用了半年的桌面——一张荷兰风景明信片。他闭上眼睛，准备在登录完成之后再睁开。他想象着那张明信片的内容：一条平缓宽阔的河流从左上角蜿蜒而下，在野草密布的平原上静静流淌，河边竖起一座巨大的风车，占满了画面的右半幅。这时候，他感到有点不舒服，确切地说，有点闷，有点热，他忽然想起，周末的写字楼是不开空调的。他叹了口气，睁开了眼睛，看到电脑屏幕上出现了"用户密码错误"几个字，不禁吃了一惊。他又输入了一次，小心翼翼，甚至注意到了字母的大小写，并很有耐心地等着。令他惊诧不已的是，屏幕上再次出现了"用户密码错误"几个字。他重重地把鼠标摔在桌子上。

一个男人的声音低沉地震响在墙角："怎么，电脑出问题了吗？"

他循声望去，一个烫着卷发的年轻男人的头出现在靠近角落的一张桌子上。他的鼻梁以下部分被隔板挡住了，结果显得他的眼睛硕大无比，像被一面放大镜放大了 2～3 倍。

　　"是呀，忘了密码。"他并不认识他。但他知道，他肯定是个新员工。他们这种公司的主要特点之一，就是人员流动性特别大，所谓"铁打的营盘流水的兵"。这个人也许已经入职好几天了，只是他一向没有注意到。这种情况并不是第一次发生。

　　"公司电脑老化得很厉害，慢慢你就习惯了。"那人安慰他道。但他的头并未抬起，倒像他的声音发自下半身。

　　"但愿如此。"他礼节性地回答，同时很奇怪他为什么说"慢慢你就习惯了"这句话。难道这三年来他不是一直用这台电脑吗？难道他对这台电脑还不够熟悉？他差点忍不住想问他，却被一个意外打断了。

　　手机在震动。一条未读短信："有点堵车，大概还要半个小时。"发信人显示为"王婉婷"。他盯着这个名字，发了一会儿呆。至少他觉得自己是在发呆。

　　那人要走了。他站起身子，用抽屉里取出自己的公文包，斜挎在肩上，向他的"新同事"微微一笑："我的工作已经做完了，要回家了。"说着他已经走向门口。

　　"再见。"往左一转，只留下一串轻快的足音，在心上余音袅袅地敲着。

　　"我应该看看他的鼻子和嘴巴的。"他懊悔不已。

　　少衡去书报架上取了一份《南方都市报》来看。刚翻了两页，他就意识到这份报纸他已经看过了。不知道怎么回事，他对自己的生日、电话号码、时间都很马虎，但对看过的报纸却总能过目不忘——也不是过目不忘，应该说，总能记住很多，甚至包括一些细节。比如在体育版，他清晰地记得左上角的一个新闻图片上，是击败了彭帅的张帅，身穿红色 T 恤，头戴红色帽子，右手持拍，左手握拳，她身后的背景板上，"京奔驰"三个字被模糊处理了。他翻到 AA16 体育版，果然看到了这些内容，不禁有些得意。

　　电话铃神经质地响了起来。他知道前台文员马上就拿起话筒，并用她甜美得让人发腻的声音询问："您好，这里是玛雅文化机构，请问有什么可以帮到您？"但是事情并没有按照他的设想发展，反而是电话铃声刺耳地持续响到了第三声、第四声……他丢下报纸，向前台冲了过去。在拿起话筒的一刹那，他记起他正在阅读的第二条新闻："他们就是不死心——日媒还在指望柏太阳神复仇恒大。"就是读到"媒还在"三个字时，电话铃响起来的。

少衡举起电筒，先是低声"喂"了一下。无人响应。他幽默地想道："也许对方是外国人吧。"他提了声音："Hello！"还是无人响应。

他不再说话，而是仔细谛听那边的响动。好像有一男一女在对话。声音不大，再加上线路不够通畅，少衡听不太清楚。他把听筒用力贴在耳朵上，耳郭立时疼起来，他赶紧减轻了力道，终于支离破碎地听到对方的对话片段。

"有了孩子……上小……不行……"女的声音，伴随着尖利的笑声。可以想象，这个女人年纪不小了，而且，应该不算漂亮。

"我……我……真是……你知道……"男的声音，低沉，沙哑，一个不折不扣的烟鬼。人到中年的废物。

"……呀，不会吧，你总是……太好了……"

"什么？太……你知道……我的计划是告诉他……"

"狗屁，简直是放狗屁！"这是少衡听到的最完整的一句话了。

他恶作剧地装成一个女人、尖声尖气地对着听筒骂道："狗男女，不要脸，呸！"说完，他挂断了电话。

"你在干什么？"这时候，一个中年女人袅袅婷婷地走了进来。她留着齐耳短发，脸上施着淡淡的脂粉，细细的眉毛飘在略带迷蒙的眼睛上；鼻子小巧玲珑；嘴唇薄薄的，有着好看的弧度；她瘦削的肩上挎着一只粉红色的皮纹包。一身黑色裙装衬得她温婉而干练。少衡一时有点紧张无措。

"婉婷，你来了。我刚才接了个电话。现在没事了。"他好容易控制住情绪，免得显得气喘、脸红、嗓音颤抖。但他怀疑他并没有做到预期的自己。她或许已经听到了他刚才装女人骂人的话。他觉得脸上好像发生了火灾，火势旺盛，摧枯拉朽地烧向脖颈以下。

"少衡，你还记得我们的约定，这很好。"婉婷脸上露出欣慰之色，"为此，我又穿上了这件旧裙子，你还记得吗？"

少衡一时不明白她的话，脱口问道："什么？裙子？"随即想起他确实和

婉婷有个约定，她穿的也真的是一件旧裙子，款式完全属于几年前，而且似乎有些缩水了。他们今天要解决一件大事，胜败在此一举。他们来到这里，其实冒了不小的风险。

婉婷脸上的欣悦一变而为吃惊，又由吃惊逐渐恢复到平静，因为他看到少衡的表情，显然他已经想起了他们的约定，而且认识到这场约定对他们的重要意义。

"那，我们开始吧。"婉婷笑道。

"那，我们开始吧。"少衡答道。

他们两个都意识到这两句话凑在一起的滑稽效果，不约而同地笑起来。他们已经一年多没有这样开心地笑过了。他们站在原地，呆呆地看着对方，抓紧时间享受着这过于美好、过于奢侈的时刻。他们知道：等会儿演出一开始，就必须收敛起一切，扮演好自己的角色，否则，他们再也无法挽回了。可是，他真的想挽回吗？他不确定。

刚才的一切在他脑海里电光石火地放映了一遍，他才弄清楚事情的由来。他觉得既惊险又刺激，就忍不住告诉了她："也许你不相信，我刚才走进这间办公室，还以为是我们公司呢，就是我现在上班的那家公司，我甚至还想自己是来加班的，但当我坐到自己的位子上，却无法进入我的电脑，因为我忘记了密码。我还遇到一个加班的员工，幸亏他误以为我是新员工，要不然，我一定会被当作小偷……"

"看来，你对这个地方还是很有感情的，对我们的过去，你并不是一味地逃避……"

少衡想说："你错了，就是因为我忘得太彻底，或者一直在逃避，所以才导致我心不在焉，记忆紊乱，把这个曾经工作的地方当作了现在工作的地方……"但他没有说出来。他不想扫她的兴。他当然不愿意承认，他其实是想借助她的创意，来追寻自己已逝的时光，印证过去的自己并不像她所说的那样幼稚——他自始至终不承认她使用的"多情""专一"这两个词。他一向都是个无予无求、独往独来的人。他只需要一间小房子、一张床、一台电脑、三五好友，而不需要一个女人、一个孩子，甚至一个家庭，这些对他都是多余的。

会议室里的一切几乎都保持着原样：一条长方形红色实木会议室桌，中间位置放着一个投影仪、两个玻璃烟灰缸，以及一盆龙舌兰；桌子两边各摆着十来把黑皮靠椅；墙角那棵发财树长得十分茂盛。会议室里有点闷，他想打开窗户，却被她阻止了。

她说："以前就是这样的。"

"以前"，无论这两个字的真实含义是怎样的，此刻却是他们唯一的和最高的行为准则，像神谕或圣旨一样不可更改。他缩回已经伸出的手，回头看着她。他觉得他们即将离开现在，进入另一个时间里。

他听从她的吩咐，把手机调成了静音。他觉得这是应该的。既然要做一个演员，就必须表现出应有的职业。

她在靠墙一排第三张椅子上坐下了。他听到她发出的轻微的叹息声。他抬手在自己的鼻子上摸了一下。他没有想用这个动作表达什么。他低下了脑袋，看见地板上有一枚一元的硬币，数字朝下，菊花朝上。他想去捡起来，但又觉得此时弯腰去捡一块钱实在不合适，就极力地抑制住这种冲动。他做到了。他又摸了摸鼻子。鼻子上并没有出汗。

婉婷站起来，从她的挎包里取出一叠 A4 打印纸来，接着把包放在最边上的一张椅子上，又重新坐回第三张椅子。她示意少衡坐在她左边椅子上，把那叠纸递给他。他接过来，第一感觉是这叠纸挺重，有点超出他的意料；同时，他迅速地为这叠纸安排了以下几种内容：他曾经写给她的情书；工作文件；离婚协议书；他的"罪证"……他翻开了第一页，原来是一个剧本。他这才恍然记起，他们的约定就是要演一出戏的，一出过去的戏，主角有两个：他和她。

其中一场是这样的：

女：你叫我来这里干什么？

男：大家都在自己的位子上睡觉，只有这里没人，我不叫你来这里，又能去哪里？难道去万象城？大梅沙？

女：（不耐烦地）那你叫我来干什么？

男：安慰安慰你呀，我看你今天上午一直心神不宁的。遇到什么不开心的事了？说出来……

女：（略带鄙夷地）说出来让你开心一下？

男：（温柔地白了她一眼）我有这么没良心吗？这年头，好人难做啊。本来要哄人开心的，结果被当成寻开心的。

女：我没什么不开心的。再说，你一个小毛孩子，懂得什么，还来安慰姐姐？

男：听你那口气，你似乎是失恋了……

女：小孩子懂什么，姐姐我……

男：不要姐姐长姐姐短的，我只比你小两岁而已，但我的心理年龄比你大 10 岁都不止，你叫我一声哥哥绝对不吃亏，如果你敬畏真理，甚至可以叫我叔叔。

女：（忍住笑）一点都不好笑。

男：我刚才又没想要你笑。你想笑一下的话，我马上满足你：一只蚂蚁躲在小石子后面，蜻蜓问它："你这是干什么？"蚂蚁说："嘘，大象过来了，我要大大地吓它一跳。"

女：（微笑）听过了，不好笑。

男：看来你是真失恋了，失恋的人有一个很明显的特征：吃鲍鱼没滋味，听笑话不会笑。

女：歪理，我离失恋还远着呢。

男：哦，原来只是吵架呀。谈恋爱偶尔吵个小架是很正常的事情。你恋爱多久了？是处于热恋状态还是已经步入平淡如水阶段了？

女：我为什么要告诉你？

男：因为我才高八斗，学富五车，通晓三教九流，熟谙五行八卦，一肚子的学问，不吃饭都不饿，一低头就流产……所以，快告诉我你处于哪个阶段吧？

女：（笑，继而又转入沉思）处于恋不像恋、爱不像爱的阶段。

男：完了，完了！

女：（吃惊）什么完了？

男：据我观察，恋爱一旦到了这个阶段，千万不要产生矛盾，否则肯定病入膏肓，死路一条，大罗神仙也救不得。

女：（沉思，不屑）小孩子见识。在一起久了，摩擦是避免不了的，就看你是不是想忍，如果想继续在一起就忍，如果不想，那就不需要忍了。

男：那你是想继续忍呢，还是不想忍了呢？

女：不知道。

男：说得好简洁，不会说多点、丰富点、有意思点吗？

女：我又不是唐僧。

男：你笑了。

女：我笑了吗？

男：我叫你过来，就是为了哄你开心，现在任务已经完成，我要回位子上睡午觉去了。（打哈欠）困死了，拜拜。

他看到这里，不禁笑起来。但他又觉得年轻人谈恋爱，啼哭笑闹，反复无常，未免幼稚。他抬头看见婉婷正在看她，担心自己心里的小秘密被她发现了，脸上又是一阵发热。

只见婉婷正色道："少衡，你一定还记得这段话的来历吧？"

少衡实在想不起来。幸亏婉婷也没打算让他回答。他敏捷地抓住机会，在婉婷继续说下去时轻轻地点了点头，婉婷嘴角露出的微笑证明他这个动作起到了期待的作用。他为自己机敏的反应感到自豪。

"这是你第一次约我来会议室安慰我时我们俩的对话。"

少衡差点惊叫出声。他脸上的温度再次攀升，他觉得起码烧到了100度，薄薄一张脸皮似乎马上就要烧熟了。刚才那段对话像一群兔子似地在他心里跳荡个不停，每一个字都那么清晰，偏偏他又记得那么牢，仿佛粘在了肉里，要去除它，除非割去皮肉——只怕皮肉割去，而记忆仍然宛在。幼稚，可笑，难为情。而婉婷居然暗中把这些对话全部记录下来了。女人真可怕，他不得不承认：记忆真是一种危险的功能。

在婉婷的导演下，他们一起排演了三次，总算把这段戏"杀青"了。他心里开始冒出一股不健康的情绪：厌倦。幸亏这股情绪还不甚强大，它的身躯一

半还停留在潜意识里，只有头部伸进了意识领域，他完全可以置之不理，或者说，他完全可以不承认这只怪物的存在。他必须配合婉婷，把这出戏演好。他答应过的事情，就一定要做到。这是他一向被朋友们赞美的品质。

"我希望你借此回想起我们的过去，那真是一段难忘的日子呢。"婉婷说。

中场休息5分钟，第二出戏的排练正式开始。少衡开始适应了目前的角色，他内心深处甚至把自己真的当作了演员，他决定使尽浑身解数，按导演的要求说好每一句台词，演好每一个动作，并表现出情感的深度。他很奇怪，我扮演别人时，何以如此兴味盎然。他轻率地给出一个答案：因为我们都不想做自己；而在戏剧中成为别人不会冒一点风险。

两人依然坐在那两把椅子上。少衡的右臂搭在婉婷的右肩上，婉婷把头靠向少衡。少衡闻到一股浓郁的洗发水香味，不禁有些头晕。香味源源不断地吸进鼻孔，一个可怕的喷嚏正在酝酿中。他暗自祈祷：千万不要！千万不要！幸好婉婷忽然起身去会议桌上拿剧本，给了他缓冲的机会，他缓缓地吐一口气，又吸一口气，总算成功地把这个喷嚏扼杀于襁褓之中。他心中念念有词："喷嚏喷嚏，无情无义；害我出丑，妨我演戏；可恼可气；从今而后，勿动勿逆；若违此训——"

"我忘了一句台词，不好意思。"婉婷抱歉地笑笑。

他们又恢复了刚才的动作和情景。少衡的右臂轻轻地搭在婉婷的右肩上，婉婷把头慢慢地靠向少衡。洗发水的香味。不过，他的鼻子已经不像刚才那么敏感了，对浓郁的香味照单全收。他已经很久没闻过女人身上的香味了，此刻不免又有些心旌摇摇。他听到婉婷念出了一句台词："偶尔肉麻一下是可以接受的嘛。"

他把她揽在怀里，中指和食指碰到了她滑嫩的脸庞，她的脸随即发生了轻微的地震。他觉得自己的手指上有些汗水，碰到她脸上一定很不舒服。他实在抑制不住从意识深处冒出来的羞愧和怨恨。他生硬地说出了自己的台词："我发现，凡是最深情的话，都有三分肉麻。"

果然得到了婉婷的纠正："你说得太生涩了，应该是这样的——"她学着他过去的腔调念出了那句话。他忽而又受到滑稽感的骚扰。不过他知道，这次他能控制住局面。滑稽感消逝了。

　　表演在继续进行。有一个意外发生了。婉婷靠向少衡时，脸部微低，有一缕头发跌落在鼻子上，她伸手把它们梳理到耳后。这本是女人使用频率最高的动作之一，没什么特别之处，但是却触动了少衡的回忆，这段回忆如此鲜活，巨细靡遗，一一再现。他知道这个意外会毁掉婉婷处心积虑的安排，但是，他已经管不了那么多了。

　　应该是十月吧。天气阴沉，已凉未寒。下午三点半的样子，少衡走在热闹的华强北，东张西望，仿佛在寻找什么。只有他自己知道，他只是来散步的，对街上那些同类，他只有厌恶和逃避，绝不可能去亲近。长久以来，少衡就厌恶人群，他害怕被人群吞没的感觉。他想成为"特别的一个"，就像那个著名的足球教练穆里尼奥。所以，每次从公交车或地铁站挤出来，他都觉得又有一部分自己被挤掉了，或者压扁了，肤浅、庸俗的大众又向他逼近了一步。严重的时候，他会神情落寞，沮丧不已，像个抑郁症患者。

　　他继续东张西望地走着。一个红色身影撇开人群和街道，成为他视线的终点。这个身材高挑的年轻女子套着一件深红色衬衫，下身围着一条同样颜色的裙子，裙子的折纹像流水一样潺潺流淌，又像火苗一样熊熊燃烧。他不知道为什么会选用这两个水火不容的比喻，但是，他忠于自己的直觉，他觉得她此刻的形象就是这样的。他跟着她从北向南快步而走。每走一步，她的裙摆就会变成一个不规则的椭圆形，或者左边凸出，右边凹进，或者相反。她步履轻盈，就好像走在水上。她偶尔也会左顾右盼，他趁机看清了她的脸：白净的皮肤上有轻微的雀斑，眉毛显然是画上去的，鼻子又高又挺，有种雕塑的美感。她又转回脸去看前面，于是他只能看到她染成金黄的头发，在她肩头随风飘曳。他加快速度，很快超过了她，但是他觉得直接回头去看她不太礼貌，就故意慢下来，等她超过自己。走到茂业百货时，他再也抑制不住了，直接走上前去问她是否可以请她喝一杯咖啡。

　　他好像看到她的脸红了起来。也许她的脸并没有红，但他希望看到这种效果。她同意了。

　　"谢谢了，我正好走累了。"

在上楼的时候，他和她并肩而行，他故意碰了碰她的手，感觉有些凉凉的；她只当他是无意的。在走向柜台时，他忽然有一种冲动，想把她当众按倒。他当然没有这个胆量。

他们各自点了自己想喝的咖啡，回到位子上等着。周围人声嘈杂。他心里有些不舒服，他一向不喜欢太吵闹的场所。他想到一些川菜馆和湘菜馆，那里每到吃饭时间，简直像个农贸市场，拥挤，室闷，乱糟糟，没有秩序。此刻这间咖啡馆与普通的快餐店已有几分相像。他只有尽量不想这些。

他问她姓名，她要他先说，他只好遵命。他觉得自己的名字并不好听，也没什么个性，说就说了，没人会在意。但是，姑娘却并不告诉他自己的名字。他也不再询问。不知道怎的，他们忽然谈到了梦。姑娘说她昨晚做了个梦，梦见在一条石凳下面捡到一只流浪狗。这只狗浑身雪白，浑身干干净净，显然是刚刚走失的。它的耳朵高高耸起，脸很尖，嘴巴却很大。它一看到她就摇尾巴，眼睛里露出憨态可掬的表情。她很喜欢它，就把它抱了起来，继续走路。路上碰到许多熟人，她们聊天，购物，吃饭，等她回家的时候，那只狗却不见了；她沿路回去找了很久，每个墙角、花坛都不放过，但还是没有找到。她失望极了。

少衡很乐意做一回周公，对姑娘侃侃而谈："我们每天都会做梦，不过同样是做梦，梦的大小、斤两、成色却各有不同。比如很多人都梦见过狗，但有人梦见被狗追咬，有人梦见和狗说话，这些都有相应的解释。从狗的特点来说，它是对主人忠心、对敌人凶狠、对自己要求不太高的一种动物——常言说，儿不嫌母丑，狗不嫌家贫。所以，它常常被用来象征道德、自我约束、自我要求和纪律，甚至弗洛伊德理论里所说的超我。但是，狗这种动物也在不停地进化着——"

说到这里，少衡看到姑娘扬起右手，把几缕乱发一股脑地拨到了脑后，更显得她的脸庞白净、光滑，一无遮拦。就是这个动作，把她和前后左右的人区别开来：那些人或者在聊天，或者在大笑，或者在吃东西，也有的在翻看杂志。就是这么一个女人经常使用的动作，使姑娘暂时从大众的定义里脱颖而出，变成了一个戛戛独立的形象：一个刚刚把头发拨到耳后而更显妩媚动人的女王。

少衡说得更起劲了："到了今天，狗更多地作为人们的宠物和家庭成员而存在，它们使孩子多了一个玩伴，年轻人多了一个伙伴，老年人多了一个老伴。但是不可否认，现在的狗漂亮是漂亮了，温驯是温驯了，但不免过于娇弱了，独立生存的能力几乎没有，没人照顾就要饿肚子，甚至丢掉小命。所以，狗在今天已经变成被照顾、被关爱的对象。就你的梦而言，你先是捡了一只可爱的小狗，说明你曾经有过一个对象，他需要你的照顾、你的关爱，而且你们曾经有过一段和谐甜美的日子；后来小狗丢失意味着，你们的关系遇到了些麻烦……"

姑娘的表情几乎有些悲伤了："太可怕了，你简直是我肚子里的蛔虫。"

少衡对这个略显常规的粗俗比喻并不排斥，反而觉得如果真能做她肚子里的蛔虫，那一定很有趣。他电光石火地想到周星驰《大话西游》至尊宝那颗像椰子一样的心。

他们又谈了十来分钟。谈话继续着此前的模式：主要是少衡在说，姑娘偶尔插一句话，以免谈话进入尴尬的独角戏状态。少衡心里有些不平衡，因为他折腾了这么久，对姑娘的认知仅限于这么几个印象：女人，长发，红裙子，声音稍显尖刻，不爱笑。他在心中拟定了几个问题，准备穿插在谈话里，但是姑娘忽然起身，向他告辞："我有些头疼，先走了，谢谢你的咖啡。"

少衡心里嘀咕着："你永远无法进入一个人的内心。"忽然又觉得可笑：这是一个陌生人，她凭什么让你进入她的内心呢？无聊的愚弄只会招来鄙视，好比过浓的化妆反而招来鄙视。他今天倒霉透了。

"你怎么老是心不在焉的？"婉婷的质问把少衡从记忆中拉了回来。他看到婉婷面带愠怒，又不便解释，就不好意思地向她笑了笑。但婉婷已经走出了会议室。他仿佛听到她轻轻的叹息。

他站起身来，在狭窄的空间里踱步，顺手拾起那个硬币，装进了裤兜。他思前想后，愈觉今天这事不但棘手，而且很荒诞。他彻底明白了婉婷的意思：她把他拉到这个他们曾经一起工作过的公司，拉到这个他感情开始的地方，就是为了唤醒他的记忆，让他重温他们美好的过去，进而感动他，让他回心转意。她为他付出了太多，他有些感动。可是他好不容易摆脱了束缚，怎能这么

容易束手就擒？他有时觉得自己太不近人情，而婉婷也太天真、太执着，甚至太幼稚、太愚蠢了。她本来可以选择更好的生活。他觉得有必要向她说明白：一切都结束了，时光不可能倒流，往昔不可能重现。他们合作的悲剧从去年就应该"谢幕"了。

婉婷还没有进来。她可能去洗手间了。少衡主意已决，就踱到窗口去，隔着玻璃望向街道。路上车来车往。大树下有人在闲谈。超市门口的电话亭里，一个中年男人在打电话，他身边站着一个年轻女人，似乎相当漂亮。男人显得很激动，一边对着听筒讲话，一边做着幅度很大的手势，在空中反复画着圈，有时又做一个砍削的动作，似乎这样就能把电话那头的人置于死地。但隔着玻璃窗，隔着那么远的距离，少衡听不到他的声音。那个女人看着他打电话，不断大笑，有时甚至笑弯了腰。她在笑什么？

少衡心想：这一定是一对奸夫淫妇。这年头真是奇怪，出轨、通奸和背叛家庭已经成为一种流行时尚，可以在光天化日之下进行，而法定的夫妻关系已经变成留之无用、弃之不惜的生活垃圾——偶尔夫妻之间尽一次生理义务，还会被视作通奸行为。

"这是一出哑剧，活生生的哑剧，比舞台上看到的演出更有意思，也更有深度。"他不怀好意地翘起了嘴角。

婉婷总算进来了，手里拿着一瓶红酒，两只洗干净的杯子。

"你还记得吗？有个周末，我陪你来加班，我们偷喝老板的红酒，就是这个牌子。"她举起酒瓶，把商标朝向他。

他瞥了一眼，却并不认识那个商标。他并不感到难过，反而有些担心。他尽量不去多想，他深信自己的自制力。但如果……

婉婷把酒倒好，端给他一杯。他接过来，闻了闻，酒香扑鼻。

"对了，那次你喝酒时，也是这个动作。"婉婷兴奋地说，"环境没变，动作没变，味道没变，一切都没变。"

他们的手臂互相环绕，交杯而饮，彼此喝了对方的酒。

他们把一瓶酒都喝光了。

婉婷扑到少衡的怀里，使劲地往他身上贴，他能感觉到她浓郁的气息和柔软的胸部。她吻上他的嘴唇，烫热、潮湿得像是热带的中午。

"那时候，我们恋爱，尽情地拥抱和接吻。"

"是的，那时候，我们恋爱、拥抱并接吻。"

"如果你愿意，也许还可以重现过去的美好，那时候，我们快乐、充实、颠倒，有一种夕死无憾的疯狂劲头。"

他最担心的事情发生了，而他已无力改变这个趋势，因为他的手已经不是自己的，身体也不是自己的。他任由婉婷在他身上上下其手，扯掉了他的黄色衬衫，又开始解他的腰带。他慢慢地跌坐在椅子上，感到屁股下面一片微凉。

婉婷发疯似地吻他的胸膛，他的腹部，又往下滑去，像高速行驶的汽车，刹车后受到强烈的惯性牵引，继续前进，路面上留下一道清晰的轮胎印。

少衡极力想反抗，但却使不出劲，说不出话。原先的担心经过婉婷一番撕扯，迅速发生了化学变化，变成了一股由愤怒和屈辱交织而成的情绪。他明白无误地感觉到自己留下了两滴眼泪，其中有一滴在鼻尖上徘徊良久，才凌虚坠落，他鼻子发痒，差点打出一个喷嚏。

婉婷折腾了半天，毫无效果，丧气地坐在地上，露出粉红的内裤。她忽然好像明白了什么，呜呜呜地哭起来，气噎喉堵，更显凄楚。

不知道过了多久，少衡终于恢复了三分生气。他并不急着整理自己的衣服，而是先抹一把眼泪，接着又轻轻地抚摩着婉婷的头发，缓慢而忧伤地说道："婉婷，有些事情，过去了也就过去了，有些美好，消逝了也就消逝了，没有人可以留住曾经，也没有人可以生活在往昔。"

婉婷不回答，依然在呜呜呜地哭泣；那声音保持在一个固定的强度，并不高一点，也并不低一点，一段一段地串联起来，就像火车的车厢，不知道什么时候会停止，也不知道将开向何方。

少衡不知道该怎么安慰她，只是加重力度，抚摩她的头发，并把披散在她脸庞的头发拨弄到她的耳后。他又去摸她的脸，发现她的眼泪还在源源不断地流出来，不禁有些诧异，想不到一个瘦弱的女人眼里居然有这么多的液体。他们好像并不想就这么结束，但又不知道如何结束，于是这一幕就这样继续着，像一个电影里的长镜头，仿佛这就是生活，这就是人生。

把走过的路重新走一遍

出租车像一只红色的兔子似的钻进了深南大道。他靠在椅背上，睡眼迷离，望着两旁次第掠过的建筑物。有一块 LED 显示屏上打出"半年劲销 8 亿，鸣谢全城"的标语。有那么一两次，他觉得出租车似乎要飞起来，而且眼看就要撞到一座写字楼的屋顶了。他感到车体一阵抖动；要不然就是他自己的身子在抖动。他的双手已经没了力气，只好将它们并拢起来。他分明觉出自己全身的骨肉已经分离开来；有时记忆也违背他的意愿粗暴地冒出来，就像脸上的粉刺和痘痘。此刻他心中混合着疲倦、忧伤和反胃，那是一种既睡不着又醒不来的感觉，一种在人群中徘徊却又找不到出路的感觉。

当罗振瑜从岗厦地铁站 C 出口出来的时候，已经临近中午。没有风，阳光带着坚硬的棱角直射在人行道上；花花绿绿的人群从他身旁飘过——他不知道为什么会用一个"飘"字。在一家家具店门口站了好一会儿，他才适应了眼前的这个世界。他忽然觉得有些热，于是扬手擦了擦额头的汗，结果额头上并未出汗，于是他又顺手把动作修正为整理头发。他的头发很短，又粗又硬，虽经整理，即刻又恢复了原状。"很奇怪，有时候即使是面对自己，也需要掩饰和借口。"振瑜暗暗自嘲道。

离朋友的婚礼还有一段时间，所以他提前一站下车，改为步行。他原先并没有这个打算，只是在地铁抵达岗厦站时，临时决定下车。或许是前几天来这里办事时，街道上的风景给他留下了好印象。他缓步走去，心想："也许我每一步都踩在那天留下的脚印上。"当他再次用心去观察这条街道时，却不禁有些失望；或者说，他觉得自己应该失望。

凭心而论，这条街上的一切，的确只是一些常见而又平庸的事物，它们源自一些表面的爱好和偶然的需求：香烟的牌子、玻璃橱窗、音响店、理发店、药房、饭馆、报摊、站台以及宠物店等。所有这些，与来来往往的各色人群相互交织，就构成了城市。看起来是立体的，其实是平面的。一幅超现实主义的画。杂沓，重复，抽象，而又耸人听闻。

振瑜混入街道上熙熙攘攘的人群，有一种被淹没的快感——如果能安心做一个无忧无虑的普通市民，每天为衣食而奔波，为工作表和上级的命令而努力，为一次小小的升迁而兴奋，为一双打折的鞋子而欢喜，想必也是一件不错的事情。"看来，理想对于我来说，已经成为一种负担。"他想着，不觉微笑起来。半年多了，他一直沉湎于嘲弄自己。

他等着过马路。一些人在过马路时，总是及时地患上红色色盲。振瑜鄙视这样的人。他甚至在一个牵着孩子闯红灯的妇女背后狠狠地射出一口唾沫。他看了看红灯指示，还剩余 83 秒。他觉得等候的时间实在太长了，不禁有些烦躁起来。

"有些事情你还没有想明白，我不怪你。这个世界到处都是陷阱，那些看上去再正常不过的地方，可能会要了你的命。"

"你又开始卖弄深沉了。"

"不是卖弄深沉，是发现了这个世界的秘密。那是什么？"

"花，给你说你也不知道。它叫含笑花。"

"为什么没有香气？"

"你的鼻子闻不到。"

"嗅觉退化了。这太令人遗憾了。接着是视觉、触学、味觉、感觉，无眼耳鼻舌身意，无色声香味触法，这是多么高的境界！"

"你们这个阶层的通病……"

"什么？"

"什么什么？"

"什么的通病？什么通病？"

"总是把简单的事情复杂化。"

"哦，原来这样。请原谅我不太会说话，有时候。"

"故作姿态的时候？"

"恐怕我是被你故作姿态了……"

"清高，孤僻，心比天高，视一切为垃圾，而且是不可回收的，这就是你拒绝工作的理由。你不愿意去接触社会，你害怕这个社会。"

"不对，我拒绝工作的唯一理由是你答应了至少可以养我两年。"

"希望这两年你能实现你的梦想。"

"我想应该可以。"

"如果不能实现呢？你是去做和尚，还是去上吊？"

"什么？和尚？"

"你的心不在焉迟早会害了你。"

　　他忽然看见对面有一对年轻男女在激烈地吵架。绿灯亮了。走到马路中间时，他已经决定要停下来观察一下这场口角如何收场。他开始制造停留的借口。他轻快地走到一间报亭前，买了一根热狗。他当然不饿，所以他只是一小口一小口地吃；他完全有把握为自己争取5分钟以上的时间。

　　那个女的穿着一件棕色的连体短裙，罩着一件小而窄的棕色外套，与染得金黄的头发很自然地融合为一个整体：一头城市的母狮。但她是一头很好看的母狮。那个男的身材中等，留着近于莫希干式的发型，脸形长方，像是一块不太规则的饼干——尤其是他脸上的坑坑洼洼。振瑜照例认为他们是男女朋友，照例觉得那男的配不上那女的。那头母狮高挑、丰满，五官精致，肌肤如雪。他真想去摸一摸。他们争吵了几分钟，那男的开始接一个电话，他说话的声音越来越大，甚至盖过了路上的汽车。振瑜已经吃完了热狗，他还在对着手机狂吼，那头漂亮的母狮站在他旁边，双手抱胸，不动声色地看着他，像看着一团刚刚甩掉的卫生巾。

振瑜揉了揉眼睛，不再看下去。他有点口渴，就折回报亭，又买了一瓶矿泉水。他选择了怡宝，因为他觉得怡宝的瓶子握在手中很舒服。在接过矿泉水的一刹那，他脑海里重新放映了一遍那支有名的广告：一列火车上，女主角与男友坐在窗边；一个铁路工人正在烈日下检查铁路情况，忽然口渴，但发现水壶已经空空；凭窗赏景的女主角见状，就把手里的怡宝递给了工人，然后两人都甜美的微笑起来，而这时，男友体贴地把自己的怡宝递给了女主角……

振瑜觉得那个女主角真美。他打开盖子，一口气喝了三大口。他能感觉到水的凉爽自口入喉，飞泻而下，流进四肢百骸。他盖好盖子，把瓶子夹在腋下。这时候，振瑜似乎一下子明白了为什么对那支广告印象深刻，除了女主角的温婉甜美，还有那列火车进站时的简朴背景：沧桑的铁轨，米黄色的建筑，红色条椅的候车台，一个有着明显的时间痕迹却又被时间遗忘的地方。

他对那两个吵架的男女失去了兴趣。旁边的公交车站忽然下来一大群人，背着大包小包。有一个年轻的小伙子，前额的头发几乎遮住了眼睛，背着一个绿色的背包，东张西望地走着，忽然踩到一块小石子，差点摔倒。振瑜知道他们都是些刚刚来到深圳的打工者，有些甚至是刚刚毕业的大学生。他们都把深圳当成了人生中的重要一站。他们来到这里，各自带着一架时间机器，不是为了换个地方吃饭睡觉，而是为了驶向未来。可是未来真的比现在更好吗？

"我第一次来深圳时，对这里的一切都很着迷：大面积的绿色、宽阔的马路、马路中间盛开的美人蕉、加油站、红色的出租车和淡绿色的公交车、双层巴士、白色或米黄色的居民区、有许多小面馆小超市的城中村、电影院、地铁站、高耸入云的楼房、粉红色调的按摩店、灯光闪烁的酒吧、街角冒着烟的烧烤摊、穿着暴露的年轻女人、遛狗的少妇、火车站、大海、台风，等等。我有意识地避开人群，从远处观察他们，剖析他们。这样做让我十分快乐。如今这些风景我都看腻了，想看看别的什么，但我还待在这里，在已经走过无数次的路上彷徨，彷徨，彷徨……"

想到时间的威力，他猛然记起今天的主旨是要去参加朋友的婚礼。他拿出手机来，想看看朋友上个星期发给他的短信，确认一下婚礼的时间和地点，但是令他惊骇的是，手机打不开了。他用力地摇晃它，拍打它，都无济于事，手机屏幕依然漆黑一片，仿佛经历了七年之痒的婚姻生活。显然，这部手机早已经断了气，就是扁鹊重生、华佗再世，或者薛神医、平大夫从金庸的小说里联袂走出，恐怕也救不活它了。当然，也可能是没电了。他不记得出门之前是否充了电。

在经过一个超市时，他禁止自己去看门口那家手机维修点。偏偏那个头发半秃、脸色红润的男店员此时无事可做，看到他手里攥着手机，神情沮丧，就故意似的向他招呼："靓仔，手机有问题过来看一下啦。"他讨厌这种腔调，就奉行蔑视的最高规格，连眼珠也不转过去，只是盯着前方，径自走了过去。前方的天空好像有一朵白云在缓慢地移动。

他隐约记得，朋友举行婚礼的场所，是一家名字带个"丽"字的酒店。如果此刻他真要过去，未必找不到，也未必赶不上吃饭。他费了好大的劲儿，才确信自己真的已经忘记了婚礼的地点，并以极大的勇气取消了赴宴的计划。他觉得很对不起朋友。他幽默地想道："也许我还有机会参加他下一次婚礼吧。"

在尚未拆完的城中村里，生活依然鲜活如昔。振瑜走在刚刚洒过水的街道上，努力在那些乱七八糟的招牌中搜寻一些能够给自己带来惊喜的目标。就像小时候读过的《渔夫和金鱼的故事》一样，如果想要一只新木盆，马上会有一只新木盆！在"一剪美"理发店和"大王书画工作室"之间，振瑜发现了一家叫作"八斗"的旧书店。书店不算大，只有四五十平方米的样子，除了左、右及里面靠墙部位各有一架书之外，就是中间一条窄长的木版上摆着四排书，在靠向入口的一边放着一块提示牌，上面以扭扭捏捏的字体写着："全场3折起。"那个"起"字小得几乎看不见。

振瑜明知道在这样的小店里绝对找不到他想买的书，但就像唐僧遇到一座寺庙就要进去烧个香拜个佛一样，他是碰到一家书店就要进去翻一翻看一看的。他决定先从右边靠墙一排看过去，从生活类、历史类到文学类，偶尔看到感兴趣的名字，就抽出来翻一翻。从中国文学到日本文学，从英国文学到德国文学，曹禺、茅盾、梁实秋、芥川龙之介、莎士比亚、施笃姆……一个个熟悉的名字一闪而过，却找不到一本想买甚至想翻翻看的书，其中不是已经买过了，就是版本太差，看着像盗版。在跨出书店时，他禁不住感慨：有那么多书，明明糟糕透顶，既没有好故事，也没有好文采，更谈不上独特的风格，甚至连排版都粗陋难看，可还是出版了，上架了。谁会注意到它们？谁会买它们？哪个评论家愿意为它们花费笔墨？哪个读者愿意把宝贵时间浪费在它们身上？

他又觉得自己没必要失望，因为他今天本来就没打算买书。

他重新走进地铁站，打算去中心城的星巴克喝杯咖啡。在扶手梯下行的过程中，他听到列车门即将关闭的广播，当他走下电梯时，车门已经关闭了。吊在天花板的电子屏显示，距下一趟列车还有 5 分钟。振瑜坐在灰白相间的大理石座位上，回头看见强烈的灯光下来回穿梭的人群，宛如幽灵一般，不禁有些惊悸。有两个女人走过来，坐在他旁边的座位上。他命令自己，即使内心如何不平静，也要表现出一切都没什么不对劲的样子。他开始偷听身后两位女士的谈话。

"我妈已经很着急了。"其中一位声音犹似风铃，清脆、圆转，有余韵。"她说今年必须解决，否则就给我相亲。"

"这真是皇帝不急太监急。"另一个以嘲弄的语气说道，振瑜联想到鸡蛋壳掉在地上的声音。

"很奇怪，我爸妈总觉得我嫁人很难似的，其实，我要想嫁，明天就可以，随时都可以。"

"这个我相信。不过你太挑剔了。都试过那么多了，该收心了。那个张老板就不错，个子又高，开着沃尔沃。"

"不是挑剔，你不知道，他不合适，我已经跟他掰了。"

"为什么？你们怎么了？"

"我请私家侦探调查过他，他，他居然有个私生子！"

"不会这么传奇吧？看着挺正人君子的。"

"道貌岸然……我还是太不小心了。"

振瑜不知道她们的年纪、身高、相貌，也不想装出一副若无其事的样子回头打量她们。他只是倾听她们的对话，没有开头，更不会有结尾。"我们所知道的他人的人生，本来就是片段的、破碎的、不成体系的。"他一向抱着这种貌似悲观、其实相当超然的态度。

"我知道你是谁，我知道你曾经是谁，我知道你应该是谁，但你已经不是你了。"

"对不起，我希望你……"

"希望我什么？原谅你。希望我死去？我倒真希望我有勇气从阳台跳下去，不过，这里是三楼，我怕我即使跳下去，也未必能够如你所愿。"

"你还没丧失你的幽默感。"

"我已经丧失了信心、希望、活着的理由和用眼泪表达心情的机能……"

"我决不会离开你，只要你还需要我。"

"这根本就不是离开不离开的事，这是忠贞与背叛的事，这是善与恶的事，这是能否承受这种侮辱与打击的事。"

"亲爱的，生活有喜有悲，有时候杯子里的水……"

"闭嘴，收回你的隐喻！"

"一篇小说说明不了什么问题。"

"白纸黑字摆在那里。"

"写作通常是靠想象力的，想象力，你知道，就是编故事的能力，从来没有发生过的事情，他们写起来也是头头是道，仿佛真的发生过一样。作家都是些骗子。我写小说也是这样。"

"三个细节足以说明一切，天下还有这么巧的事儿吗？而且，莉莉也说……"

"你宁可相信她……"

"她是你我共同的朋友，也是我最好的朋友，你知道悲剧发生时，我只有找她。她愿意倾听我，愿意为我分析和解答，她的判断令人信服，她还说曾经亲眼看见你在 COCO Park……"

"她在造谣，你不要相信她。"

"我不得不相信她，她从来没骗过我。"

"有些事情，你何必非要当真？"

"除非你有办法证明你只是玩了一个魔术。"

"我们相爱四年，同床共枕三年，我的一部分自我已经延伸到你身上，你的……"

"我已经没有自我了，我想，我得去找回我的自我了。"

出了地铁车厢，振瑜径直去星巴克叫了一杯焦糖卡布奇诺，在靠近大中华广场那个方向找了一个座位坐下。这一面位于一个狭窄的下沉式单向街道，南北长约200米，陡峭的长坡种植着各色植物，织成一片闪闪的绿网。振瑜所坐的座位后面还开辟了一条长长的水系，其间点缀着芦苇以及叫不上名字的水生植物，那些植物的叶子阔大如蒲扇。一只红色的蜻蜓在一根苇梢上停留了几秒钟，忽然飞走了。振瑜靠椅背上，十指交叉，与手臂做成一个半环，托着自己的脑袋，长长地呼出一口气，感到说不出的自在。忽然传来几声蛙鸣。振瑜简直不相信自己的耳朵。但接下来的几分钟，青蛙再也不叫了。振瑜暗笑自己神经紧张，以致产生了幻听。可是他知道自己此刻非常平静。这种借来的生存感让他感到轻松，一种解脱了义务和责任的自由。

他开始翻看一本杂志。杂志上到处是广告，广告上基本都有一个浓妆艳抹的女模特。其中有一个白人模特，脸色苍白得像一张复印纸。还有几篇专栏文章。其中一篇的作者叫"扫一屋"，显然用了"一屋不扫，何以扫天下"的典故。但振瑜总觉得这个笔名有点怪，虽然说不出怪在哪里。他忍不住去读他的文字。这篇题为《来而不往非礼也》的文章，探讨的是中国的送礼文化，作者首先考证中国的送礼文化起源于宗教典礼仪式，所谓"奉神人之事谓之礼"；接着列举了中国人送礼的种种名目：节日礼、做寿礼、探病礼、结婚礼、乔迁礼、同事礼、商务礼、做客礼、教子礼、谢师礼等；又说到送礼的一些禁忌，比如广东人忌讳"四"字，因为与"死"谐音，振瑜心想：下一个例子，肯定是给老人送礼不能送钟，因为会让人联想到"送终"。果不其然。另外，一些白色的礼品也为国人所忌，因为白色通常是大悲之色和贫穷之色。作者最后呼吁："金钱万能，物欲横流；精神日益粗鄙，传统文化和道德观念面临并经受着前所未有的考验。因而，大力弘扬礼文化及礼治精神，对于提高个人修养、建设和谐的人际关系和良好的社会秩序就显得尤为重要。"

振瑜看完文章，忍不住想笑。他断定这个作者根本不会写文章，他的文章充斥着从网络、报纸、杂志、各类常识性书籍上搜刮来的材料（简直堪比旧时代的地方官），又不能消化吸收，变成自己的血肉智慧，只能以中学生作文的方式串联起来，自以为做了一套精妙无比的"山河社稷袄，乾坤地理裙"，却不知那只是"破烂流丢一口钟"。而且，他肯定是用拼音输入法写文章的，结果把最后一句里的"修养"错写成了"休养"而不自知。

最后一篇文章是关于西班牙旅游的。他不想再看下去，就把杂志丢在桌子上。杂志与桌面接触的一刹那，发出"啪"的一声巨响，惹得几米外一个戴眼镜的肥胖男人回头看了他一眼。那人背部有汗渍，雪白的衬衫中间有一部分沾到了脊梁上。但他的女朋友却瘦得像一支铅笔，淡然地坐着，对周围的一切恍若无闻。从她的侧面看来，她应该算得上是一个漂亮女人，但肯定是一个太瘦的美人。如果忽然起风，她会不会被吹走？

振瑜不打算理会这个胖子，也没机会理会他，因为他看了振瑜一眼，就又转过脸去跟他的女朋友聊天了。振瑜的视觉印象还朦胧地停留在一幅杂志照片上：一座小小的古镇耸立在悬崖峭壁上，石头建造的房子高低错落地挤在一起，似乎密不透风，屋顶一例作米黄色，墙体却浅蓝、暗红、淡黄、米白等各色混杂，像一幅印象派的油画。而这时，振瑜脑海中电光石火地一闪，顿然悟出：刚才之所以觉得那个"扫一屋"的名字有点怪，是因为它不像一个作者的名字，倒像一个女仆、保姆或清洁工的外号。

这时候，一只青蛙以单调的"呱呱"声叫了起来。几秒钟后，另一只青蛙呼应似的持续地叫了四五声。振瑜很高兴，他终于确定这里真的有青蛙，霎时间有了"人在闹市，心在田园"的美好感觉。他想写一首诗来记录这种感觉，于是开始一字一句地思索，仿佛这种字斟句酌的思索可以带他进入一个新的梦境。最终，他只挤出这么一句："市午混沌一杯酒，青草池塘数声蛙。"却又觉得这联诗句并不切合当前情境（他并没有饮酒，而咖啡之类的元素又很难入旧诗），同时平仄也不太协调，干脆就不再往下思考了。

尽管诗没有写成，他还是很享受这种与世界暂时脱节的快感。他并非不想改变自己，就像一些励志演讲里咆哮的"改变自我"一样，但是，不几天，他就故态复萌，继续延续自己的本性了。他喜欢瞭望生活的背影，任由社会在他眼前呼啸而去。来深圳七年，他一直走得磕磕绊绊，痛苦不堪，他对自己也越来越厌倦。有时候他会突然产生一个令自己恐惧而战栗的念头：他不适合做个城市人，更不适合做个现代人。他连西服都不愿意穿，连现代诗都不愿意写。

"要是在唐代或者宋代，说不定我早就考上进士了。"

他抬头望着天空，几团乌云悄无声息地出现头顶。亚热带城市的夏天，天气说变就变。他晃动一下屁股，坐得太久，有点麻木了；他换了个更舒适的姿势。他不愿看到任何征兆，但现在他却身不由己地看到一个：天要下雨了。他需要这个征兆吗？

他把身子往下滑动了几厘米，以便把头靠在椅背上。他享受着身体的惬意。他担心自己会堕入梦乡，因为他知道他有说梦话的毛病，有时还会发出很大的鼾声。他绝不允许自己在公共场合丢脸。

他朦朦胧胧地意识到自己睡着了。他命令自己不去想那些不该想的事情：不去赴朋友婚礼的失礼、昨晚上被一只蚊子折腾得疲倦不堪、失业的困顿、与父亲逐渐恶化的关系、与相恋四年的女朋友一朝成仇……此刻朋友的婚礼应该已经开始了，新郎也许正挽着新娘的手走上花团锦簇的舞台，在司仪的引导下，完成他们昨天晚上加班加点排练好的节目——

"红杏枝头春意闹，玉栏桥上伊人来，身披洁白的婚纱，头戴美丽的鲜花，沐浴在幸福甜蜜之中的新人在庄严的婚礼进行曲中心贴着心、手牵着手，面带着微笑向我们款步走来。朋友们，让我们衷心地为他们祝福，为他们祈祷，为他们欢呼，为他们喝彩，为了他们完美的结合，让我们再一次热情鼓掌，祝福他们美好的未来！"

他们还会喝合卺酒——

"喜字当头笑在口，一生一世永牵手，一朝同饮合卺酒，相濡以沫到白头。大家请看，何为合卺酒？一个葫芦劈开，便为卺；葫芦，苦涩的；酒，是甘甜的，象征着一对新人从此同甘共苦。今日共饮合卺酒，先喝一小口；今日共饮合卺酒，互相敬一口；今日共饮合卺酒，碰一下，同干共饮合卺酒，真情真爱心中留！"

他们当然还要拜父母、交换戒指、开香槟……

"是你吗？真的是你呀！"

一阵稍显沙哑的声音在他耳畔震响。是一个女人在叫他。

他睁开眼睛，看到一张女人的脸庞和他隔桌相对。这张脸，线条柔和，目光明亮，在阴影下微微低垂，显得轮廓异常柔美；一头染成金黄的头发披在肩上，与她的白色衬衫的衣领不停地卿卿我我。振瑜坐直了身子，并借机深深吸了一口气。她的身体似乎并没有气味：一朵没有香味的花。

"你是……"他想不起她是谁。

那女士并不生气，笑笑说："初二时，我转到咱们七班，坐在第二排中间，你的前面……"

"原来是你。"

"刚才正在跟朋友聊天，你相貌变化有点大，我怕认错人了，就没过来跟你打招呼。"

"现在你朋友呢？"他一边说话，一边思索着她所谓"相貌变化有点大"是什么意思。

"他走了。"她捧起自己仅剩下一半的奶茶喝了两口。

他注意到她的手指洁白、光滑、纯净。从正面看，她根本不像一支铅笔，无论多么贵重的铅笔——她是一枝会走的玫瑰，正当花期，玉露凝香。不知道那个死胖子是不是她的男朋友？

"你现在喜欢深圳了吗？"她问道。

他不记得什么时候跟她讨论这个问题，他甚至不确定上一次他们交谈是用手机、QQ还是电子邮件，也不确定上一次他们见面是在地球还是火星。他欠了欠身子，驱动五官，组合出一副正经严肃的表情，但语气之间却尽显一贯的调侃："以前确实不喜欢，但自从我走访了更多城市之后，就开始喜欢了。我发现别的城市也有马路、斑马线、公园，也有医院和病人，甚至连交通规则都是一样的。但是，在深圳连行人闯红灯都有人管；大路上永远有人在打扫；深圳的厕所也很干净。年纪大了，我不再喜欢那种乱糟糟的自由了。换一种眼光看深圳，我发现它即使不比别的城市更好，也绝不会更坏。"

其实他想说的不是这些，而是别的。这些话一出口，他就感到一阵羞愧：

他生平最讨厌自己讲话不清楚，不精彩。于是他就停了下来。

她说："你比以前胖了不少。"

"是吗？"他抬手摸了一下鼻尖，同时瞪大了眼睛，毫无顾忌地盯着她。他并无信心，不知道这个动作和表情到底是不是足够恰当。某段时间以来，他总是出错，轻微的差错，手势上或决定上的错误。是否应该把这个看作一种信号呢？

"你比以前胖了不少，以前脸形是长的，现在有些圆了；以前你目光严肃，现在有些——你不介意我直说吧（他当然不介意）——有些散漫；以前你是平静的，现在则有些忧伤。"

接下来，他们谈到各自的生活轨迹——主要是这位女士的生活轨迹：在北京当模特，在好心人的资助下赴巴黎留学，去年夏天在维也纳度过暑期，一周前刚从纽约看望朋友归来。她说得兴奋，伸手从她的咖啡色 Prada 挎包里甩出一叠明信片来；振瑜早就看到了她的名牌挎包，但这时还是吃了一惊，事实上他也确实吃了一惊。

女士给他展示那些好看而精致的明信片：这是自由女神像，这是时代广场，这是中央公园，这是帝国大厦，这是唐人街，这是布鲁克林大桥，这是洛克菲勒——还没等到"中心"两个字诞生，她的介绍就被刺耳的手机铃声打断了。她用英语——也许是法语跟对方通话，语速又急又快。电话打完，他知道她要走了。

事实证明了他的推断："朋友有事找我，我得走了。"

她友好地给他留下了三张明信片，并说："有时间给我电话。"

他答应了。但她并没有给他留下电话号码。

直到此刻，他也记不起她的名字。她好像姓一种什么动物，马？熊？牛？鱼？再不就是乌，或者是燕。

但也许他们根本就不认识。

"有些关系，"他自忖道，"只有当有人谈起它时它才会存在。就如同有些植物，若是给它们浇水，它们就会生长；一旦将其遗忘，它们就会凋零。对于那些过去的人和事，必须进行农学耕种式的打理，才不至于彻底失去它们。"

他又有点困了，就开始寻找此前睡觉的姿势——他觉得那个姿势很舒服，

而且还可以做梦，如果能在梦中去参加朋友的婚礼，也可以让自己良心稍安。当然，即使梦不到，也没什么。他觉得他已经可以做一切都不在乎。

"你是个卑鄙无耻的伪君子！"

"你不能这么骂我，我一直在改悔，我心里只有你一个，你摸摸它，它还在为你跳动。"

"一个伪君子的心……别过来！我不想你再碰我一指头。我有点反胃。你一错再错，够了，够了！"

"我从来没有背叛你，从来没有，甚至连想都没有想过。我俩在一起多美好，你和我。"

"美好？幸福的一对？"

"不是吗？"

"郎才女貌，天造地设，忠贞不贰，海枯石烂，性爱和谐，夜夜高潮……"

"严肃点。"

"你先不严肃的。你这个混蛋。"

"你又开始骂人了。"

"珍惜吧，以后连这你也听不到了。"

"你要离开我？"

"是你逼我的。"

"难道没有挽回的余地了？"

"也许有吧，但愿你能找到它。"

"什么？"

"余地，挽回的余地，你去找吧。去小说里，去夜色温柔里，去别人的床上找吧。祝你好运！"

他拿起她留下的明信片，一张一张地看：自由女神，中央火车站，古根海姆美术馆。他印象最深刻的还是这张自由女神像。他仿佛记得郭德纲在某段相声里称之为"自由女神经"。

他左思右想，不知道该把这些明信片寄给谁。他的肚子咕噜咕噜地响了几下，一阵钻心的疼痛。他心想："原来饥饿的时候肚子会痛。"又想："饥饿的时候肚子本来就会痛呀。"他去点了一份蛋糕，并准备向服务员借一支笔。柜台后面有两个服务员，他记得刚来时有三个服务员的。那个男服务员取出他要的蛋糕，放在一个小盘子里，一只手递给他，另一只手迅速地夹出一叠纸巾、一个小勺子。男服务员的动作太快了，因此看起来他拿纸巾与勺子的动作是同时完成的。他等男服务员转身去忙其他事时，才向那个女服务员提出借一支笔的请求。她从一个黑色铁质网状笔筒里取出一支水笔递给他，什么话都没说。振瑜想听听她声音的图谋未能得逞。

蛋糕虽然不大，但他只吃了一半就停了下来，开始写第一张明信片。

"姜澄海兄大鉴：一别六年，还记得我们同窗攻读时的乐趣吗？可记得吾等与人争辩鲁迅、沈从文之优劣乎？曾记否盛夏卫生值班时，吾人偷偷溜至后山，以弹弓射野斑鸠耶？某雪夜，与兄在小饭馆食烤鱼、饮啤酒之事亦时时再现于弟之脑海也。闻兄谋稻粱于青岛，未知一切顺心否？"

写到这里，空白处已经用尽了，最后一行字甚至把那行英文都盖住了。他想："我本来就只有这么多话要写。"

他换了一张准备继续写——这次写给谁呢？写什么呢？

"亲爱的雅彤：你错怪了我！时间将证明我清如水、白如雪。那篇《夜色温柔》的鬼小说里写的绝对不是我，我也不认识这种无聊的女作家。人家上床的对象臀部有个黑痣、喜欢在她的鼻子上舔来舔去、在办完事之后喜欢喝一杯百事可乐，关我什么事呢？你不能因为这些偶然的事情就断定我对你……"

他又在第三张明信片上接着写——

"不忠，并且狠心地离开了我。"

对着下面大片的空白，他的脑中也是一片空白。他把几张明信片从头浏览了一遍，初写时那一股激情已经消失，此刻只觉得字句写得不够生动圆融，书法更是稚弱难看。他把明信片一张一张地撕碎，丢进墙角的垃圾桶。

他准备回家去。走过商场出口时，他看到一个中年妇人提着一袋水果出来。有几根香蕉露在外面。振瑜不禁咽了一口唾沫，他即刻决定去家乐福买一些水果再回去。他对自己喜欢吃水果的习惯一向很自豪。

他买了 5 个苹果、2 斤葡萄、1 斤车厘子。在排队埋单时，他很想偷偷地揪一颗葡萄吃，但他身后站着一个年轻女人——他用眼睛的余光就能感觉到，这是个年轻女人——他只好忍住。总共花了 96 元。车厘子太贵了。

他提着水果，慢悠悠地走出超市，走过电影院，走过一个儿童服装店。这时候，一个熟悉的背影跳进他的视线：淡灰色一字领蕾丝雪纺吊带连衣裙，微微卷曲的淡黄色长发，窈窕的腰身，褐色高跟鞋。

他立刻制订了一个新的计划。他把这个计划在心里过了两遍，确定大体上并无纰漏，决定立即予以执行。"这或许只是一个玩笑。"他想。

他朝那个背影冲过去："楚霈芳！"

女人回头，第一时间就做出惊喜的表情："罗振瑜，原来是你呀。你怎么在这里？"

"你不是住在附近吗？我特地买了水果准备去看你呢，正要给你打电话，想不到就碰到你了。"当他说这句话时，他以为自己确实是在开玩笑。但这个玩笑反过来已经控制了他。

"真巧。谢谢你。"女人拉拉他的手，却并没有把水果接过去。

"要不我们一起吃饭吧，我请你，你想吃什么？"

十分钟后，一男一女并肩走进一家韩国餐厅，坐在靠窗的情侣座上。

"我想让你点完所有的菜；你想吃什么就点什么，你点什么我就喜欢什么——我乐于听从女人，尤其是像你这样的女神。"

空调的凉风给身体带来了极大的愉悦。男人从服务员手中接过菜单递给她。菜单开本很大，包着黑色皮纹封面；他觉得有点重，在姑娘接过去时，他故意在让它在手里多停留了 1～2 秒钟，以便给她留出充分的适应时间。

点完菜，他们才腾出眼睛来欣赏落地玻璃窗外面的风景。虽然仅仅是 4 楼，但一切尽收眼底：璀璨的灯光、拥挤的街道、人群、尼康相机的广告牌、消弭了轮廓与风格的楼宇、正在等红绿灯的汽车——红灯变绿了，汽车快速启动，冲过斑马线。姑娘很兴奋，拿出手机拍了几张照片。

"我昨天下午 5 点给你打了电话，但你没接。"男人盯着姑娘的手机，她正在欣赏自己的摄影作品，嘴角时时露出迷人的微笑。她笑起来嘴角就像一瓣新剥的橘子。

男人忽然想起什么似的问道："刚才有没有点酒？"

"我从来不喝酒。"

"应该点一瓶梨姜酒或者小菊酒，当然文杯酒也很不错，这种酒有一种水果的香味儿。"

"我从来不喝酒，不管是白酒、红酒还是啤酒。我爸从小就禁止我喝酒。"

"那太遗憾了。"

姑娘喝了一口水。可能是为了礼貌，她收起了手机："你刚才怎么说我来着？"

"什么？"男人皱起眉头，挤出一层一层的皱纹，好像被人划了几刀。岁月不饶人，但时间的刀柄攥在谁的手里？

"你刚才说像我这样的什么？"

"哦，女神。我怎么尽忘事。"

"为什么总是有人称我为女神？前天有个广告部的男同事在他们的 QQ 群截了一张我的照片，说，瞧，这简直是女神。为什么你们都这么称呼我？究竟怎样才算女神？我自认为自己并不算美女。"

"如果你不是美女，那世界上就找不出漂亮女人了。我想大概是因为你的气质，你很少笑，表情有点严肃，神情落落寡合，跟大家，不，也许是跟这个世界有一些距离感。想想观音菩萨吧，无论怎样好色的人，面对她也会心生敬畏，敢远观而不敢亵玩。"

"我是这样的吗？那真是太失败了。看来我这辈子是嫁不出去了。"

"如果你真想嫁人，明天就可以去领结婚证，你知道，我……"

"同样是那些广告部的同事，他们这几天一直在议论他们新来的副主任……"姑娘的橙汁上来了。她噙着粉红色的吸管用力地吸了一口，又轻轻地咂咂嘴，仿佛要把这种饮料的甜味榨取干净。

"那个尊你为女神的，大概也是你庞大粉丝团中的一个……"

"他们居然说，这个副总只不过是嘴上功夫了得，对于杂志社的广告业务实在一窍不通；但是他又不愿意被别人看出来，所以一个劲地伪装自己；我想，他私下里一定在疯狂补课吧，也许还偷偷地报了一个有关广告业务拓展的

培训班；他内心一定很紧张，也很累，听说他正在吃中药。"

"中药能起到很好的调理作用。"

"他们说，我们主编太善良了，脸皮薄得很，要是换了别人，早就把这家伙送回老家了。"

"你知道他多大年纪吗？"

"谁？我们主编？"

"那个副主任。"

"听说是'80后'。人事部的同事说的。他们看过他的身份证，上面显示是1980年生人。"

旁边几张桌子也陆续坐满了人。离他们最近的一张桌子上是一家三口：矮胖怕热的男人、留着短发的白面女人，以及刚一坐上椅子就拿着勺子演奏打击乐的小男孩儿；在演奏的过程中，姑娘注意到孩子一直轻微地咳嗽个不停。

烤牛肉的香味引人垂涎。连邻座那个胖男人也转过头来看了一眼。他为姑娘的美貌吃惊，但又不敢多看。

"第一张叶子又嫩又完整，你来用吧。"

姑娘拿起了那张菜叶："我总是没法包得美观，好在并不影响吃。"

男人看着姑娘把一块牛肉蘸了酱料，往菜叶中间一放，又把菜叶四面卷起，往嘴里塞去，不禁笑了。

"上周我去了海边。"她边吃便说。

"你一个人吗？"

"当然不是。和朋友一起去的。"

"我也邀过你，被你拒绝了。"

"我喜欢去海边玩。站在沙滩上看海，是我最快乐的事情。在沙滩上……哦，空气那么清新，连炎热也减小了威力。"

"是的，海边很凉爽。"

"我在沙滩上站了很久，也许有半个小时，甚至一个小时。朋友们在阳伞下聊天。他们肯定在八卦。我不喜欢八卦，我只喜欢看海，看浪花不停地涌上沙滩又破碎成泡沫。我注意到有两个女人从我身边走过，狠狠地瞪了我一眼。她们为什么要瞪我一眼？她们瞪我一眼是什么意思？我想我并没有得罪她们，也绝对没有做出对他们不敬的行为。"

"那可能只是平庸对美的嫉妒。"

"再别提什么美了，我要是这么美，为什么没人……"

"那是因为你不愿意。要是你愿意……你当然不会忘记，我就不止一次……"

"有一次我去见一个我爸童年时的朋友。他是一个很容易相处的阿姨，人过中年，十分友善。但她并不了解我，对我缺乏真正的同情。她说，她23岁结婚，37岁离婚，享受过幸福也受尽了折磨，但她并未对人生失去信心。我感到她已经老了，但她还要求重返青春期的生活，结果只有碰壁。我不记得我是否说了什么不该说的话，但她让我觉得爱情必须慎重，结婚倒可以放轻松些。"

"任何道听途说，以及他人的开导、建议、劝诫、榜样都不足以成为你做决定的依据，只能作为你进行判断的辅助，而真正决定你的判断的，是你的内心。所以，很多事情要亲历才能客观对待，即使不能亲历，也要多等一会儿，冷静思考后再做决定。"

"有时候，我不记得我想过什么事情，任何人都不可能告诉我这些事情，任何人都不可能对我肯定这些事情。"

"我们有时会错误地以为，得不到的，才是珍贵的，已经拥有的，都是廉价的。得不到的，因为缺少深入的了解，它只是一种美好的假象，展示给我们一个徒有其表的外壳。如果有那么一天，你距离它近了，知道了它的真相，你才发现，它和我们拥有的，竟是那么的相似。别把眼光停留在想象中，你拥有的，都是你的幸福。"

"可是，有时候我们是那样地……沉迷于满足和幸福中，以至于我们觉得几乎要被淹没、被溶解。确实有这样的时候，虽然不多。有时候我们不明白事情到底怎么了——一些莫名的烦躁追着我们、黏着我们、缠着我们。难道我们的青春期被拉长了？一口吐不出的痰……"

"你总是想得太多……"

"不是我想得太多，而是过去太幸福了。"

"未来也可以一样的幸福，甚至有过之而无不及。"

"不可能，任何未来都无法与过去相比。"

"我们创造了过去，却无法拥有过去。"

"我有时候觉得是该做出决定的时候了。"

"是的，是该做出决定了。你是你本人的，你有权决定自己的事情。所以，无论你的决定是什么，我都会无条件支持。"

窗外越来越热闹了：灯光交错，汽车的鸣笛，广场上老人的舞蹈，以及广播里放到最大音量的伴奏曲。一个中年妇女坐在十字路口一根低矮的水泥柱上，披头散发，袒胸露背。

他们同时望向窗外。他隐约觉得，她看出了他的情绪波动。

"他们在干什么？"

"谁？"

"那些行人，以及广场上的人。"

"消磨时间吧。你知道，对大部分人来说，时间多得无法对付。直到死亡到来，他们才觉得害怕。但是，已经晚了。"

"他们都是些什么人呢？"

"谁知道呢。这是个移民城市，五方杂处。此刻，就在这条街上，或者，在这个商场里，你可能会遇到50种不同职业不同类型的人：打字员、房地产中介、超市仓库管理员、公务员、警察、赌徒、职业炒股人、运动员、内科医生、退伍军人、黑社会成员、妓女、白天的乞丐、无所事事的房东、刚毕业的落魄学生、身无分文的年轻人、衣冠不整的醉汉、梦想成为艺术家却选错了城市的人、一周或几个月后将要被杀害的人……"

男人注意到姑娘光洁的脸上流露出一丝厌烦和倦怠。

他连吃了两口菜，决定转移话题："还记得你上次说的那条爱马仕丝巾吗？等这个月发了工资，我就给你买……"他故意忘了自己已经失业了。

"我只是说着玩呢。你知道，我并没有那么高的品位。去年有朋友送我一瓶香奈儿，至今我还没有启封呢。"

男人沉默了一下，才说："你的橙汁快喝完了，要不要再来一杯？"

"可以，再来一杯吧。所有饮料里，我只喝橙汁。"

"我也喜欢喝橙汁，但我并不只喝这一种饮料，我同时也接受桃汁、梨汁、葡萄汁、西瓜汁……凡是水果饮料，我都喜欢。"

"这样很好。"

"上个月我送你那台微波炉好用吗？"

"很好用。不过我并不喜欢微波炉，我不喜欢听那种声音，那种轰轰隆隆的声音；还有，热出的饭菜总是有一种异味；更要命的是，热菜的过程中还不能搅拌，没法调口味……"

"你可以中途关掉再……当然，那不是微波炉的用法。你没有看过使用说明书？"

"看过……开头。那是一本我平生所见最枯燥无聊的书，比中学时候的课本还要枯燥，比三流作家的爱情小说还要无聊。"

辣拌蛤蜊、韩国参鸡汤、韩式海鲜煎饼、生拌韩国嫩豆腐。他们胃口大开，谈兴正浓，连服务员来加茶水也没注意到。

"前几天，上海一个女作家发了一条微博，说得很妙：相似的人适合一起欢闹，互补的人适合一起变老……"

"这个女作家叫什么？"

"俞越，好像是这个名字。她最近出版了一本小说叫《3号地产商》。"

"愉悦？快乐的意思？"

"俞是愉悦的愉去掉竖心旁，越是跨越的越。我以为你会注意到这个同行。"

"我不喜欢读当代小说。要读也读港台的。"

"张小娴、席慕蓉、朱天文与朱天心姐妹？"

"这些人的东西也读过一些。"

"你那篇《夜色温柔》产生了不小的影响。"他想到自己的女友，有些黯然。

"我倒希望我没写过这篇小说。你为什么一直吃煎饼和豆腐？"

"因为它们离我比较近。也许我们可以想法开心开心。"

"我们是应该开心开心。"

"如果你愿意进行一次长途旅行，我愿意全程陪伴。去西藏、新疆，或者东南亚，甚至欧洲，法国和意大利；对了，你更喜欢瑞典……"

"很好的计划。我想，我烦心的事情还有很多，比如供弟弟上学，进修，把那些失宠的旧衣服处理掉，换到一个房租更合理的小区去，把那部烂尾的小说写完，以及，祈祷今天晚上不要再度失眠。"

"失眠的时候可以听听歌，比如王菲的《红豆》，那种调子能起到很好的催眠作用，比《小燕子》还灵验哩。"

"你误会了，失眠只是其中一项，我烦心的事儿多着呢。"

"为什么不找个人分担一下？这年头非常流行这个。"

"月亮有圆有缺，生活有喜有悲。对于生活而言，习惯它比改变它更重要。"

"你说话躲躲闪闪的。"

"有吗？其实，我明白你的意思，只是我的心思集中不到这上面来。心烦的时候，我会变成什么样子，你比谁都要清楚。"

"嗯，我知道。我经常会跟着你一起烦恼。有时候我有个幻觉，既然我的烦恼跟你的烦恼是一样的，如果把我的烦恼消除了，是不是你就同时没有烦恼了；如果那样，我不介意把自己解决了，因为我对自己毫不在乎。"

"你这话是什么意思？"

"没什么意思。"

"你可以不在乎自己，但有人会在乎。"

"我不在乎别人的在乎。"

"你认为在乎你的人是别人吗？"

姑娘起身去洗手间了。男人沉默地坐着，脸上结着一层失落和疲倦。他回忆着姑娘刚才的动作、表情、言语：一个简短的音节，一声简短的笑，眼皮简短的一眨。一切都是简短的，就像这次交谈。他有些绝望：所有的简短加起来，离他的目标实在有点太远了。

其实，直到打烊时间，直到马路上的汽车逐渐稀少，直到广场的人群早已经散尽，直到大部分灯火次第熄灭，他们才结账离开。

"这些水果，我可以帮你提到家里去。"

"不，不用，你只需要帮我提到楼下就行了。"

目送那道美妙的背影走入小区大门，罗振瑜长长地叹了一口气。他觉得女作家的心思太难捉摸了。他吃过她的亏，也尝过几次甜头，但总的来说，他在明处，她在暗处，他处于被动地位，她处于主动地位。她控制着他的喜怒哀乐。他觉得自己居然被这样的小妞攥在手心随意玩弄，实在丢脸。

振瑜叫了一辆出租车，习惯性地坐在后排。他告诉司机要去八卦岭。司机掉转车头，向东冲去。透过车窗，他看到两旁庞大的建筑物：卓越大厦、中心城、尚未建成的皇庭广场、黑色的大中华广场、岗厦拆迁区高大的围墙广告、一动不动的细叶榕……霓虹闪烁，仿佛是城市在搔首弄姿。道路那灰黑色的手臂，还有月光衬托下建筑物伸出的粗壮宽厚的手臂，它们紧紧拥抱的承诺，它们讲述的遥远的童话故事，此刻一齐伸出来，化成一团低沉而窒息的声音：我们孤独——我们都是孤独的子民。当振瑜被这个声音亲切呼唤时，天空中聚集着它的伙伴，各自做好了出发的准备，抖动着它们那可怕的、兴高采烈的欲望之翼。

构思小说的男人

傍晚时分，天气乍凉。路上的灰尘被风吹了起来，行人下意识地捂住了鼻子。汽车并未因为天气的变化而减慢速度。构思小说的男人混迹于人群中，享受着被淹没的乐趣。他慢慢地走着，摇摇晃晃，旁若无人。有好几次差点撞到其他行人；但总是在即将撞上的一刹那，而被别人机警地避开了——也许是被他自己避开了。有一个浓妆艳抹的女人回头看了他一眼，嘴里嘟囔着什么（也可能是嚼着什么），他也毫不在意。

从此地到家，步行需要 20 多分钟。构思小说的男人不愿去挤公交车，因为他受不了那些张着大嘴、喷着臭气的乘客。有时甚至还会碰到小偷。5 年前，他曾经被偷过一次。整个坐车的过程似乎都很正常，直到回到家，习惯性地把那个廉价的黑色公文包往沙发上一扔，才发现上面被划了一道长长的口子，装着身份证、暂住证、银行卡和 142 块钱现金的钱包神不知鬼不觉地改换了门庭，成为别人的财产。他有一种强烈的屈辱感。他想象如果抓住那个小偷，他会用什么样的手段惩罚他。拳打脚踢、带刺的皮鞭甚至火红的烙铁已经不能满足他的胃口，或者说，不足以发泄他的怨恨。他想起苏东坡曾说过："忍痛易，忍痒难"，又附带想起余华《现实一种》那篇小说里，因一个意外而互相残杀的家庭，哥哥山岗以狗舔脚底板使人笑毙的奇异方式，杀死了他的弟弟山峰。他想：我要在他两只脚底板上都抹上蜂蜜，让一只饿了三天的狗一直舔他、舔他、舔他……

构思小说的男人看到不远处几辆公交车走走停停，似乎只要稍微加快步伐就能超过它们，他尝试这样做了。

"也许应该买辆车了，听说上个月的汽车市场全线降价，有些豪车最多降了30万元。"构思小说的男人蜻蜓点水地想道，内心充满幻想的愉悦。

在一家诊所门口，他远远瞥见地面上有一块孤零零的泥巴，深灰色的，呈不太规则的椭圆形，在冷冷的夕阳照射下愈显阴沉。他觉得有必要摸摸自己的耳朵，于是真的举手摸了一下，由于用力过猛，耳垂上像被蜜蜂蜇了一下。他差点骂出声来，并想起小时候戳一个马蜂窝被群蜂痛蜇的情景。他感到，他的皮肤若是没有陌生人的碰触将是不完整的。但他并不正眼去看别人。路上也没有人去看他。于是他把头抬得比平时更高。

构思小说的男人缓步走过那家诊所。有个穿白色（但也可能是粉白色）护士服的中年女人出来倒垃圾，顺手拾起那块泥巴。那块泥巴顿时卷了起来——原来是块破布。

"一篇小说要尽可能地把真实和虚幻的界限打破，因为，只有在真实变得不那么真实的时候才会产生魔力；换句话说，虚幻的东西必须具有几分真实的影子，才会激起读者的好奇心。"想到这里，构思小说的男人那张略带皱纹的脸上不禁露出一丝怪异的微笑。不过，他对这个笑并无准备。

妻子第一次怀孕时，他同样也没有做好准备。他不允许在没有准备好的情况下做父亲。他曾经写下这么一句话："生一个孩子，你就成了父亲，万劫不复。"他对不可预测的明天充满恐惧。

构思小说的男人独自走着，感觉有点寂寞。他在一座桥上停留了一会儿。

桥下的水几乎变成了黑色，一股腥臭味源源不断地钻进他的鼻孔。水面似乎一动不动。他决定用一块小石子试试水的深浅。他在地上仔细搜寻，在目力所及的范围内，一块石子也没有。只有几张纸屑贴在地上，每一次有车经过时，就被带动起来，等车过去，又缓缓落下。对这些纸片来说，以这样的速度从福田走到罗湖，起码要20年吧。

构思小说的男人朝水中吐了一口痰，那口痰造成了一个不断扩展的圆形水纹，余韵悠悠，直至水面重新恢复了平静，那口痰还未消失。但它终究会消失的。一切都会消失的，尽管有早有晚。

有人像虾一样弯腰去捡一枚硬币。当他发现那不是一枚硬币时，就重新绷直了身子。他并未露出失望的表情。身后传来一声急刹车。一辆公交车和一辆小轿车发生了擦碰。两个司机一起下车查看，交涉，并拿出手机，先打电话，又拍照，既拍车，也拍人。此外，没有树叶掉在人行道，没有狗从巷道里跑出来，没有鸟从一棵树飞向另一棵树，也没有人说出"我将骑一匹马去万象城"这句话。

构思小说的男人隐约想起，他刚刚去参加过一次无聊的聚会。那个时尚杂志的主编为了推销自己的新书，特地召开了一次座谈会。他因为一个旧时女友的邀请，不得不中断自己宝贵的小说创作，提前半个小时赴会。他一见到她就决定要打起精神来，重新给她造成良好的印象。虽然她们已经大半年没联系了，但毕竟都已经到了怀旧的年纪，过去的恩怨不再是恩怨，过去的美好却是加倍的美好。他们坐在后排。他准备跟她好好聊聊，他甚至决定跟她提起一些风流往事，以便唤起她的某种热情；然而她只是安静地听着主持人和嘉宾事先安排好的对话：问题、答案、表情、动作，等等。一个半小时里，他们共说了不到三句话。构思小说的男人发誓以后再也不见她了。

构思小说的男人不允许自己做出这样的假设：假如她再一次给他打电话，嗲声嗲气地要他请她吃韩国烧烤，他肯定没有勇气拒绝。事实上，他渴望接到她的电话，渴望见到她，渴望被她折磨。他觉得自己又充满了活力。

在他的构思里，一个像《蒂凡尼的早餐》（电影或小说）里的霍莉那样的角色是他人生完整的必要因素：男主人公跟她物理关系很近，他们是邻居，是好朋友，可以互相谈心、互相安慰的"闺密"，但却不是恋人。她不爱他。她似乎谁也不爱。

构思小说的男人经受住了考验，最终没有做出那样的假设。他在自己的包里摸索了一会儿，想找一块口香糖来嚼嚼，但却没有找到；他有点丧气，正准备撤出时，才意识到自己的手里早就握着一块口香糖了；他把口香糖塞进嘴里，把包装纸扔到路边的草丛中。

构思小说的男人对自己的文学创作并不自信，但是，因为自小就开始读书、写作，久而久之，就养成了经常动动笔的习惯。踏入社会之后，虽然并未以写作为生，但他还是喜欢利用业余时间写个不停：小说、散文、剧本、新旧诗歌、政论、时评、文学评论、书信（当然没有寄出去过）、甚至相声段子等，逮着什么写什么，拾到篮里都是菜。但在他工作的公司里，没有一个人知道他还是个写作的能手。有时候他恶作剧地称自己是"中国的海明威"，或者"二十一世纪的卡夫卡"。"我无法卡住命运的咽喉，但起码能卡住自己的脖子，也许我应该改名叫作卡卡。"构思小说的男人自嘲地对着镜子说。他听一个喜欢足球的朋友说过，在意大利语里，最近从皇马重回 AC 米兰的巴西球星卡卡 KAKÁ 的发音与 CACCA 一样，后者的意思是"大便"。他喜欢外国人这种趣味与颓废兼而有之的幽默精神。

构思小说是他最大的乐趣。把一些从天而降的人物、无中生有的事件编织得匀称、妥帖、曲折跌宕、耸人听闻，让他们哭或者笑，让他们生或者死，没有比这更让人满足的了。偶尔，他为自己所创造的人物而感动：那些眉眼鲜活、栩栩如生的年轻人，那些灿烂的忧伤与刻骨的绝望。他想：就这样过一辈子也挺好。

唯一的难处是：真实和虚构的界限在哪里？虚构能否变成真实？而真实会不会也是虚构的？

唯一的障碍在于：有人不允许他这么做，而这个人的身份和权威又是他不得不正视的。对于自由的极度渴望，近来愈发让他焦躁不安。

昨天晚上，构思小说的男人这样写道："作为一个事业有成、生活美满的

中年男人，他享受着目前的一切——如果再有一只金毛犬就更完美了。"他喜欢金毛犬，但他的妻子不喜欢。她喜欢猫。

"在《蒂凡尼的早餐》里，奥黛丽·赫本和一只猫生活在一起，那只猫并不怎么漂亮，又肥，又颠顸，但赫本很喜欢它。在电影的最后，赫本冒着大雨去垃圾场寻找那只猫，她找到了，并把它抱在怀里，抚摩它，亲它，用自己的衣服为它挡雨，那个场景让我感动得想哭。"

构思小说的男人不说话。他心想：很多人都说赫本很漂亮，无疑她的容貌是漂亮的，没有一丝瑕疵的，但她的胸部实在太小了。电影里赫本听闻自己的哥哥身亡，情绪失控，在家里又哭又叫、打砸家具，男主人公以蛮力制住了她，他的右手压在她的左乳上——可是他一定很失望，那跟按在她的背上没有多大区别。

"当卡波蒂听说将由赫本来演霍莉时，他十分不快。"构思小说的男人对着电视屏幕说，电视并没有打开，屏幕一片漆黑，反映出他不太自然的坐姿。"在小说原著里，霍莉就像一只活跃跳脱的野猫，又像一株盛开在旷野或悬崖上的雏菊，她是动物和植物的结合体，这样的女人具有无法形容的魔力，足以令所有的男人为之倾倒。与之相比，赫本是另外的类型。"

他发现他的妻子早就到卫生间去了。他这番话等于是对电视屏幕说的，或者说，是对电视屏幕上的自己说的——那个黑魆魆、胖乎乎、近乎呆滞的影子。从卫生间传来哗啦哗啦的流水声。为什么她在下午洗澡？

书房里很安静。一切井然有序。灯罩犹如它的影子一样，无声无息。他咳嗽了一声。传入他耳中的声音滞浊而低沉。他觉得这声音一下变得完全不可理解。在他正在构思的小说里，这种声音不止出现过一次。

构思小说的男人放下手里的笔，靠在一张高背红木椅上，抬头看着书桌上方墙壁上挂着的一幅古代仕女图。画上的女人挽着发髻，身披轻纱，肩膀裸露，身形丰腴。寂静包围着他。有一瞬间，他觉得周围的空气仿佛长着毛茸茸的小手，那些小手轻触他的头发、脸庞与脖颈，一种痒痒的沁凉、麻麻的刺激弥漫在他的每一根神经上。他怀疑他的背后站着一个人，不由自主地转过头去。

在一个街道的拐角处，构思小说的男人看到一个身材矮胖、面色黝黑、戴着草帽的女人在卖水果：香蕉、苹果、葡萄、哈密瓜以及……以及什么呢？那种水果他不认识。球形，橙黄色，橘子大小，表皮光滑，似乎还泛着光。

构思小说的男人指着那枚挤在左边角落里、体形很小的水果问道："这是什么？"他很奇怪自己为什么会注意到这个"小不点"，在那堆水果里，个头更大、颜色更鲜艳、甚至离他的手更近的"同侪"多的是。

女人递给他一只塑料袋，以浓重的广东普通话回答道："蛋黄果，很甜的，买几个尝尝啦。"

这时，一辆银白色的汽车停在路边，车门打开了，但司机并未下车，而是又迅速关上了车门；很快，他又摇下了车窗的玻璃。汽车仍然开着发动机。身形瘦弱、上唇留着胡子的司机用左手捋了捋额前的头发。这是一个毫无意义的动作，因为他留着平头，头发短得只剩下一层坚硬的发茬，像刚刚收割过的麦田。为什么像麦田？构思小说的男人觉得很奇怪。他从未见过收割过的麦田；甚至他连《麦田里的守望者》都没读过。

"蛋黄果？为什么叫蛋黄果？这个名字很奇怪。"他并没有去接她的塑料袋，他思考着"蛋黄"和"水果"的结合是不是必然产生这种水果。

女人缩回她的手，顺手把塑料袋扔在他面前的水果上，一阵风吹来，塑料袋开始摇摇晃晃，随时可能被吹到地上。女人略带不屑地给出答案："因为它长得像鸡蛋黄啊，形状像鸡蛋黄，果肉也像鸡蛋黄。（引擎忽然熄灭了。）你不会还没吃过吧？现在这种水果卖得很好的。刚才有个小伙子买了六斤——半。"

构思小说的男人停了下来，心中一动："我其实是一无所知。无知，极端的无知：我不知道人、事的原委，我不知道工作的意义，我不知道有一种卖得很好的水果叫蛋黄果。一切都是那么的无理、荒谬。"于是他笑了起来。同样，他对这个笑也没有准备好。

构思小说的男人逃命似地快步离开了。印象里那个女人的左臂上有三颗粗大的黑痣，呈不规则的三角形。

"我们相遇的时候，碰巧是我人生中最丰富也是最诡异的一段时间。那时候，你有你的丈夫，我有我的妻子，我们各自背叛了我们法律上的伙伴，走到

了一起。如果能一直这样下去就好了。这是一种健康的异化。你也许会联想到《变形记》里那个著名的开头：格里高尔·萨姆沙从不安的睡梦中醒来，发现自己躺在床上变成了一只巨大的甲虫。其实，在这部小说里，卡夫卡只描写了小推销员变成甲虫之后的孤独、被动、无助和软弱，却刻意省略了甲虫本身的自足与快乐。谁知道格里高尔·萨姆沙最后有没有进入了一种快乐而甜蜜的异化状态呢？"

"显然，你已经习惯了从物而不是从人的角度来思考一切。愤怒时，你视我为某物，高兴时，你才当我为某人。是某人，还不一定是我。"

"并非如此。别说我没有这样做，即使真的这样做了，那也是一种纯粹学理上的强迫症。需知，每一个人，无论是国王、学者、企业家还是靠身体和某种技术吃饭的妓女，我们身上都有物性和人性两个方面，就像硬币有正反两个方面一样。你看我时，也未必不是这样：有时是个人，有时是个物，有时前者强烈些，有时后者强烈些，如此而已。"

"其实我只是一个普通的女人而已，小气，爱哭，好吃懒做，有点无伤大雅的神经质，你犯不着从学理上分析我；那样会让我觉得自己就像一条砧板上的鱼，或者手术台上的重症病人，任人观赏和解剖……"

"我只是把你放进我的构思之中，我必须以构思清除你身上的虚构部分，把你还原为有血有肉的女人。当然，当我试图弄清楚这一切时，这些经历反而变成了赤裸裸的表象和疑点，我会被阻隔在预先规定好的游戏之外，其中每个经历都有了确切无疑的解释，结果反而显得更不真实了。"

"你是把一些印刷品以宗教的陶醉看成一个普遍适用的、自成一体的世界模式，你以为你的生活方式必须遵循这种模式，现在你要求我也要遵循这种模式，这太过分了，而且很荒谬。你不应该生活在今天，而应该生活在19世纪的欧洲，或者拥有加缪和萨特时代的巴黎。你是你自己虚构的产物。荒天下之大谬。"

"或许你说得很对，所以你也就不再听我解释了。因为，这与解释的正确与否毫无关系，而只是因为它们是解释，而你不需要解释。当我听到你说我是个蠢货时，我真的以为我是蠢货，这样作为芸芸众生的一分子，作为被他们玩弄于股掌之间的蚂蚁，我起码是正常的，我并非在超出人类共性之外的地方生活……"

"我们曾经尝试扩大我们的生活范围，所以总是出门旅行，总是接待客人，总是拜访新朋友，暂时沉浸在一再感到疲惫却因此能够相互依存的快乐之中。可是，你无法把我们生活中共同积累的一切变成一块基石，在上面安放我们的未来。换句话说，我们重复着说过的话和做过的事，而短暂的神经过敏又不足以拯救日渐崩溃的趋势。你能够想象吗？九年来，我们甚至没有一天分离过。但是有时候，我真的感觉你只是与你构思的我生活了九年，却把真正的我排除在外；每天晚上，形式的我在卧室里等你，坐卧不安，实质的我却在门外徘徊，无家可归。"

"我一直在努力寻找一种安排和生活方式，既适合你，又适合我，但是迄今为止一切好像只不过是彩排似的，剧本一直还在修改，有时修改的幅度大得超乎了我的想象。"

"我们需要活得真实，而不是被无意义的构思折腾得生不如死。生活的底色是真实，一个馒头就是一个馒头，有形状，有温度，冷却下来会很硬，吃掉之后会化成大便。"

"美的不一定真，真的不一定美。你还记得去年我们住的那个酒店吗？傍晚时分，我们在阳台上聊天，不远处的山像一幅古代的山水画，我们久久盯着那幅画，什么话都没说，心里却充满了喜悦；但是第二天早上我们几乎同时发现，那不过是一座垃圾的小山。"

"这是个案，是例外。既然有通例，当然允许例外的存在，但是，例外的存在反过来证明了通例才是核心，才是生活。例外不能当饭吃，通例却可以，因为这就是每天我们要过的日子。"

"但你不能不承认，正是因为有了例外，生活才变得生动多彩，审美……"

"这和生活完全是两回事。把林黛玉的小性子放在小说里，那是审美情趣，放在生活中，那是不折不扣的灾难。"

"如果我停止构思，这一切就不会发生了吗？"

她不再说话，他也开始沉默。屋里一片寂静。这是一种不同的寂静，真空的寂静。这种寂静充斥着整个空间，并在他和她之间建立起厚厚的隔离带。他干脆闭上眼睛，神游远处。在他的脑海深处，一段历史结束了；那些日子、地

方、花朵、家具、杯盘和记忆被拆解开来，散在脚边。他正在躺下，离开自己的历史。

路灯渐次亮起。一些蚊虫有了目标，纷纷向灯罩聚拢过去。其中有一盏灯的灯罩破了，蚊虫从缝隙间钻了进去，围着灯管飞舞。显然，它们并不是以光明为食的生物，但是它们为什么总是聚拢在光明周围？既然如此爱慕光明，它们为什么不白天出来活动？构思小说的男人突然对这个问题产生了兴趣，于是站在路边，拿出手机，打开网络，在百度的搜索框里输入"蚊虫为什么喜欢光"。其中一个答案是这样的，他认为说得很有道理："这是昆虫的趋光性，夜行性昆虫的趋光性与其导航方式有关。它们通常是以月亮为导航坐标的，且飞行时不是垂直于月光，而是呈斜交；而灯火会让它们误认为是月亮，结果就会以螺旋形渐近线的轨迹飞向灯火。"

为了过一条马路，构思小说的男人要等候66秒。他站在那儿，心里空落落的，像被虫蚀过的桃核。他看到一只风筝从莲花山升了起来。还有48秒。一张戏剧脸谱，黑色的胡子几乎占据了风筝的四分之三。慢慢地，他觉得道路、树木和汽车都随着风筝飘浮起来。第25秒。他使劲地闭上眼睛，开始觉得眼珠有些疼痛，接着就适应了。等他重新睁开眼睛时，所有的东西又回到了它们原来的位置上。如此，他才觉得自在与安心。

6，5，4，3，2，1。绿。不停闪动的绿色小人儿，千篇一律的简笔画。催促人赶快过马路的嘟嘟声。

行人已经开始挪动脚步，一辆出租车飞驰而过。不知道是否闯了红灯。"赶着奔丧呢，还是要去投胎？"构思小说的男人毫不掩饰地骂道。他看了看紧随其后的一个高个子男人，那人对他的诅咒无动于衷。他放心了。

对于构思小说的男人来说，世界就是绿色、红色、噪音、步行、吼叫、黄昏、意大利面、失眠、抑郁症……的总和。经过他的构思能力的重组与发酵，这一切变得更加清晰、更加强烈，同时也更加不可忍受了。

他知道，故事一旦开始，就无法结束；通常所说的结束，只是词汇改变了它的运行轨道：主语有了替身，谓语打扮一新，状语山河迥异，同时，句子的长短、音调、节奏、内涵和读者都发生了改变。最后，故事进入下一代，并出现另一个结局。

构思小说的男人忽然觉得必须打一个电话。于是他很快拨通了对方的号码。三天来，他已经是第四次拨打这个电话。

"你知道，你是我最好的朋友……不不不，我不是跟你客气。我已经多次跟你提到，假如有幸死在你前头，那么我希望我的墓志铭由你来写……随你的便怎么写，你眼中的我比任何人眼中的我都更有……是的，现在我遇到了一些麻烦，需要你的帮助。我的妻子，你知道的，我们很恩爱，十几年来一直如此，至少表面上如此……但是昨天，发生了一件极不寻常的事，她跟一个陌生男人通了一次电话，因为当时我正埋头写作，所以并没有听清她说些什么，但是今天午饭后，她开始罕见地打扮自己，而且往自己的头发上喷洒了我从法国给她带回来的名贵香水……不必啰唆，简单地说吧，我怀疑她出了问题。我想请你帮我调查一下，你是深圳有名的私家侦探……谢谢你，谢谢。我当然愿意请你吃饭。深圳最好的餐馆是哪里？你总是那么客气。好，丹桂轩就丹桂轩。"

他挂了电话，但手机屏幕一直显示为通话状态，它使劲地在"挂断"两个字上按了几下，屏幕忽然变得漆黑。他举起手机摇了摇，并无效果。他清晰地感到手指一滑，手机脱离了他的掌握，动作偏离了它的轨道。手机掉落地面的过程不是一蹴而就的，而是一点一点地完成的，并越来越快，最后以一声响亮的"啪"结束。手机盖子与机身分离，电池也崩了出来。

他只花了三十多秒的时间，就把手机重新组装好了；在开机键上按了一会儿，屏幕上白光一闪，手机打开了：三星的LOGO，简短的开屏音乐，马尔代夫的壁纸，18:21，10月24日，星期四，"滑动屏幕以解锁"。熟悉的一切。一成不变的世界——世界要是真能一成不变就好了。

在小区外一个报亭前，他停下来买了一份报纸。偶然回头之际，他看到有个肩上挎着粉红色小包的长发女人也朝这边走来。他把报纸展开，想边走边看，但光线太暗，只能看清粗重的大标题，稍微小一些的副标都无法看清，更不要提正文了。他试了几次，最终放弃了。他把报纸重新折叠起来，夹在腋下，跟着那个女人朝小区大门走去。他看着前面的一切，仿佛其中有为他存在的什么。女人的背影瘦长而纤弱，自有一副袅袅婷婷的韵致。他喜欢她走路的方式，甚至不自觉地学起她迈步的动作。他嘴里忽然变得很干。

"对于谋杀来说，黄昏是最糟糕的时间。"他咬了一下手指，太痛了，不禁"啊"了一声。他意识到，如果此刻他死去，那么死亡的叫声应该是英语里的元音。

构思小说的男人朝被咬的手指吹了一口气，暖烘烘的，很舒服。等他抬起头来，女人已经不见了，于是他慢悠悠地朝自己家里走去——为什么要慢悠悠地走？

构思小说的男人已经在大门口晃悠了一阵子，思考着是否进去。一种奇怪的想法，某种预兆。他把报纸丢进了垃圾桶，轻轻地走上楼梯。他惊奇地发现，他的右脚跨出的步伐要比左脚的有力得多；这从它们声音的强弱就很容易判断出来。走到三楼时，他费了很大的劲，才从塞满纸巾和零钱的裤带里摸出了钥匙。他把钥匙精准地插入锁孔，往左一扭，钥匙竟然纹丝不动；他把钥匙拔出来，重新插进锁孔，轻轻一拧，门开了。习惯性地，他先穿过客厅，直接去卫生间洗脸。冷水让他变得清醒而舒适，湿润的脸庞上毛孔先是收紧，接着又开始舒展。他正要推开书房的门，发现灯光竟然亮着，他有些吃惊，他记得离开时房间里所有的灯都是关着的。他轻轻地推开了房门。灯确实是开着的。他有点不相信自己的眼睛！在那幅仕女图下、高背木椅上，一个中年男人端然坐着：身上随意地套着一件白色的睡衣，身形微微发胖，秃顶，确切地说，是三分之二秃顶，耳朵上面和后脑勺上还残留着一些毛发，后脑勺的中心部位有一块难看的突起；他俯在电脑上，轻快地敲打键盘，好像是在写一封信，又好像是在写一篇小说；偶尔，他伸长脖子看一眼他写过的句子，口中喃喃有声，随即恢复寂静。

这时，构思小说的男人听见身后传来轻微的开（关）门声。

在接下来的一周里，《南方都市报》《深圳商报》《深圳晚报》以及新浪、腾讯、凤凰网、大粤网、深圳新闻网等几大网站的社会新闻版块出现了以下报道：

《一个作家的神秘死亡》

《一个神秘作家的死亡》

《死在书桌上的作家——据传其妻曾屡次出轨》

《出轨妻与奸夫合谋杀死作家丈夫》

《红杏出墙惹祸端：深圳青年作家的非正常死亡》

《仕女图下死，作家真风流》

《未完成的生命：深圳青年作家暴死家中》

《上届岭南短篇小说奖得主家中死亡，疑为谋杀》

《一颗新星陨落了：深圳青年作家暴毙家中》

《他杀乎？自杀乎？深圳文坛的巨大损失》

《文坛新星自杀，死时正执笔写作》

《为期待而绝望：他为什么杀死了自己》

《作家自杀是一种文化现象》

连深圳卫视的"第一现场"栏目也出动了，他们把死者的居所通过镜头展示给广大市民：黑色皮纹的旧沙发，右边扶手处已经露出褐色的海绵；沙发正对着一台平板电视；电视后面的墙上挂着一件书法作品，颜体，楷书，一首古诗：羁旅难得一笑中，不妨冷雨伴飘蓬。康时偏教眉山老，种树须凭陋室空；绿蚁酒香情不禁，红烛词好梦还成；也知世上无余事，卿相白衣过此生。这是客厅。生锈的金属护栏，一盆朝天椒，一盆茂盛的驱蚊草，以及三个摞起来的旧纸箱，其中一只箱子上写着：小心轻放。这是阳台。没有餐厅，或者说，没有拍餐厅。红色实木书桌，高背木制靠椅，桌上放着一台银色的手提电脑，正对书桌的墙上挂着一幅古代仕女图，左边一靠墙一排书架，塞满了各种书籍，镜头给出其中三本的特写：《与劳拉·迪亚斯共度的岁月》《不由自主》《游戏的终结》，这当然是书房。也没有拍卧室。

有几个邻居提供以下未经证实的信息：

甲："那天晚上我回来得比较早，因为我老婆病了，我必须早点回来照顾她；当我准备好晚饭时，我去阳台上透口气，看见我的邻居在阳台上坐着看报纸，他看起来一切正常……"

乙："他死啦？不可思议，不可思议！前天，哦，也许是三天前，对不起，周六是几天前？谢谢。三天前的早上我还和他一起跑步，他说，他想去一趟新疆，因为那里有个同学当官了，想邀他去住一段时间，'来体验一下新疆的雄阔与壮美'，对，他就是这么说的。他怎么会突然死了呢？"

丙："可惜了，他才华横溢，为人热情。我们一起参加过社区运动会，跟我有过简短的交流。说实话，我不相信这个人会自杀。"

丁："我是他的好朋友，一个正在追赶他的无名写作者。我欣赏他的天才，他能很巧妙地把南美小说的优点和中国本土的语言属性糅合在一起，假以时日，他肯定能获得茅盾文学奖，说不定还能获得国外的大奖。警察已经定案了吗？已经确定是自杀了吗？真是令人难以置信。"

过了几天，一段长达一个小时左右的视频流传开来；从视频的拍摄角度来看，应该是来自死者楼栋大门上方的监控器：

大门口围着一群人，大多数人抱着手肃然而立，少数几个指指点点，窃窃私语。警察来了，有个警察边走边打电话。医生来了，其中一个医生也是边走边打电话。救护车来了。半个小时的空白。有人离开，更多人加入围观的队伍。忽然队伍闪开一条道路，两个医务人员抬着一副担架匆匆上楼。又是半个小时过去了，死者被抬出大门。意外发生了：左边抬担架的小个子男人一个趔趄，尸体从担架上滑了下来，围观的人一阵惊呼。包裹尸体的白布被卷起了一角，露出死者苍白的半边脸。医务人员在警察的帮助下把尸体重新放上担架。对于警察和医生来说，无论把多么新鲜的尸体放上担架，都丝毫不算违法，无论法律、程序，无论条款、细则，都不违反。担架继续前进，围观的人跟随担架向前走去。但是，有一个秃顶的中年男人却继续停留在镜头里，两手分别抚在胯部，一动不动，他望着担架的方向，轻轻地点了点头，然后转身——视频结束了。

"你的恶作剧令人发指；不过，你的胆大妄为让我对你刮目相看。"

"我感到，我必须干些什么名堂才能让别人注意到我。一个活生生的女人，如果不能改变她所想改变的，那她只有同流合污。"

"这是一场想象力的冒险，这种冒险已经进入它独特而强大的逻辑，即使是一张快餐店的菜单，在这个逻辑里也占据着一席之地，不管此刻你保持什么样的姿势，手里拿着什么道具，都无法阻止它的推进。"

"去你的逻辑吧。我只知道自己捏着鼻子做了一件自己不喜欢的事，但是刚才的几分钟里，我坐在这儿，手里端着一杯咖啡，既放松，又惊喜，这就够了。我只想把今天的经历当成一段温情的自然剧来感受。去你的逻辑吧，不要让它来影响我的好心情。"

"逻辑自成世界，逻辑也创造世界，你无法拒绝，也无法逃脱。"

"走着瞧吧。现在，我想睡一觉了。你还要去书房里写一会儿吗？"

构思小说的男人对着镜子仔细观察自己：他的脸形方正宽大，肤色偏白，两道粗重的眉毛几乎越过楚河汉界，连成一道；鼻梁的弧度有点浅了，显得鼻尖不够隆起，这确实是个不大不小的遗憾；他的嘴唇厚实而红润，像涂了唇膏，有一次他的妻子在化妆时，他在她身后偷偷地看，她恶作剧地举起手里的唇膏在他嘴唇上涂了两下，结果像没涂一样——因为那两片嘴唇原本就很润泽，他对自己女性化的嘴唇很是得意；令他惊诧的是他的胡子，几天没刮，居然就布满了上唇和下巴，摸起来硬撅撅的，有点扎手。

"我留胡子其实并不好看，显得很邋遢。"构思小说的男人自言自语道。他从窗台上取出剃须刀，打开开关，在上唇来回游走，接着又移至下颚，最后是耳根。剃须刀碰到毛发的一刹那，发出嚓嚓的声音。他喜欢听这种声音，清脆，坚实，短兵相接，胜败立分。

构思小说的男人来到他的书房，经过他的书桌以及书桌上那幅仕女图。他本想继续昨天的构思，把那个未竟的短篇正式结束。折腾了两个月，他已经筋疲力尽了。此前，一旦坐在书桌前，他立刻就能感受到一组组新的词汇与声音上下起舞。一个个轮廓、一个个动作与表情、一幅幅画面、一声声惊呼、一桩桩心事，以一种即生即灭的含义，悄然聚拢，浑融无间。而此刻，他不想再让想象力和无生命的词语折磨自己。那些惊心动魄的情节让他厌倦。他端起茶杯，走到窗口，眼前的一切都显得自然之极：街道、公园、十字路口、交通灯、纪念碑、汽车、高楼、地铁站、乞丐、报刊亭、垃圾桶、风筝、阴霾、碎纸片、流浪狗。但这一切都无法令他平静；它们折磨着他，像蚂蚁咬噬一根腐烂的骨头。

"也许明天，也许今晚，在这把椅子上坐着的人将会变成一具尸体。"他望着书桌上方挂着的那幅画，幽幽地说道。

身后的开门声如（不）期而至。

梅花孽

　　当我在泉州刺桐小巷的旧书摊上发现这本羊皮古卷的时候，马上产生了一种欣喜若狂的心情。羊皮是黑色的，但字迹更黑，但整齐、清俊的小楷书依然依稀可辨。这本书的内容与深圳有关，但却是完全不同于正史的另外一个深圳。在深圳历史的叙述语系里，江湖风云、帮会恩怨原本是一个空白，而这本无头无尾的古书所记载的，竟然是四百多年前两大帮会五常教深圳分舵猛虎堂和后起帮会青红帮之间的恩怨情仇。由其口气推断，本书应该是由猛虎堂的一位首领所写。这位首领武功平常，但文采风流，风格独特，堪称一绝。鉴于所记之事过于私密，他采用了佶屈聱牙的21世纪初期文言文，对于2471年的读者来说，相当难读。笔者斗胆，不怕唐突古典，试译几节，以飨同好。同时，作为一个写作爱好者，技痒难耐，顺手把其中几段核心内容进行了重新编写。但是，我发誓，除了稍稍突出了那把梅花剑，书中的人物关系我绝对没有一丝一毫的改动，至少都是在我理解的范围之内——我一向对自己的理解力抱有自信。再说了，作家的天职就是要塑造真实，不是吗？

梅花遗命

除了我，猛虎堂的人全都死了。我自动继任猛虎堂的堂主。可是，在总舵对深圳分舵做出重新安排之前，我必须自己指挥自己，完成一个几乎不可能完成的任务。

常言道，风水轮流转。十几年前，猛虎堂是深圳第一大帮会，堂主风长青，武功盖世，慷慨任侠，扶危济困，深得众兄弟拥戴。他曾经为了我，失去了左手小指。对此，我十分感怀，发誓要为他鞍前马后，肝脑涂地，以报再生之德。可是，因为他与一个女人不清不白的关系，致使猛虎堂与声势日大的青红帮结怨，一步错，步步错，从此，猛虎堂兴极而衰，每况愈下；风长青死后，历任堂主无一堪当大任，猛虎堂愈发一蹶不振，逐步走向分崩离析。

一张瘦长尖细的脸，嘴角一抹嘲笑。即使到了将死之时，他依然保持着这样一副神态。我不无刻薄地想到，人活一世，不过给人留下一副无聊而滑稽的表情而已。

"我死之后，由二当家继承堂主之位，以此类推。无论花多少代价，一定要杀死……那个……"尽管他没说完，但我们都知道"那个"是谁。

按照他生前要求，他的死讯严格保密。一个深夜，他的尸首被偷偷运往深圳东部的七娘山，埋在一个锥形山坡的南麓。

三年零八个月之后，轮到我来执行老堂主的遗命。说实话，直到今天我也不明白他为什么要我们去做这样一件事。

花园里，月光如水，安详幽静。墙外，时有汽车驶过，发出仿佛来自远古的滋滋声。为什么是远古？我当时想到的就是这个奇怪的词。空气有点潮湿。我的手越来越冷。我走在草地上，双脚陷于柔软之中。我在苦苦思索，我抬起头看看天空。天空是浅白色的，没有星星。有些夜晚我什么也不想，只是望着天空。

我首先要做的，是先削掉左手的一根手指。

梅花剑实在是太锋利了，我居然没有感觉到一点疼痛。也许是我麻木了。

巡夜

剑出鞘，声如啸。

结局只有一个：像昨晚一样，对手倒下，第二天凌晨，警察会协同社区保安把尸体收走，把血迹洗掉。早上6点之后，市民从这里走过，去坐公交车上班，或去莲花山跑步，没有人想到这里曾经发生过什么。很多人的世界本来就是一成不变的。

"如果你不想死，就赶紧跪下投降，我保证不伤你性命，青红帮的玉面小神龙呼延吉，向来说一不二。"

那人不说话，身子一直在瑟瑟发抖。这个孬种！他身材高大，四肢粗壮，一看就是个野蛮的底层人。灯光照耀着他的缁衣、草帽，看不见他的脸，但我可以想象，那张脸一定沾满了死亡的恐惧，也许还有浓密的胡须，下巴靠右位置有一颗黑痣。

"你们猛虎堂的人，尽是些草包。你们总是戴着草帽，真是最适合不过了。"我忍不住哈哈大笑起来。

"心有猛虎，细嗅蔷薇！"那人忽然歇斯底里地叫起来。他口齿不清，声音颤抖，但我确信，他说的是这几个字。几天来，我至少已经听过三十次了。也许五十次。其数量多少跟我出手快慢有关。

"心有猛虎，细嗅蔷薇！心有猛虎，细嗅……"

我忽地刺出一剑。我本来想同他玩玩，再给他来个痛快的。但我听到这句话，心中顿生厌恶。不，我不能再等了。既然你想要痛快的，我就成全你。助人为快乐之本。

但是，很奇怪，虽然他明显地流露出惧意，而且连刀都没拔出来，但他慢腾腾地那么一闪，我的剑居然刺空了。我又惊又怒，这真是奇耻大辱。

我决定使出绝招。我先在空中抖出一个剑花，以声东击西、似虚而实的凌虚十三剑向他进攻。他躲了过了一、二、三、四、五……十一招。第十二招，我终于重新收获了剑刃触及肌肉时充实而满足的快感。

他在倒下去的一刹那，十分怨恨地瞪了我一眼，他的眼光与灯光交织在一起，令人不寒而栗。他为什么不还手？他为什么要念诵那句话，像此前那些人？那有什么意义？他们是在呼唤另一个人吗？

我很快镇定下来，我没有理由害怕一个死人。我只是杀人太多了，有点厌倦。杀人毕竟不是值得提倡的事。幸而，明天是周日，周日之后，我就可以休假了。此后五个星期，青红帮总坛的安全由其他人负责。

妈妈的窗子又亮起了灯光。凌晨4点半，她为什么还不睡？在想我，还是出差在外的父亲？

梅花诀

"青衫草帽梅花剑！"

我不知道他是否听出了我声音里的兴奋。"风长青，我就知道是你在搞鬼！"说出他的名字时，我的心跳忽然加速了。但是，当着儿子的面，我必须克制自己。在深圳人眼里，黑蔷薇是个毒辣、优雅而性感的女人。没有人知道我的年龄，我自己也忘了。

"如果你今晚再不出来，你将失去你唯一的儿子！"他还是那样傲气。我看不见他的表情，他的草帽实在太大了。猛虎堂实在有些搞笑，他们每个人都戴着尺寸过大的草帽。要制造标签，也没必要选择这么丑陋的道具吧？而且，在我面前，你用得着装模作样吗？你屁股上有颗胎记，像小拇指的指肚那么大。

"你派出那么多喽啰，让他们送死，就是为了引我出来？"

"不必多言。我必须杀死你。请拔剑吧！"他像铁塔一样站着，双腿微微分开，一脚在前，一脚在后；他的右手已经按在梅花剑的剑柄上。令我奇怪的是，他的手居然一点都不抖，亏他做得到！可是，他的声音什么时候变得那么尖细啦？

关不上的门
Guan Bu Shang De Men

"妈妈，让我来吧。如果能让猛虎堂的老大死在我的手里，肯定会震动整个岭南武林。"

"冕儿，人家是来找我的，我的事我自己来解决就好了。"儿子退下了，站在一棵老榕树下，远远地盯着我们。他真的很乖。

"请你看看这块手帕。"他拿出一块白色丝帕，抖开，递向我。

还用看吗？我自己绣的鸳鸯荷花图，上面还有两句诗："鸳鸯不独宿，怜子更情长。"看到这块手帕，我就想起我们一起在七娘山下共饮青梅酒的情形。为了哄我开心，他居然还吟了一首所谓的诗：

"梅花清酒古剑，
醉里梦回唐朝；
挖出新鲜的唐太宗，
制成腌肉。"

我伸手去接手帕。但在我伸出手的一刹那，他却把手帕抛向了空中。我不得不改变宗旨，把手上扬。这时候，我觉得肚皮上一凉，接着一阵钻心的疼痛。

一切都快得来不及反应。这个狗娘养的！

"为什么要杀我？为什么？"我实在支撑不住，倒在了地上。水泥地很冷，而且硬得无情。他把剑抽了出去，血滴下来，成梅花状。

忽然，他身子一震，一下子僵住了。儿子的身手不错。要知道，在整个深圳，能一剑刺中风长青的，没几个人。接着，他庞大的身躯晃了几晃，也倒下了，倒在我身边。这下子好了，这个狗娘养的。

我抓住他的手，喘了几口气，继续质问他："你居然下得了手，你这个混蛋！"

他的回答让我目瞪口呆："对不起，堂主遗命，我必须杀……杀你。其实，其实我并不想杀你。"他艰难地喘息着，似乎随时有毙命的可能。

"你说什么，你这……混蛋？你忘了我们曾经的感情吗？"

"什么感情？风堂主的遗命，我……不得不遵守。"

"什么？你，你不是风长青？"我吃了一惊，感到仅剩的一点生命正在打点行李，准备从我身上离开；很奇怪，我感觉生命是从肚脐逃走的。

"我不是……我是，我是……"

灯光昏暗，但足以让我看到他手臂上那朵黑色的蔷薇。我浑身都失去了热气。四月天气，怎么会这么冷？

"孩子，你知不知道，你是我的……"我实在没力气说话了。我不知道他是否听到了我的话。我希望他没听到，即使听到，也不要明白。

儿子的手拖住了我。他的手真大，他的怀抱真暖和。

谁把灯熄啦？这么黑……

编后记

有些疑问，是在我整理、编写的过程中逐渐解决的。起初，我并不认为方乐薇——就是死在呼延吉剑下那个年轻人，当看到"黑蔷薇"的名字，我才悟到他为什么会拥有一个女性化的名字，而"方"无疑是"风"的谐音——是一个多么重要的人物，但随着故事的展开，他的重要性越来越明显，或者说，是命运无形中逼迫着他慢慢走向舞台（剧情）中心。可以想见，假如在风长青死后，只要他的任何一个继任堂主达成目标，方乐薇就不需要抛头露面，参与这一天惨地酷的悲剧了。

最值得悲悯的是呼延吉，因为碰巧在那个星期值班，所以不得不见证了自己的母亲被自己的兄弟杀死，而他的剑尖上，同样沾染着亲人的鲜血。在猛虎堂走向毁灭的过程中，五常教的坐视不救令人费解。我能想到的理由是：总舵对猛虎堂的所作所为极度不满，有意任其自生自灭。五年后，猛虎堂重新组建并更加兴旺发达，充分说明了这一点。最让人难以理解的，还是风长青为什么非要杀死自己的老情人，难道他的死跟黑蔷薇有密切的关系？或者，他恼恨自己的情人没有离开丈夫，跟自己在一起？又或者，他害怕阴间寂寞，要拉她过去相伴？看来，这一点注定要成为永久的谜团了。

三文鱼咖啡杯

这个时刻终究还是到来了。当任何事物都不能令你感动时，就要找一个替代激情的方案或符号；于是，这个时刻无可避免地来了。

"如果你不应该让某个人惦记你，那就用不着逃避。"

"如果你不应该喜欢这个人，那就用不着他想念你。"

"如果你不应该毁灭他，那么喜欢他也就无济于事。"

当你用自己的钥匙打开公寓的门时，我正躺在床上看书。再过半小时，我将扔掉手中的书，进入半梦半醒的理想状态。你知道，一直以来我都把床作为我最好的伙伴；你多次表示不喜欢，但现在已经无所谓了。马上，你就要清点所有的东西，决定哪些带走，哪些留下。为显示一个男人的大度与自尊，我让你随意选择。毕竟，最重要的问题已经解决了，其他一切都无足轻重。四年里，该宽容的都宽容了，该争执的也争执了，没必要再为了一个杯子、一盏台灯或者一袋未用完的洗衣粉而斗嘴。我们要给彼此尊重，自己更要有点风度。

你轻轻地推开门，动作轻得好像我们的初吻。是习惯使然，还是怕惊醒我？我总是喜欢幻想。记得我跟你说过，等你来拿东西时，我应该不在家；我可能在书店、海滩、咖啡馆或任何一个可以消磨时间的地方，也可能在和一帮无所事事的狐朋狗友为国际政治争得面红耳赤。你肯定想不到我居然还躺在床上——这张床的朝里面一半曾经属于你。空气变得有点怪异，是流动得更快了还是更慢了？我努力让自己的呼吸更加匀称。你已经进来了。门轻轻地带上了，同样轻得像我们的初吻——我们的初吻在什么时候呢？四年前？春天还是秋天？我记得是在公园里一张木制长椅上，有个过路的老妇人以不屑的目光扫了我们一眼。

你没有到我的房间里来。显然你认为房间里不可能有人。其实我的门并未锁上，是虚掩着的，你只需要伸出你的纤纤手指，轻轻一点，就像从前你嘟着嘴戳我的眉头那样，门就开了，你就会看到我无精打采地半睁着眼，半带嘲讽地看着你的脸。你坐在沙发上，喘着气，还咳嗽了两声。不像是感冒，应该是为了清清嗓子。不过，这声音经过空气的层层过滤传到我的枕边时，都有点不像你的了。接着你在客厅里走来走去，是在找什么吗？40多平方米的客厅，你需要的东西全在那里，你不需要的东西在我的卧室里，确切地说，在那实木的2×1.8米大床上。其实，你首先需要一个容量可观、质地结实的袋子。

我建议你用那只橙黄色的购物袋，麻布做的，上面有一只可爱的史努比。我们经常带着这只袋子去附近的超市购物，买回一大堆鱼、蛋、青菜、方便面、"金龙鱼"花生油、"康师傅"矿泉水、带着薰衣草香味的"心相印"纸巾。袋子放在电视柜下方左手边第一个抽屉里。你应该知道的，每次我们都是把它放在这个地方。这是你的良好习惯，把特定的东西放在固定的地方，为的是便于寻找和取用。我听见了开关抽屉的声音，你应该找到它了吧？

你的高跟皮鞋的声音把你带到了阳台上。是那双金色的百思图凉鞋吗？就是我们去年夏天在茂业百货买的那一双？一定是的。我还记得我们买那双鞋时的情景。七月的城市，像着了火，树木、行人、车辆全被烤着，连高楼大厦都像狗一样吐着舌头。本来我们是要找地方吃午饭的，你说，我们先去商店里蹭一会儿空调吧。我在点头的一刹那就后悔了，因为女人进了商店，就像小孩子进了玩具城，别指望她会在半个小时内出来，也别指望她会空手而归。事实证明我当然是对的。

你开始在商店一层看鞋子。由于空调的作用，我的汗腻慢慢消失，身体的舒适感一寸寸地增加。在达芙妮的柜台前，我还在用报纸作扇子，不停地扇着，到百丽的柜台时，我已经收起了报纸。我开始跟你一起看鞋子：他她、天美意、千百度、红蜻蜓、意尔康、舒丹妮、思加图等，一家一家地看过去。40分钟后，你选中了一款百思图的凉鞋：鞋跟是棕色实心的，与腰窝浑然一体；沿口以金色双带围裹，固定在主跟上；鞋前帮面是四根呈菱形交错的金色皮条，仿佛几条弧度正好的彩虹。你穿上这双鞋子，在镜子前看了又看，既看鞋子，又看自己。女店员适时献媚道："您穿这款鞋挺合适的，高贵，典雅，显得更有气质了。"你没有说话。但我知道这句话说到你心坎里去了。我说："喜欢的话就买了吧。"你说："太贵了。"女店员说："打完折才688元。"

买完鞋子，我们在商场的九楼吃了一份西班牙海鲜炒饭、一份提拉米苏、一份自助沙拉。我很喜欢吃那份炒饭，因为它让我想起了西班牙在世界被上夺冠的情景。那届西班牙队，哈维、托雷斯、比利亚、伊涅斯塔、卡西利亚斯，有太多我欣赏的球员。"我不喜欢足球，我只喜欢帅哥。"你半是赌气半是玩笑地说。

一声清脆的叮当声。显然，你在踌躇是否把那只咖啡杯带走，还是已经把它收进了购物袋里？你当然会带走它的，你太喜欢喝咖啡了。每次我们逛街时，你总是会去星巴克买一杯焦糖玛奇朵。你从每一家商店走过，目光扫过对面货架上的商品；但你并不进去挑选，而是轻轻地嗫起嘴，把香浓的咖啡源源不断地吸进肚子，脸上泛出货真价实的愉悦来。这个时候，即使我不小心被门口一个笑得花枝乱颤的身影吸了过去，你也不会怪罪我的。咖啡真是好东西。我希望我也能爱上咖啡。

那个杯子是我们在丽江一家饭店买的。那家饭店坐落在喧闹的街市之外，由大门、三栋房屋和一面长约40米的篱笆墙组成。沿篱笆墙种着一行草花，时值四月，花开正盛，红红白白，嫣嫣润润，风来则叶影摇曳，香气氤氲。你很喜欢这家饭店，虽然并不知道它的饭菜质量好坏、收费水平高低。我们点了四个菜，名字我都忘记了；约略记得有三种菜都放了薄荷。我们还点了一壶云南小叶咖啡。一个个子细瘦高挑、脸色黑中透红的女服务员来推销她的咖啡，她操着并不太流畅的普通话向我们讲述了小叶咖啡的典故、特色以及冲泡时的注意事项。你微笑着问我："买不买？"于是我们买了两袋——每袋有20包。

这时候另一个服务员端来了我们点的咖啡。她在倒咖啡时，左手手面上露出一块暗红色铜钱大小的胎记。她把加了奶的咖啡倒进两只陶瓷杯里——白色的杯壁、小巧的杯耳、杯肚上一只毛笔画成的肥胖的鱼——服务员信誓旦旦说那是三文鱼——鱼身上有一行吉祥东巴象形文字。显然你被杯子吸引住了。你说，这个杯子很干净，这个图案很可爱。我本想说这个图案有点恐怖，听了你的话，只好让它胎死腹中。我问服务员："这种杯子卖吗？"答案是否定的。但是当我们把价钱加到120元，她屈服了；或者说，她的老板屈服了。我猜想那个杯子的成本顶多10块钱。

在喝咖啡时，你还吟诵了一段不知是自创的还是从哪里看来的诗：

"一米阳光，一束河水，一面雪山
一座古城，一种梦中的生活
草帽，铜铃，东巴文
一串驼铃，一段难忘的心情"

此后，你就一直用这个杯子喝咖啡。两年来，这个杯子不知道接待过多少咖啡品牌：雀巢、克莱士、UCC、格兰特、哥伦比亚；当然，也有立顿奶茶。这其中，你最喜欢的是雀巢，雀巢家族中，你最喜欢的是卡布奇诺。

噼噼嘭嘭！雨伞的开合声？那只硕大的红色雨伞？连这把伞你也要带走吗？这可有点不可思议。你显然是一个人来的；以你的家境，你肯定没干过重活；尽管这个城市多雨，但这个伞毕竟太笨重了，使用起来很不顺手——你没理由相中这把破伞；你可以带走的东西多着呢，它们随便一件都比这把破伞轻巧、漂亮、贵重。

这确实是一把破伞，而且是捡来的。你一定记得半年前我们那次奇特而悲伤的经历。雨季来时，整座城市都陷入潮湿的忧伤之中，我们俩也一样。我们的争吵渐渐地多起来了。有时因为怀疑，有时因为误解，有时因为故意给对方难堪，有时干脆毫无理由地干上了。原有的秩序完全被打乱了。在家里，我们两人总是努力地找话说，装出很有兴味地倾听对方，后来话题终于枯竭了。我们开始沉默，不说饿、不说痛、不说天气、不说上厕所、不说周末一起去逛街唱歌喝咖啡。我们不得不承认，我们在做一个又长又不愉快的梦。

当时不是 9 点就是 10 点，你忽然焦躁地站起身来，看了我一眼，向前走了几步，又回头看了一眼，我才注意到其实你是在看墙上那幅足球明星的画像——像古罗马武士一样勇武俊美的托蒂，但也不一定是在看托蒂。你往门口走去。

"你要干什么去？"我从床上坐起身来，盯着你的背影。你的背影很优美，也很倔强。

"从前在老家，我妈常常教我，"你说，"如果心烦、不痛快，就出去淋一场雨吧，即使淋出病来也没什么！"你打开了房门。

"你还穿着睡衣……"你已经关上了房门。

夜雨如注，打在身上，冷硬而刺痛。路灯无助地在雨雾里呆立着，好像比诗人和思想家还要痛苦。我一边用手为双眼搭起一张简易的雨棚，一边蹒蹒跚跚地赶路。每走一步我都沮丧得要命。"干脆回去吧，她的死活她自己负责！"这个念头在我心中重复了一千遍。重复，重复，重复。似乎在琐碎而再现的幻影里，一切都是伪造的，除了重复它们的欲望。

我已经找遍了三处地方，到处是风声雨声，你的影子偶尔会在眼前闪烁，但定睛看去，却只有黑魆魆的树影，在风雨里左支右绌。绝望和厌倦从脚底升起，直冲脑门。有些路段可能没有安装路灯，也许路灯已经坏掉了。黑暗像渔网一样罩下来，我偶尔脑中一片空白，完全丧失了方向感。睁着眼睛跟闭着眼睛毫无区别。在黑暗中，你通过抚摩能辨认多少面孔和身体？在黑暗中，你能否毫无顾忌地接受一切施予与馈赠？在黑暗中，你是否曾经随心所欲去爱、去追逐、去探索，并在黑暗中预感到感情那可触摸的转弯处？

我很想放弃寻找，回去睡觉。

在中心公园的一条小路上我找到了你。你浑身都湿透了，借由朦胧的灯光可以看出，湿漉漉的丝质睡裙沾在你窈窕而滑腻的身体上，那两个乳房的轮廓清晰得像12点钟。当我冲上去把你抱在怀里，发现你全身没有一点温度，就像一具艳丽的尸体。我们都没有说话，我拖着你往前走，尽量用我的体温温暖你，我担心你真的会死去。这时候我看到了小路尽头一座雕塑小品（一只山羊还是一只猴子）的下面丢着一把雨伞。

当晚我们罕见地重温了曾经的激情与癫狂。在窗内窗外的暴风雨先后停之后，我们还互相抱在一起，尽情吸纳袅袅欲绝的快感余韵。

我发自肺腑地感叹道："我们的一生不过是在操练对抗和妥协，但面对实实在在的肉体，我们既无法取胜又不能落荒而逃。"

你平静的声音一丝一丝入口地钻进我的耳朵："只要你下定决心，你绝对可以战胜一切，虽然取胜之后你会发现其实那只不过是落荒而逃的另一种形式。"

接着，你的全身开始颤抖起来，愈抖愈厉害，连抱着你的我也跟着颤动起来。我担心你会哭坏了身子。

第二天一醒来，你就毅然决然地和我摊牌了："我今天就去租房子，租好房子就来拿我的东西。"

你已经来了很长时间了吧？客厅里窸窸窣窣噼里啪啦响个不停，显然你往袋子里装了不少东西，除了前几天已经收拾好的一包衣物，我猜想肯定还有这些玩意：一只铁艺小花篮；一只在我看来丑陋无比的泰迪熊；相框；麻绳编织成的杯垫；两本《男人装》杂志；熨斗；小闹钟；可以写出八种颜色的圆珠笔；一只在路边小摊上淘来的小镜子……必须承认，几年来，我们的感情从来就没有真实过，它一直在玩着镜子游戏。

你已经来了很长时间了，如果你已经收拾停当，会不会来给我告个别呢？你一向是个看重礼节的女孩儿，在外面力求面面俱到，不肯在公司和圈子里落下一点话柄。可是你还是不要进来了，一是我正在睡觉，头也没梳，脸也没洗，牙也没刷，衣服也没穿，形象十分不雅——如果我们真要见最后一面，以后可以再约；二是，我真的不知道该跟你说些什么，也不知道该用什么态度跟你说话，我甚至不敢保证自己不会一跃而起，把你狠揍一顿。我握紧了拳头，但我不会揍你，我宁可揍自己一顿。

我听见了你的脚步声，我赶紧把脸转向里边，预备一个后脑勺给你。你正向卧室走来。我听到了你熟悉的脚步声，还有10厘米、9厘米、8厘米……1厘米；门似乎微微地动了一下，接着是一阵沉默。大概过了10秒钟，也许是3秒钟，脚步远去了。

门关上了。几堵墙一起颤动，连床都在颤动。

我任由眼泪从脸庞滴下来，很痒，就像一只毛毛虫在蠕动，但我忍住没有揩。我想，我们活着的唯一目的就在于耗尽生命、耗尽情欲、耗尽能量、耗尽记忆，当然也要耗尽眼泪，否则就会追悔莫及。

傍晚时分，我接到你的电话；犹豫良久，我还是按了接听键，你的声音好听得近乎残酷："明天一早我去拿我的东西。那只三文鱼的咖啡杯还在吧？"

没完没了

范晓波天生讨厌秩序，无论哪方面的秩序。一把椅子蜷缩在墙角；电脑摆放在距离胸前约四十厘米的地方；从茶杯后面露出水果刀的刀尖；一、二、三……五本书摆在一起，书脊共同朝向左边，其中一本是《颠覆——社会化媒体改变世界》；倒挂在天花板上的灯光毫无感情，它跌落在地板上，摔成许多不规则的碎片；再加上水仙的香气、空调的轰鸣声、白天女同事挥舞手臂时留下的白色痕迹，构成一个封闭而固定的秩序，让晓波觉得喘不过气来。他站起身来，拿起杯子，准备去倒水。

他注意到自己正以三大步、一小步的频率向门口的饮水机走去。到达饮水机时，正好赶上第五组大步中的第二步。他开始倒水，边倒边在心中暗自数数。一个人的时候，他经常玩这种数数的游戏。他最得意的是，当他数到六十的时候，正好是一分钟，不多不少。水倒满了。他猛然醒悟忘了记录倒水的时间，就把水倒在了旁边的塑料桶里，重新倒了一杯，十九秒。关水的时候，拿着杯子的右手手腕上溅了一滴开水，针扎似的痛。他心想：原来烫伤跟扎伤的痛感是差不多的。

妻子还是联系不上。他特意察看了她的微信朋友圈，已经一星期没有更新了。她身上带的钱够不够呢？她对金钱一向缺乏概念，有时候，她可以一个月不花什么钱，有时候，她可以在几分钟内花光一个月的工资。她对交换行为忽冷忽热的态度，就像她对晓波的态度。"她就是这样的人，感性，率真，急性子，坏脾气，捉摸不定，难以相处，一个典型的中年女人。"

晓波一直在等客户的电话。"我去吃个饭就回来。"他说。但是，一个小时过去了，他还是无声无息。难道他约了人？该不是已经回家了吧？晓波无聊地坐着，把椅子按左右左的顺序转动了四五十次。他又拿起一本《生活》杂志来看，却又觉得太笨重，只好放下了。他差点大喝一声，但在吸完一口气之后又放弃了。他觉得这个动作应该是一个象征，至于象征什么，他也懒得去想。

平时，他很喜欢玩一种游戏，纯属自娱自乐，完全无伤大雅。他在看书的时候会想：如果我在接下来的五分钟内看到"混沌"二字，就掐自己的大腿一下。或者，在走向一个目标的时候，如果超过规定的时间，他中午就改吃面食。现在，他又开始玩这个游戏了：如果到八点十分客户还没有打电话来，他就下楼去便利店买一瓶可口可乐。但是，游戏开始不久，他就被一条体育新闻吸引住了；直到八点二十分，他才想起此事，于是立刻起身走向楼梯口。

在电梯间，他觉得身体充满了活力，好不容易控制住了踢一下腿的冲动。他决定改变主意，先去公园跑一会儿步。他并不担心这期间客户会找他，他一直宣扬一个观点：世界上没有任何一件事必须在下一秒钟完成。这个观点从来没有得到过客户的认同，但晓波自己却奉为金科玉律。他早就过了那种年纪，对于工作、婚恋、人生都已经严肃不起来。

街道上空气闷热，仿佛置身于温热的水中。对于跟昨晚一胎孪生的夜色，他已经提不起任何兴致。他觉得在大都市里，夜晚总是充斥着邪恶与危险。从工业路左转，绕过商业区向南，穿过一条叫红音路的狭窄小街，就能到达一个开放式公园。晓波很喜欢这条小街。小街上的黄槐树一到春天就开始开花，断断续续，一直漫延到冬天。但是，在 1∶100000 的深圳地图上，却找不到红音路。今晚有点奇怪，这条街上仅有的两盏路灯都没有亮，倒是附近一个住宅区里灯光闪烁。那些灯光有一种拒人于千里之外的阴冷。晓波不禁闭上眼睛。目之所见，心在拒绝。一阵风吹来，树叶刷刷地响起来。这时他听到一阵急促的脚步声，想躲时已经晚了，他的肩膀、肚子、背部一起被疼痛占领了。他被撞向旁边的树干，树上细碎的花瓣落了他一头。

两个男子汉很快扭打起来。晓波个子小，体力上难免吃亏。但他善于以己之长，攻彼之短。对于这么大一个靶子，他专挑对方柔弱的地方下手：脸，小腹，甚至裆部。后来，他的耳朵上挨了一记重拳，接着是左脸。这彻底激怒了他，他朝敌人的手臂狠狠地咬了一口。他们几乎同时推开了对方，喘着粗气，彼此盯了几十秒，转身向相反的方向各自走开。

在公园里，晓波跑了三圈，出了一身汗。灯光黯淡，寂无人影，难道是因为太晚的缘故？偶尔有一辆车从附近的路上经过，车轮与道路的摩擦声尖锐刺耳。他感到呼吸中有一丝水果的腐臭味，知道那是掉落在地上的荔枝发出的。他抬头看了看，树上的荔枝还有很多。白天，有人会在路口搭起塑料棚，现摘现卖。他还记得西边入口的树干上挂着一个纸牌，上面用毛笔歪歪扭扭地写着八个字：已喷农药，偷吃罚款。他不禁嘿嘿地笑起来。他听到了自己的笑声，疲倦，嘶哑，宛似夜枭，不禁有些吃惊。其实他从未见过夜枭。为了减弱这种惊愕，他使劲儿地擤了擤鼻涕。没有鼻涕。

他费了很大的劲儿，才爬到一棵树的顶端。他摸索着，摘了四五颗。荔枝拿在手里，有点扎人。也许是妃子笑？他把它们装进了裤袋。原来是六颗。上树容易下树难。他的胳膊肘被粗糙的树皮挂了一下，疼痛呈三角形，向四周漫溢。也许破了皮，他想。整个过程，没人来管，也无人经过。

他边吃边走，把果皮与果核丢进路旁的垃圾桶。荔枝的味道是一种尖细的甜言蜜语，吃到第二颗，他就生出一种腻烦来。但他坚持吃完了六颗。

便利店尚未打烊。他买好了可乐，走出店门，门楣上传来女人说话的声音："欢迎下次光临。"他觉得这种声音毫无感情色彩。在电梯里，他已经打开了可乐。当他把可乐灌进喉咙时，他忍不住打了个冷战。电梯里的空调开得太低了。

公司的门居然忘了锁。他并不担心会丢东西，但心里还是充满了惭愧。

他坐下来，看到客户已经在 QQ 上给他留了言。他的策划方案仍有五处需要调整。他恨恨地捶了一下桌子。那个放茶叶的铁盒子发出一种类似惊恐的声音，几秒钟后才停止了振动。

不知过了多久，一阵心力交瘁的煎熬之后，他总算有了灵感，开始修改方案。其实也不算什么灵感，只是他想起了去年为另一家公司做的新品发布方案里，有一个点子是可以参考使用的。修改进度在逐渐加快，他的心情也好了起来。大约改了半个小时，他感到自己的口腔里生出一种半是麻木半是灼热的感觉。他又有点气恼起来。他的体质仿佛跟荔枝这种女性的水果不兼容，只要吃到三颗以上，必然会上火。他只好多喝白开水。杯子里的水还剩一半，温度正好。

方案改好了，他以离线的方式发给了客户，并附留言："请查收。"

接下来，在客户反馈意见之前，他会有一段舒心惬意的时间。干点什么呢？他打开了新浪。"图片"一栏下面的美女吸引了他。那个女人穿着清凉，脖子细长，胸脯高耸，露出浑圆的肩膀；她的嘴唇和眼神充满了挑逗，对电脑外面的世界、对看到她的所有眼睛的挑逗。这张图片让整个环境变得很陌生。晓波觉得所有的东西都离他很远，他在自己的隐私里变得越来越肿胀，就像浸泡在水中的水晶宝宝，一种基丙烯酸的聚合物。

他自然而然地打开了一个收藏已久的网站。这种网站只适合一个人观赏，那些雪白的肉体、那些流动的曲线、那些不顾一切的动作、那些在生死之间游走的表情，让他的身体充满了喧嚣与紧张。他不由自主地松开了自己的腰带，然后右手持鼠标，左手伸进裤裆。他决定制造一场火灾，他至少翻了四十多个页面，看了上百张图片，他的分身仍然干燥而倔强。他叹了口气，放弃了。草草地整理好了腰带，手上那股难闻的气味经久不散。他撕下一节卫生纸——

"哟，你也在呀？"

他猛一抬头，看到设计部的同事王长岭走了过来。他高大的身躯像一座移动的塔，带着一条长长的阴影；很快，阴影淹没了晓波。他急需调整自己的呼吸。事实上，他已经调整好了。

"加班呢。有日子没见了，去哪儿犯罪啦？"

"刚去洗了个脚，按了个摩。"

"还是在莲香足浴吗？"

"猜对了。"

"单身汉就是好啊，自由自在，想去哪儿去哪儿，想干嘛干嘛。"

"那您就错了，谁不希望有个幸福的家庭？谁不希望找一个适合自己的伴侣，但上哪儿找去？上穷碧落下黄泉，两处茫茫皆不见啊！"

"是不好找。"

"华强北，Cocopark，海岸城，海上世界，女人到处都是，合适的一个没有。常言说得好，漂亮的女人都不下厨房。"

"这算什么常言！"

"愿意下厨房的吧，又不时尚。"

"嗯，那倒是。"

"时尚的又乱花钱，不乱花钱的没女人味，有女人味的看不住，看得住的呢，又没法看！"

"咳，一点好都没有了。"

"其实，人人都希望有一个幸福美满的婚姻，从古到今多少诗词歌赋都写过这种题材。"

"都有什么呀？"

"关关雎鸠，在河之洲。窈窕淑女，君子好逑。"

"这是《诗经》上的名篇。"

"我住长江头，君住长江尾，妹娃子过河哪一个来推我啊？有船吗？"

"没有！"

"哥哥面前一条弯弯的河……"

"这都是什么跟什么呀！"

"过去的诗人，写过不少这种玩意儿。"

"这都不在古诗之列。"

"我一直有一个愿望。"

"什么愿望？"

"我想到一幅很好的画儿，一幅特别美的油画，天清水碧鸟语花香小溪潺潺，大森林绿油油的，河边飞过几只海鸥……"

"你先等会儿……河边有海鸥吗？"

"海边，海边飞过几只河鸥……"

"不叫人话了都。"

"反正就是，天上飞过几只小鸟。"

"这可以。"

"林荫小道上，公主和王子两人牵手缓缓地走过来，后边跟一匹白马，一边吃着草一边向这边溜达，王子这边轻声唱着歌。"

"唱的什么？"

"咱们柴油工人多么荣耀。"

"行啦，你还是干活去吧。"

"卖油干吗？柴油？"

"柴油干吗？"

"柴油香油？"

"石油啊！……也没有唱这个的。"

"石油王子嘛，沙特那边的。"

"那匹马是怎么过来的？"

"在这边买的。旁边公主也唱：我们的祖国是花园，花园的花朵真鲜艳，河南的阳光照耀着美国人的脸上笑开了颜……"

"词儿都不会啊。"

"一切，都跟童话故事一样，王子和公主开始人生大事了。"

"没羞没臊了都，怎么都跟你我似的。"

说到这里，二人开怀大笑起来。这是他们在去年公司年会上合作表演的一段相声。虽然已经过去了几个月，但主要内容约略还记得。长岭接了个电话，向他摆摆手，扭身走了。晓波渐渐收敛了笑意，心中还在回味刚才的快乐。

"王长岭，范晓波，这两个名字感觉像是一副对子。古人说，天对地，雨对风，大陆对长空，我们是长岭对晓波。下面，有请王长岭、范晓波为大家表演一段相声……哈哈哈，好玩，好玩。"

好心情截止到又一波反馈意见到来为止。

晓波被激怒了。他看了看电脑右下角的时间：21:49。他又把手放在了鼠标上。一股凉意划过他的手心。灯光打在他的身上，像鞭子在抽。很远的地方，城市发出的各种声音交织在一起，起伏不定。手上的凉意消失了。他深感与这个世界的关系太紧张太混乱，就像走路时，不小心踩到了谁吐在地上的口香糖，费力地抬起脚来，那千丝万缕的联系简直扯不断，又把它拉回去；好不容易扯断了，还有一部分留在了鞋底，刮都不刮掉；走路的时候，总是忘不了鞋底上有东西，又黏又脏的东西，别人的唾弃物。

　　他开始在 QQ 上跟客户沟通。

　　"这是最后一次修改意见了吗？"

　　"什么意思？"

　　"没什么意思，已经第九遍了。马上十点了。"

　　"修改不到位，我有什么办法？"

　　"修改不到位？你每次反馈的意见都不一样啊，大哥，前天要 A，昨天要 B，今天要 C，我怎么给你修改到位？"

　　"不要带着情绪做事。我们都是为了把工作做好。"

　　"条条大路通罗马。把工作做好的途径成千上万，为什么非要走折腾这座独木桥呢？连续三个月了，几乎天天加班，我上月报销的士费，近一千元，二十六张发票，二十六张啊，大哥！"

　　"知道你们辛苦。理解一下，我们是个大企业，关系复杂，程序繁多，任何一个方案的确定都很曲折。"

　　"我们服务的大企业多了，但像贵公司这样随便一个方案都要折腾一个多月的，仅此一家，别无分店。"

　　"别扯了，有这工夫，可能已经改好了。"

　　"你以为这是拉屎啊，憋口气就是一大坨！"

　　"第一部分和第二部分可以同时进行啊。"

　　"你是说把我劈成两半，左边一台电脑，右边一台电脑，同时做一个方案，这样效率就提高了一倍，是吗？"

　　"我发现你边做事总是很被动啊，你不会申请多加一个人吗？"

　　"我负责的工作，当然由我来完成，否则，估计明天就要被炒鱿鱼了。我

还要养活父母、妻儿、二奶、三奶呢。"

"好了好了，别扯了，范大少爷，快点修改吧，领导还等着看呢。"

"我不相信前面那些方案领导都看过。"

"肯定都看过啊，要不然那些修改意见从哪儿来的？关于我们的合作，我是这么看的，你们的事情就是我的事情，我的事情也是你们的事情，我们是一个整体，我帮你们提供项目材料、传达工作要求、推进款项支付，这些都是我的工作职责，也是我很乐意做的，但你们的角色定位，你们自己思考。"

"说到款项支付，我都替你们不好意思，都服务了半年了，我们连一根鸟毛也没收到，你们可是大企业啊，你们不是说……"

后面的话还没打出来，对方的头像已经变成了黑白，显然是不准备理他了。他把这半句话发了过去，同时听见自己嘶哑地骂出一句"狗娘养的"。

他揉了揉眼睛，立刻有了一个愿望：他要为同事们整理一下桌面。他讨厌秩序，但如果是破坏一种旧秩序，创造一种新秩序，那就不同了。他去毗邻几个部门都看了一下，一个人都没有，王长岭也不在了。他走时有没有跟他打招呼？也许打了，也许他已经做出了回应。也许没有。那又有什么关系？他开始一个座位一个座位地干活。那些纸，那些笔，茶杯，花草，便笺纸，杂志，工作单，耳机，镜子，香烟，唇膏，感冒药，水果，手机数据线……他一一摆放整齐。他还在一个女生的桌上发现了一包没用完的卫生巾，他自作主张地用一本杂志盖上了。在另一个女同事那里，他发现一张漫画，看那发型、五官与衣着，应该是一个韩国明星。现在的中国女人啊，完全被韩剧腐蚀了，她们以这些虚幻的形象为武器，鄙视、糟践着中国男人，制造着不必要的烦恼和失望。整理完桌面，他又在茶水间找到一块破抹布，湿了水，拧到半干，去会议室里擦桌子。擦到左边时，他偷懒地随意摸了几下，随即觉得两边必须平衡，于是又重新用心地擦了一遍。一尘不染的桌面在灯光下熠熠闪光，让他瞧得赏心悦目。擦完桌子，直到身体完全被疲倦覆盖，他才去继续修改那个他已经改过无数次的策划案。

"我觉得自己很可笑，别人都在睡觉、看电影、吃夜宵、出轨、做爱、在北环大道上飙车、读小说，我却在这里加班。虽然我的工作量至少增加了一倍，但我的工资依然是一万两千元，就是累到吐血，我还得用这一万两千元里的一部分去治病，花一分就少一分。"

蓉蓉呢？蓉蓉到底去了哪里？做了十五年的夫妻，他们的关系已经冷淡到极点。几年前，他加班到八九点，她就会打一个电话询问一下情况。最近这两年，即使加到凌晨三点，她也不会再打电话了。甚至，即使加通宵，第二天接着上班，她也不闻不问。他们制定的"下午五点必须报告回不回家吃饭、晚上十一点钟要通报大概什么时候可以回家、每天无论多晚必须回家睡觉"的"约法三章"早已经失效了，而且根本没人去过问什么时候失效的、为什么会失效。他们都感到沟通的困难。不说话还好，说不到三句，嗓门就会提高，内容就会变味。上纲上线已是家常便饭。吵到兴奋之处，他们会不约而同地选择最恶毒的语言，攻击对方最柔弱的地方，仿佛以前的恩爱与贴心只是一个错误，一场阴谋，虚幻不真。后来，他们难得地达成一致：尽量不说话，各做各的事。在深圳这座城市里，她朋友不多，更缺少可以同吃同住的"闺密"。但一晃一星期了，她到底去了哪里？

如果再见到她，他能够放下身段跟她解释、求她原谅吗？他不敢肯定。他跟女同学吃饭的事，完全是个意外。意外的邂逅，意外的事故。他现在甚至都想不起她的姓名了，只记得她的名字好像跟一种植物有关。也许只是故意想不起吧。当然，她的电话就在手机里，但他已经把她的名字改成了"欧阳总"。名字跟植物有关的女人在梅花路上走着，长发披拂，窈窕迷人。他闻到她的香气，大着胆子跟了过去。不久，她打了一个电话。她的声音清澈婉转，充满节奏感。这些声音让晓波觉得很舒服。他有机会倾听，不，他有机会偷听，而对方还是个性感的女人，这让他心情放松，一种轻度刺激之下的身心愉悦。

到了一个街角。一个穿花衬衫的男人提醒她掉了一个东西。她说了句了什么，应该是"谢谢"，然后弯下腰去捡了起来。一张名片，是她取纸巾擦汗时带出来的。从一辆停着的汽车后面冲出一辆电动车来，把她撞倒了，倒在晓波的身上。

车速不算快，谁都没有受伤。骑电动车的是一家快递公司的快递员，他再三向两位受害者道歉，很快得到了原谅。这时他认出了这个名字跟植物有关的女人。他们彼此惊叫起来。

大学的时候，他跟她有过一段不成功的感情经历。那时候，他以才华闻名校内，而她是英语系的系花。在一次舞会上，他认识了她，并对她展开了追求，她令人意外地答应了他。后来他才知道，在此之前，她刚刚跟男朋友分手；但一旦那个男人低三下四地哀求她"回来"，她就果断地抛弃了晓波。晓波一直对她身上的气味念念不忘。在他隐秘的记忆深处，那是一种年轻女性特有的腥味，微涩之中带着淡淡的芳香，初时有些难闻，闻过之后就上了瘾。他告诉过她这种奇怪的感觉，她说："你要闻，我天天给你闻。"但是直到分手，他也仅仅只闻过三次。

　　他们去西湖春天吃饭。她点了两个素菜，又把菜单递给了他，他就点了一盘虾，一条黄花鱼。他又叫了一瓶红酒。他们面对面地坐着，看着对方的眼睛。他们聊起他们的大学时代，聊到最近几年的生活与工作。原来她已经离婚三年了，至今单身。

　　"我也差不多了。我们现在几乎无话可说。"

　　"谁们？你和你老婆吗？这是很正常的。谁结婚十几年之后还能保持激情？不过是一起相互取暖的人生伙伴而已，跟感情已经没有多大关系。"

　　"是的，"他心中一动，脸上的温度开始升高。"感情本来就是人生的奢侈品，只有到家庭之外去寻求。"

　　他看到她的眼神似乎含有认同与鼓励，她接下来的话验证了他的猜测："是呀，就像上学那会儿，我觉得我们短暂的感情经历才是最值得怀念的。不要鄙视我，我那时心里一直想着前男友，跟你在一起，一是想气气他；二是，那种类似出轨的感觉也挺过瘾的。当然，那时候我们都很单纯，就像一瓣橘子。"她用叉子叉起一瓣剥好的橘子，塞进嘴里。她的嘴唇红湿欲滴，充满了孤独。

　　刚一关上门，他们就开始了。这家宾馆位于花田路，天色尚未断黑，居高临下，可以俯瞰香港那边影影绰绰的山峦。但他们对身外之物毫无兴趣。他们只关心对方的身体。开始，他有些担心身上的汗味，但显然她并不在乎。他们在床上翻滚，又在床下纠缠，后来又倒在床上。他又闻到了她身上的气味——已经不是那个气味。

　　回到家，他又去洗澡。其实他在宾馆已经仔细洗过了。他没有用沐浴露，他担心那些浓郁的香味会引起蓉蓉的怀疑。他走出浴室，吹着口哨，心里空空的，身子也仿佛减轻了重量。他相信如果走得再快些，他就可以飞起来。但很快，他就堕入了冰窟。他的左耳突突地抖了几下，他听到了这种声音。只要一紧张，他的左耳就会不由自主地抖动，他不知道为什么会这样。

"这是怎么回事，请给我解释一下！"一种威严的恐吓，一种带着颤抖的哭腔，不容商量，不容拒绝。

他接过她递过来的手机，顿时明白了怎么回事。温度再次下降。见鬼。

"谢谢你，今晚，你让我很快乐。吻。"

好不容易，他又把注意力转移到工作上来。这个方案，他已经做了十遍，现在他看到这个产品的名字，就有一种想吐的感觉。起初，这只是一种感觉。他试着把身体转向垃圾桶，张开了嘴，几次用力之后，果然吐出来了。一些淡绿色的液体，一些淡绿色的酸臭。接着他又吐了一大口。他不无快感地想：我要是能吐出一只小兔子就好了，三瓣嘴，红眼睛，浑身雪白，一点温热，在手心里痒痒地蠕动。

直到凌晨一点，他才完成了方案的修改。期间，客户已经催促了四次。"今晚必须做好，就是说，至少要通过部门领导这一关，明天才能上报给总经理。所以，无论多晚，我都陪着你。"客户急迫的声音在他耳膜上回荡着。他心里的回应是"狗屁，狗屁，第三个狗屁！"办公室里很安静。因为已经不太热了，他把空调关掉了。他想，幸亏这栋大厦没有使用中央空调，要不然一下班就关了，这漫长的几小时如何挨得过！

他又去倒水，发现饮水机对面的柜子里摆着一瓶白酒：绵柔尖庄，50度500ml。他的老板是个嗜酒之人，公司里经常摆着各式各样的酒。有时员工偷喝一两瓶，他也不在乎，反而很高兴。晓波决定尝尝这瓶酒。他找到一个纸杯，打开了酒瓶，先倒了半杯。浓郁的酒气丝丝缕缕地窜入鼻孔。他抿了一小口，觉得满口爽辣，舌尖上像放了一块炭。又过了一会儿，灼热感散去，酒的香味在口腔里蔓延开来。他又喝了一大口。酒在喉咙里稍作停留，就一股脑儿地滑了下去，像小孩子滑滑梯。

他想到妻子的离家出走，想到自己这几个月所受的苦，不禁悲从中来。第

二杯，他索性倒满了。他喝得越来越快。他的不满与羞愤开始从胸口漫溢，抵达每一个细胞，每一根神经。

在后来和蓉蓉的争吵中，她坦诚地告诉他，她甚至不在乎他的出轨，她忍受不了的是他们之间激情的丧失，她受够了日复一日的锅碗瓢勺、无言以对。她以为自己是一个独特的存在，所思所做皆是独一无二的，但根本不是那么回事儿，她和同龄人，尤其是同龄的女人，是那么相似，她只不过也是芸芸众生里被淹没的一员，她的所有经历只不过是一些不可预知的社会性行为导致的结果。她曾经很想做一个合格的妻子，关心丈夫，爱护孩子，但她实在不知道该说些什么，做些什么；相信他也有同感。他们现在的关系，就像两个木偶，两块板砖，两条平行线，虽然貌似距离很近，其实彼此远隔天涯，永无交集。他们再住在一起，完全是活受罪。是的，"活受罪"，她用的就是这个词。他听到这段话的反应是震惊——不是震惊于这番话可能带来的后果，而是这番话的内容，他无论如何也想象不到，妻子瘦小的身体里居然蕴藏着这么丰富的思想，以及这么深切的痛苦！

他为什么要连续加班？他为什么在撑不下来的时候依然撑着？他不承认自己在公司的地位受到了挑战。他并非名牌大学毕业，年纪更是已到中年——平庸的中年，僵尸般的中年，可怕而又可耻的中年！公司的那些年轻人，一个个能说会道，趾高气扬，咄咄逼人。他们对中年人绝无尊重。但是，他是公司的元老，他跟着老板干了八年。八年抗战，走过风风雨雨，低潮高潮，没有功劳也有苦劳。使他耿耿于怀的，毋宁说是一个玩笑。那天，他们在部门QQ群里聊天。群里二十几个人都是他的属下，他的幽默与宽容一直受到年轻人的赞许。那天他鬼使神差地来了一句："小王来了吗？我要找他开会。"

马上有人问："小王是谁？"

又一个问道："哪个小王？"

他嘴角泛着微笑，他知道他即将引起一串开心的笑声，也许还会有个别女同事抬头往他这里看一眼，露出敬佩的目光："就是王东才啊。"

沉默。莫名其妙的沉默。他有一种不祥的预感。

"被晓波这么一叫，我真的感觉自己年轻了二十岁。"

回答的是他们的老板。

不知道什么时候，聊天的阵地已经变成了"太和战略咨询管理群"——为了方便公司的管理，由老板王东才亲自建的一个QQ群。

老板机智的玩笑并不能消除晓波心中的羞愤，也许还夹杂着担忧。

一瓶酒已经喝掉了一小半。他酒量本不大。现在，四周的一切，墙壁，窗户，电脑，书籍，都离他更远了。这真是一种奇妙的感觉。他站起身来，想去一趟厕所。在前台的右侧，他看到一个垃圾桶，套着黑色的塑料袋，里面扔着几团纸和几片果皮。他决定干脆尿在垃圾桶里。他真的这么做了，尿落在塑料袋上，淅淅沥沥的，有一种雨打芭蕉的韵味。

重新坐回座位，他打开了手机，看到一个福田的朋友发了一条微信，是一首伍迪·艾伦的诗：《倒序人生》。他不禁为这首精彩的诗作拍手叫好，结果手机啪的一声掉在了键盘上。他转发了这条微信。

> 下辈子，我想倒着活一回。
> 第一步就是死亡，然后把它抛在脑后。
> 在敬老院睁开眼
> 一天比一天感觉更好
> 直到因为太健康被踢出去。
> 领上养老金，然后开始工作
> 第一天就得到一块金表，还有庆祝派对
> 40 年后，够年轻了，可以去享受退休生活了。
> 狂欢，喝酒，恣情纵欲
> 然后准备好可以上高中了。
> 接着上小学
> 然后变成了个孩子，无忧无虑地玩耍
> 肩上没有任何责任
> 不久，成了婴儿，直到出生。
> 人生最后九个月，在奢华的水疗池里漂着
> 那里有中央供暖，客房服务随叫随到

住的地方一天比一天大，然后，哈！

我在高潮中结束了一生！

凌晨三点四十分，修改意见又来了。

气恼之下，他在 QQ 上回了客户一句："没完没了没完没了没完没了没完没了没完没了没完没了没完没了没完没了没完没了……"

客户再一次启用"沉默是金"的策略。也许他知道，这个时候，实在不能再刺激他了。他肯定感觉到什么了。

晓波又给自己倒了一杯酒。

"啊——"他扬起脖子，闭着眼睛，深吸一口气，忽然喷出一声低沉的长啸来。啸声持续了近一分钟。他继续保持着这个动作，感到有什么东西在脸上爬，痒痒的。他伸手去摸，才知道是自己的眼泪。

他又深吸了一口气，像一匹受伤的狼一样嚎叫起来。他听着自己的声音，心想：还挺像的。苍茫的草原，呼啸的北风，漆黑的月亮，瘆人的长嚎——他眼前浮现这样一幅画面。

他模仿起其他动物的叫声：马嘶、虎啸、驴鸣、犬吠、狮吼、猿啼，以及牛之哞哞、羊之咩咩、鸡之喔喔。

他惊奇地发觉，他学得最像的，居然是驴鸣。

后来，他靠在椅背上睡着了。他不是自己醒来的，应该是被什么吵醒的。是窗外的风声？还是远处的车声？原来是一本杂志被他睡梦中碰到了地上。他也懒得去捡。"躺在地上，你就永远不会跌倒了。"他自言自语道。

他自己也试了一下。他伏在地上，以手撑地，双腿弯曲，围着自己的办公桌爬了一圈。起初，由于没掌握好力度，他在拐弯时碰到桌腿。他愤怒地咬了它一下。木头、油漆以及灰尘的味道让他嘴里很不舒服。他强行咽了一口唾沫。不舒服的感觉加重了。

他又坐回了位子。他盯着电脑屏幕，一个一百多页的 PPT，需要修改的地方有十几处。他拿不定注意到底还要不要修改。已经是第十二次大规模修改了，小规模的根本不算。他不知道这个方案离"通过"还有多远。也许这次改完，他就可以回去睡觉了。虽然蓉蓉还没回来，但觉还是要睡的。忙过这段时间，就去找她。也许她只是负气出走，时间长了，自然会平静下来。这些日子，他也想过报警，但又怕她突然回来，笑他大惊小怪。当然，也可能她铁了心要离婚，那也随她。只是不好向父母交代，也无法面对孩子。也不知道孩子在父母那边过得怎样。好像已经有两个月没往老家打电话了；黄河边上那片贫瘠的土地，那些死气沉沉的村庄，已经很久没有出现在他的梦里了。

每个想法都会触及一个伤口。算了，不去想了。还是先处理工作吧。他打起精神，继续修改方案。酒意未消，雪白的墙壁在他面前晃来晃去，偶尔还会剧烈地抖动一下，像感冒病人在打冷战。在修改方案的过程中，他决定跟自己打个赌：经过这次修改之后，一定能够顺利"通过"，如果再有修改，他干脆自杀算了。

但是很快他就想到：有第十二次修改，就会有第十三次，有第十三次，就会有第十四次……数字是无穷无尽的，修改是没完没了的。

他又举起了酒杯。这次，他一口喝完了一杯。他听见自己嘿嘿嘿地笑起来。今天他一共笑了几次？

他开始思索自己：我出生于……我是……人，我的父亲是……我的母亲是……当他发觉竟然忘了母亲的名字时，不禁吃了一惊。过了一会儿，他已经不再对忘记母亲的名字而愧疚了。当他意识到这一点，不禁又吃了一惊。还有其他思索自己的方式吗？比如我的性别，我的思想，我与他人的关系？

他涣散的目光终于碰到一个可以注视的东西，那把水果刀。刀是不锈钢制成。造型美观，表面光洁，刀刃锋利。应该是一把好刀。直到此刻，他也没考虑过这把刀和他之间有什么关系。

他回头看了一下，窗外陷入了更深的黑暗。黑暗是绝对的黑暗，不久就会迎来相对的黎明。

一切都待在各自那毫无意义的地方。

寂静让他止不住要咳嗽起来。后来，他果真咳嗽了起来。

此刻，在这座城市里，没有人披衣下床。没有人梦见民国初年。没有人去芭堤雅旅行。没有人阅读《圣经》的第一百四十七页。没有人误以为月亮出来了。没有人把一张纸叠成飞机，并掷向空中。

寂静的意义已经发生了变化。一种完全陌生的征兆即将成形。

他右手持刀，很快地在自己的左手手腕上刺了一下，血流了出来。疼痛带着棱角迅速扩散，侵占了整条手臂。血是热的，流经皮肤，产生一种沉甸甸的温暖。不久，疼痛消失了，或者，他已经适应了这种疼痛。身为男人，他对自己的承受能力感到自豪。血流至桌面，又滴落在地板上。可能分量太少，桌面上还有大片地方是干的。他狠了狠心，又刺了一刀。这次效果很好，黏稠的鲜血大股大股地冒出来，很快，整个桌面都变成了红色。

我要自个儿待着

I want to be alone.

——Greta Garb 葛丽泰·嘉宝

十二点钟已过，韩咏涛还没有回来。傅盈盈忍不住打了个哈欠：先是急促的一声"啊"，接着"啊"字突然被拉长了，扯细了，细成一条游丝，游丝继续被拉扯，终于断了。困倦渐渐爬上眼皮，她又坚持了几分钟，并用憋气的方法刺激精神，但沉重的睡意像一座山似的压过来，她屈服了。没有电话，没有短信，没有微信，更没有开门声。她有种预感：他再也不会回来了。这不正是她所希望的吗？

在睡着的一刹那，她想到：与其说我是在等他回来，不如说我是想验证一下那条微信的效果。

第二天，像往常一样，她七点钟准时起床，叫醒女儿。在孩子穿衣、刷牙、洗脸期间，她已经做好了她们的早餐：两个煎蛋，一碗白粥。孩子很快吃完了

关不上的门
Guan Bu Shang De Men

她自己那份食物，她甚至舔了舔盘子上的油渍，她轻声地阻止了她。

孩子还是问了："爸爸呢？"

她还是迟疑了一下："他……出差了，不知道什么时候才回来。"

"那今天只能请你送我上学了。"

她暗自重复了一遍孩子的话，终于发现了问题：那个"请"字刺痛了她。她觉得那似乎不应该出现在母女之间的对话里。她不愿意即刻看到她，于是在转身的时候多花了些时间。

她来得早了些，公司还没几个人。秘书小刘告诉她：老板有请。她注意到小刘身上有点缩水的外套，以及她略带嫉妒和嘲讽的表情，心中一阵厌恶——她很奇怪，因为她分明感到她的厌恶呈液体状。她以异常平静的语气说了声谢谢。

她稍微拖延了一会儿，才到老板的办公室。

"先坐一下。"他指着靠墙摆放的一排黑皮沙发。沙发的凉爽透过她的丝袜沁入她大腿的肌肤。

她想听听他在电话里说些什么，但只听到一连串"嗯嗯、好好、没错、对对、好的就这样"，这些似乎有意义又好像没意义的字眼。她还想再听下去，才惊觉电话已经挂断了。

老板姓吴，名超，四十多岁，方脸，大耳，头发留得很短，仪表堂堂，平时待人接物，自有一种威仪。她对权势人物向来不屑，从未在他们面前低三下四，刻意奉承，这种不卑不亢的态度反而让老板另眼相看；至少在跟她交谈时，他从未提到过她的美貌。

"吴总找我有什么事？"

"也没什么事，我让朋友从巴黎为你捎回一瓶香水，你看看，喜欢不喜欢？"

一个精致的小瓶子，金色的瓶盖，暗绿色的液体。

"这么贵重的礼物，应该送给嫂子才对。"

"她不缺香水。再说，她也不喜欢这一款。"

"吴总送我礼物，总得有个理由吧？"

"因为……你今天显得很特别，哈哈，这算不算个理由？好了好了，别难为我了，快收下吧。"

她看了他一眼，说："好吧，我收下了。"

老板的兴奋溢于言表，甚至举起右手挠了挠头发。那一瞬间，她联想到小时候邻居家一个大孩子，他从小智力受到损害，长到二十多岁，脸上依然挂着小学生式的微笑，稚嫩，羞涩，躲躲闪闪，不知所措。

她暂时无心处理工作上的事情。当她发现自己在短短的几分钟之内分别完成了开电脑、倒茶、擦桌子、把两本杂志放回书架、在一个中学同学新发的微信下面点赞等动作时，不禁有些吃惊，随即想起其实自己每天上午都是这么过的。她又喝了一口茶，玫瑰的香味在舌尖上氤氲渗透，慢慢传递到喉咙。她心情舒畅起来，顺手打开了网页，打算浏览一下本市新闻。新闻上说，房价依然在疯涨；股市再度震荡，大盘失手3000点；深圳每3辆车抢1个停车位；上班族希望农批市场买菜的大妈大爷错峰出行；退休人员养老金12连涨，过高社保缴费率能否降下来。

她忽然看到一条关于自杀的新闻：深圳警方称，一名30多岁的男子从龙华区某酒店楼顶跳楼自杀，跳下时头部着地，当场死亡。据酒店工作人员透露，死者姓韩，湖南人，于昨晚11点左右入住酒店。报道称，在死者跳楼之前，还特地换上了新买的西装。

她吓了一跳，随即拿出手机来要拨打咏涛的电话，但随即想起，虽然丈夫也是30多岁，也是姓韩，但却是江西人。她抬头看了看天花板，虽然是白天，办公室里也开着灯，几个同事似乎在窃窃私语；在她没注意到的时候，也许还有人偷偷地盯了她几眼。她已经习惯了这种情景。她长长地吸了一口气，憋了三四秒钟，才把它呼出去。她感到被刚才的新闻愚弄了。她发狠地想道：虽然还没有办理离婚手续，但他们的关系事实上已经结束了，他死也好，活也好，都随他去；她只需要管好自己、管好孩子就行了。

她试着笑了笑，有点费力，但应该成功了。

秦晓鸽又打电话来，这次她倒没有说起加入她们舞蹈协会的事。她说："我最近发现了一个好玩的活动：奇迹课堂。不过我今天太忙了，等有时间详细给你讲，我想你一定会感兴趣的。"

从始至终，她居然只说了四个字："喂""嗯""再见"。

　　周五晚上，傅盈盈打电话请保姆把孩子哄睡之后再走："我要去参加一个朋友的生日。"她心里浮现出秦晓鸽那张尖锐而光洁的面孔。生日 Party 在一个很豪华的 KTV 举行，这里有金碧辉煌的装修，有干净专业的服务员，还提供丰盛的自助餐。她进入包间的时候，发现起码来了三十多个人，一个大包间都显得有些拥挤了。她扫了一眼，发现来宾中有男有女，有老有少，但以中年男人居多。她对秦晓鸽的鄙视又增加了几分。

　　有一个还算帅气的中年男人自告奋勇做了主持，大家追随着他充满磁性的嗓音，依次完成了一个生日 Party 应有的流程。应有的流程都是什么呢？她很奇怪自己为什么会关心这个，随即自嘲似的笑了笑。这时候，晓鸽接过话筒，泣不成声地表达着对来宾的真诚谢意，以及对某某——她没听清那个名字，应该是那个主持人——的特别感谢，因为今天晚上的费用由他埋单。她又说："我真希望自己停留在今晚，停留在 25 岁。"盈盈调皮地朝她吐了吐舌头。

　　他们很快开始喝酒、唱歌了。那个主持人带头唱了一首《少年壮志不言愁》，用的居然是美声唱法。唱毕，他双手一摆，示意"掌声在哪里"，于是包间里响起稀稀拉拉的拍手声。她注意到旁边有一个老男人象征性地拍了几下，但没发出一点声音。

　　接着又有几个人登台表演。

　　盈盈也唱了一首：《独角戏》。

　　　　是谁导演这场戏
　　　　在这孤单角色里
　　　　对白总是自言自语
　　　　对手都是回忆
　　　　看不出什么结局

"唱得好！比原唱还好！"

"好!"

"好!"

　　没有星星的夜里

　　我把往事留给你

　　如果一切只是演戏

　　要你好好看戏

　　心碎只是我自己

"这个美女是谁？嗓子真好，唱得我都想哭了。"

"傅盈盈。"

"很好听的名字。"

"人家都有孩子了，你就不用做白日梦了。"

　　她回到自己的位子上。有三个男人依次向她敬酒，她都以茶代替。其中第二个男人口才很好，极力要说服她喝酒，但她始终不为所动。第三个男人应该看到了这一幕，因此他们过来敬酒时，并不在茶和酒的区别上浪费唇舌，而是说了些"你唱得实在太好了，比许茹芸唱得还好"之类的废话。她决定一分钟后就告辞回家。她不想在垃圾桶旁边待得太久。上次类似的情景，也让她想起了垃圾桶。

　　晓鸽好像看透了她的心思，她把原本坐在盈盈旁边的一个男生赶走了，然后挨着她坐下，跟她聊天。晓鸽身上刺鼻的酒气让她很不舒服。

　　"我很高兴你今晚能来，还有你送我的香水！"房间里噪音太大，她们只能互相咬着耳朵说话。

　　"昨天答应过你的，怎能不来？我们之间还需要客气吗？"

　　"你老公还没回家吗？"

　　"没有。"

　　"这家伙……他没带走什么吧？"

　　"什么都没有。连一双袜子都没带。钱都在我的卡里。"

"那就好。只是苦了你和孩子。"

"不，我一点都不觉得痛苦。"

"你没什么吧？"

"没什么，我很好。"

"上次我跟你说那个事，你考虑得怎么样啦？"

"什么事？"

"奇迹课堂。他们可以通过前世回溯治疗心理乃至身体的疾病。"

"那些都骗人的玩意吧？新闻上已经报道过多次。"

"是有很多骗人的，但他们不是。活着就必须修行。我们必须对我们的生命负责。在你身上，同时住着一个好人和一个坏人，你是想……"

"我想去一下洗手间。"

面对着镜子，她仔细地端详着自己的面目，好像那是另一个人。她眨了几下眼睛，并把表情引向一个微笑，她略一用力，微笑马上诞生了，是给自己的。她故意把一包纸巾从洗手台上碰落，为的是能够接住它。纸巾还是掉在了地上。她又摸了摸墙壁，果然是凉的。一阵掌声传来，听起来像在很远的地方；她在胸口轻轻地抚摩了几下，总算想起了与这声音相关的故事。

从厕所里出来，不出所料，晓鸽正和主持人聊得忘乎所以。主持人甚至握住了她的手。他很享受对着她的耳朵说话，每一次都说得很长、很长——他的嘴唇一定碰到了她的耳垂。她为什么允许这种状况发生？

她拿起自己的手提包，偷偷地溜了出去。身后似乎传来一声询问："你要走了吗？"她没有回答。也许根本没有人问。

呼吸的不顺畅让她加快了脚步。她心里一直重复着一句话：小心，不要跌倒了。

星期六下午，她带着孩子去华强北逛街。她想打的，但孩子坚决要坐公交车，她们为此争执了一会儿。

"为什么非要坐公交车呢？"她准备妥协了，同时心想，对于习惯了拼音输入法的她来说，如果要输入"tuoxie"这组字母，排在最前面的结果很可能是"拖鞋"。她想拿出手机试一下，又觉得有点可笑，就放弃了。

"因为公交车可以坐得久一些。"孩子给出了这样一个理由。

她们走进一家商场。商场内的冷气开得很足，她问孩子冷不冷，孩子冷漠地摇了摇头。她想买一条绯霞色的裙子。她牵着她的手，从扶手梯上二楼。灯光明亮刺眼。她手上暗暗用劲，起初孩子漠无反应，后来却咯咯地笑起来，并极力要挣脱她的掌握。她停止了这个游戏。在电梯运行的过程中，她心想：如果此刻电梯倒行，我们一定会摔得头破血流。她回头看了一眼。她们身后两三米处站着一位老太太，花白的头发蓬松着，像一个没有垒好的燕子窝，肥胖松懈的身体靠在右边扶手上，似乎随时会压垮这个橡胶与钢铁组合成的机械装置。

"妈妈，我们上楼干什么？"

"买衣服。"

"是给我买吗？"

"如果你有喜欢的，当然可以给你买。"

那款裙子卖断货了。她径直带着孩子去五楼的童装市场。在经过四楼时，孩子指着一个卖冰激凌的柜台说："等会儿我要下来吃。"她们转了半个小时，总算买到一套白色的衬衫。孩子在试衣服时，学着旁边的大人，把身子扭来扭去，她不由得微笑起来。

她说："我发现你最近喜欢穿白色衣服。"

"因为我的肤色适合穿白色。"

这让她吃了一惊，究竟还是个小孩子，怎地动辄就说一些大人口气的话。

经过四楼时，她以为她已经忘记了冰激凌的事。但她还记得，并提醒了她。这次是她紧紧地攥住了她的手——她的食指和中指。

"时间不早了，我们得回家了。"

"不，我要吃冰激凌。"

"现在已经快五点了，如果你吃了冰激凌，估计就吃不下晚饭了。"

"那就不吃。"

"不吃冰激凌？"

"不吃晚饭。"

"不吃晚饭怎么行？难道你不想长个儿了？你想当小矮人吗？"

"一顿不吃又不影响长个子。一个人最多可以饿七天。"

"谁告诉你的？七天不吃东西一定饿死了。"

四周人来人往，有个年轻女人经过时，甚至还瞟了她们一眼。她不便发脾气，甚至不能提高嗓门进行威吓。她只有一个选择：屈服。孩子显然也明白自己的优势。她依然紧紧地攥住妈妈的手。她的指甲几乎抠进了她的肉里。

她得到了一个巧克力冰激凌。

第二天，她们出去看桃花。她领她去梅林水库，沿着二线关向西走。她印象中水库边上有一片桃花，但一路走来，只看到路旁零星的几株桃树与梅花。桃树刚刚冒出一些花骨朵，梅花倒是开了不少，但没有成片栽种，显示不出那种气势。起初孩子有些丧气，但不久就发现了新的乐趣：认识植物。有一些植物上挂着牌子，遇到一个有牌子的，她便停下来读。

"四季桂。别名：四季桂花，日本桂花，月月桂，月香桂。科属名：木樨科，木樨属。"孩子不认识"樨"字，她告诉她。

"我认识犀牛的犀，但加个木字旁我就不太肯定了。"孩子说。

接着她又走到另一株植物前面，大声地念起来："鸡蛋花。别名：缅——"她又替孩子念出了这个字——"栀子、蛋黄花。科属名：夹竹桃科，鸡蛋花属。分部区域：中国，墨西哥；现广植于亚洲热带及亚热带地区。妈咪，墨西哥也是亚洲的吗？"

"不是，墨西哥是北美洲国家。"

一路走来，她们共认识了茶花、含笑、朱槿、使君子、买麻藤、硬枝黄蝉、琴叶珊瑚、黄花风铃木等植物。孩子还摘了一朵粉红色的茶花，插在头发上。

她们把外套脱下，塞进背包里。孩子有点累了，让她牵着手才肯走。她心想：以前，牵孩子的任务属于她爸爸；而现在，她和孩子是如此亲密。

她对亲密这个词产生了回忆。

那是她和咏涛经过一段时间的冷战之后，最终男人首先低头了。晚上他提议出去散散步。公园里灯光暗淡。他们穿过一个凉亭，走上一条竹径，并与两个相向而行的老人擦肩而过。孩子蹦蹦跳跳地走到了前面。这时他开口说话了。

"我们本来不应该这样的。我们有过美好的过去。这证明我们的基础很牢固。那时候我们很和谐，很快乐，无论做什么。那时候，我们是一个男人和一个女人，现在我们是夫妻，是亲人，事情在发生变化，但变得更好了，不是吗？"

她正要说些什么，孩子忽然扑了过来。

"猫，一只流浪猫！"

爸爸抱起了她："猫有什么可怕的？你跺一下脚它就吓跑了。"

他示范了一下，只做了跺脚的动作，并未发出声音。孩子照做了，啪啪啪，那只猫果然逃走了；在灌木丛里，它回头望了一下，灯光下看去，那双眼睛就好像两颗惨绿的宝石。

二线关的铁丝网已经基本丧失了原有的功能。在一些山泉流淌或者土地平旷的地方，还特意剪了几个窟窿，以供游人进出。孩子钻过一个窟窿，在一个有小溪、有巨石的地方玩耍。她把小石子丢进潭水，制造出叮咚之声，乐此不疲。

孩子说："我在弹水琴。"

她说："如果你还有体力，我可以带你去山顶看看。"

"是旁边那座山吗？"

"是的。只有一条土路，要上去可得费点劲儿。"

"你以前上去过？"

"是的。上面有一颗很大的石头。"

"有多大？"

"像一辆公交车那么大。"

花费了半个小时，她们还是登上了山顶。山风簌簌，鸟声啁啾，东一声，西一声。向东南望去，明净的天空下，周围是翠绿的森林，脚下是一汪碧水，远处耸立着平安中心、京基100、地王大厦等高层建筑。

"原来深圳这么大啊！"孩子大声吼起来，她额头上的汗水亮晶晶的。

"关外地方更大。"

"关外在哪里？"

"在那座山的背后，从这里看不到。"

"那个蓝色屋顶的建筑，不是市民中心吗？"

"是的。你要好好学习，以后长大了，才能在深圳赚钱买房子，要不然只能租房子住了。"

"我们现在住的房子，是买的吗？"

"不是，是租的。"

"租金贵吗？"

"很贵。"

"有一万块吗？"

"没有。"

她还记得那是今年四月，他出差回来，病得很重。她第一次没到机场接他，不仅仅是因为孩子的问题，她要在九点钟睡觉；而是因为她觉得，有些惯例必须打破。他进门的时候，并没有按门铃，他知道这时孩子一定睡着了。他自己有钥匙。他还未进门，首先传来咳嗽声。她确信他在门口停留了一会儿，等一阵剧烈的咳嗽告一段落之后才开门。当钥匙在锁眼里转动的时候，他又清了清嗓子。她不由自主地皱起了眉头。

他进来了，身上穿着一件淡蓝色衬衫，外面套着一件黑色的西装，皮鞋上积了些许灰尘；手里提着行李箱；一脸憔悴。他把行李箱放在沙发旁，然后忽然像受到地心吸引力似的，一屁股坐了下去。他又开始咳起来。盈盈在灯光下看着这一切，眼睛随着咏涛的动作来回移动，同时努力地寻找着合适的词汇和句子，她有点气恼地发现，自己脑中居然一片空白，没有词语，没有句子，也没有思想。

幸而咏涛及时打破了尴尬："就是这个样子，从早咳到晚，睡觉的时候咳得更厉害，喉咙仿佛要爆炸……已经第六天了。"

"怎么会患上这么严重的感冒？"谈话似乎已经自然而然地展开了。

"不知道。也许因为长沙太冷了，而且那几天一直下雨，有一次开完会，我是淋着雨走回酒店的……"

"为什么不打个车？"

"距离很近，步行也就七八分钟。"

"那确实不需要打的。"

"是的。"

谈话以"是的"和咏涛用拳头敲击自己的额头结束。

咏涛把行李箱打开，里面除了一些文件，就是一堆散乱的脏衣服。他把脏衣服团成一团，丢进了洗衣机。等他重新回到客厅，盈盈已经把行李箱收了起来。这时候他们才有机会拥抱。

过了一会儿，咏涛推开儿童房的门，借着客厅的灯光，看到一张空空的小床，不禁吃了一惊。他没有说话，嘴角泛出一丝笑意。他又推开主卧的门，随即看到女儿瘦弱的身躯在原本属于自己的位置睡梦正酣。

"我把她抱到她的房间去。"

"不要吧，她会醒的。"

"不会的，我会很小心的。"

"还是不要了，万一醒了，又要半天不睡。"

"那我睡哪儿？"

"你可以睡沙发，也可以在书房里打个地铺。等你病好了，再搬过来睡吧。"

咏涛不说话，在黑暗中一动不动，他把这一静态的姿势保持了足足有四十秒以上，才转过身来走了出去。

"好吧。"

盈盈不确定是否听到了这两个字。她近来经常有这种幻觉。她怀疑是否自己的身体出了问题，至少是某些部位出了问题。

盈盈还记得跟咏涛谈恋爱的时候，他是多么贴心。在散步的时候，他一定牵着她的手，力度不轻不重；逛街的时候，他总是让她走在靠里一面，他自己却走在靠马路一面，有时她甚至担心那些呼啸而过的汽车会撞到他；吃东西的时候，他总是把最精华的部分留给她；在商场里，只要她对哪双鞋子、哪件衣服表现出一点兴趣，他就会说服她买下来，并主动去帮她埋单；每天中午，他往往会给她发一条类似的短信："午饭多吃口，活到九千九百九十九。"

关不上的门
Guan Bu Shang De Men

一个周末，咏涛去加班，她在家看书，忽然他拨通了她的电话，关切地问："你没事儿吧？"

她很奇怪他为什么会这么问，原来深圳刚刚发生了一次地震。

"我担心会吓着你。"

"我都没感觉到……"

他知道盈盈是单亲家庭，母亲去世得早，要想得到她，必须征服未来的岳父。他又打听到盈盈的爸爸是个读书人，他竟然能静下心来啃了几本书，其中一本还是罗素的《西方哲学史》——因为盈盈的爸爸很崇拜罗素。他曾想亲自去一趟盈盈老家，但又觉得还没做好准备，只好作罢。几个月后，有一次，他兴冲冲地对盈盈说："我给你爸发了一条长长的短信，受到了他的高度赞许！"那条短信是这样写的：

亲爱的世伯：

我姓韩，名咏涛。对不起，我因条件不够优秀，所以要比别人加倍努力才能实现自己的人生理想。我从事软件开发，工作的性质几乎是7×24，平时连正常作息都很难做到，幸亏自己身体一向健康，加上经常运动，且不抽烟不喝酒，所以仍然能够支撑，甚至还很享受现在的工作。唯一遗憾的是，目前工作太忙，没能和盈盈一起到湖南探望您，敬请原谅！

我在江西出生，十三四岁时来深圳读书，并住在学校宿舍，后来去北京上大学，毕业后回深圳工作。起初因为工作关系，没机会谈恋爱，和盈盈认识之后，如堕蜜罐，身心俱甜。当然，我俩恩爱归恩爱，但也经常争辩，主要是关于思想和生活习惯的问题，但最后我们还是互相尊重，退一步海阔天空，让几分心平气和，虽然那退让之人大多数时候都是我，但我也很乐意这样。她的优秀我的确有点配不上，但我会努力把距离拉近一点，何况我是男孩子，对女生退让是天经地义，所以我俩如一起生活，应该没有太大问题。

我很喜欢盈盈，希望前辈能同意我们在一起，我也会保证我会用我百分之百的能力去保护她，并珍惜她能接受我的机会，用我一生剩下的时间来陪伴她，请您不用担心，我会努力努力再努力的！

　　世伯，谢谢您能把聪明优秀的盈盈带来世上，我真的很喜欢她，她有着前辈的优良遗传，并且深受世伯的出色教育，形成今日的万人迷，对您，她的所有追求者——她的粉丝可真不少——尤其是我，必须真诚地向您说声：谢谢！

　　最后希望前辈帮忙教育一下盈盈，她现在经常不做运动，又经常不停地暴饮暴食，连在公园跑一小圈都办不到，而且还嫌辛苦，她不听我的，只能麻烦前辈来教训一下她了。

　　此致
　　最大的敬意！

　　又：人类终究都是一种可怜的动物，只有爱情是美好的，只有两个人在一起的日子不可辜负。

　　想到这条短信，盈盈心里五味杂陈。她曾经因为这条短信而感动，觉得咏涛是个细心体贴的人——跟她的理想目标很接近。她一直劝说自己：不要苛求未来的丈夫与自己在精神层面保持同一高度；男人那种动物，都是下半身主义者，视身体的愉悦超过精神的愉悦。但她又隐隐地感到，如果不能在精神层面有所交流，那未免也太委屈自己。当然，即使到了此刻，咏涛这条短信里体现的文采也是让她动心的理由之一。只可惜再强烈的好感也抵不住日子的侵袭。日子时快时慢；它在不动声色之间，已经用一种看不见的锯齿，把生活的枝叶花朵全锯掉了，只剩下直来直去、粗壮无聊的主干：昼与夜，食与色，健康与疾病，以及无处不在的厌倦。

　　"这人啊，有时候真不知道是一种怎样的动物！"她把这句话说了出来，听到自己的声音，觉得有点尖刻，又有些哀怨，而且充满了滑稽。

　　我是一个很滑稽的人吗？

　　有几个爱好读书写作的朋友组织了一个读书会。因为她们都是女人，而且都崇拜伍尔芙，就干脆从她的《到灯塔去》中取出二字，命名为"灯塔读书

会"。开始几期聚会，她们都选定了主题，当然都是比较粗泛的，比如"伍尔芙的爱情""伍尔芙的病""伍尔芙与乔伊斯"等。后来伍尔芙实在无甚可聊了，她们又把话题转向别的女作家，比如林徽因、庐隐、张爱玲、西尔维娅·普拉斯、西蒙娜·德·波伏娃、弗朗索瓦丝·萨冈、珍妮特·温特森等。她们对这种纯粹艺术的、思想的交流既热心又满足。

这次的话题是："爱的可能性"。并不局限于某一本书、某一部电影，或某一位作家。

盈盈入座的时候，有一个叫蔺雨烟的专栏作家正侃侃而谈。她是今天聚会的新成员。一个胖乎乎的、落落大方的中年女人。

这时她正说道："我喜欢张爱玲，喜欢历险，喜欢体验不同的男人，喜欢预言性的梦……"

"喜欢预言性的梦还是预言性的梦？"插嘴的是林红，古代诗词爱好者，李易安的拥趸。她在说到第二个"性"字时，特意加重了语气，惹得大家纷纷笑起来。其中有一声尖锐的、过分拉长了的笑源于秦晓鸽。

"我更倾向于后者。"蔺雨烟等大家笑过之后，接着说，"不过，我对爱情很挑剔，所以我离了两次婚，现在依然单身。如果等不到我想要的爱情，我宁愿孤独终老。"

"有个性，有追求！做女人，就应该这样。没有爱，就没有婚姻。"已经出版过两部长篇都市爱情小说的花梦影向蔺雨烟跷起了大拇指。

"那些觉得没有婚姻就没有人生的女人，都是些弱小、卑微、可怜的生物。她们不需要爱情，爱情对于她们来说就像一辈子都买不起、用不起的奢侈品。她们有时候也会装出一副相信爱情的样子，但那只不过是把爱情当作了工具，或捷径，一旦到达婚姻的目的地，就弃之如敝屣。"

"我不太同意这种观点，"一直保持沉默的闫月晴说道，"人生原本就是个遭罪的过程。其实你们可以观察一下身边的亲戚朋友，即使是保持单身，该受的苦、该遭遇的不如意，也一样没少。但你要想找个人诉诉苦，谈谈心，或者骂一顿，那最好还是结婚，婚姻至少还让你有个发泄的地方，发泄之后，心里就会平衡很多。一个人太弱小了。"

"听说有个宝马男正在追月晴？"

"哪有的事儿！"

"林红都在东海花园碰到过你们……"

"多嘴的小贱人，应该掌嘴！"闫月晴抬手一指林红，林红赶紧配合地做出惊恐之状。

"婚姻就是抱团取暖，所以现在暖男才那么吃香。"

"取暖也得找个自己喜欢的吧，有本事你去抱一下卡西莫多……"

"盈盈，今天你怎么这么安静？"

盈盈看着自己的咖啡，那朵白色的拉花好像忽然起了变化，弧线变成了直线，心形变成了三角形。听到叫自己的名字，她微微吃了一惊。

"爱情确实是婚姻的基础。"盈盈听见自己的声音在空气中震动，"没有爱情的婚姻，一定比单身生活更痛苦。不过这取决于每个人的需求，有些人需要一个钱包，有些人需要一个怀抱，有些人看重精神层面的交流与依存，但你不能幻想找一个100%满足你的男人，因为并不存在这样的人。世界上很少有一个人是为另一个人而存在的，恰到好处只存在于幻想之中。"

"只要条件合适，就可以在一起；结婚后肯定会相互改变的。婚姻需要磨合。"闫月晴抽出一张纸巾，轻轻地擦去嘴角的咖啡沫。

"恋爱时，女人可以对男人提出很多要求，以后会慢慢减少的。可能是这样的：结婚第一年，要天天回家陪我，讲笑话给我听，买礼物哄我开心；第二年，一周至少四天……第三年，周末必须陪我逛街……第四年，晚上回来吃饭吗？第五年，下周一定要陪我买双鞋了……第十年，只要晚上回家睡觉就好。"

"我没你们想得那么多，那么深，生活给我端上什么我就吃什么，实在吃不下就丢掉。恋爱是甜点阶段。"

"总体而言，我是比较悲观的。我觉得无论上一辈还是我们这一辈，婚姻就是相互折磨，真正相互信任和甜蜜和谐的日子很少很少。我婆婆生前就跟我们说了无数次：她怀孕的时候我公公跟一个女下属去长沙开了三天会；其实啥事也没有，我公公那人胆小如鼠，未必有实质性的举动；但老太太硬是怀疑了他一辈子。"

"你又不是当事人，你怎么知道你公公没干那事？胆小的人在特定的情景下，会大胆起来……"

"不会，那可是他晋升的关键时期。"

"越是关键时刻，便越是大胆，因为他也猜到大家认定他不敢乱来了。这逻辑还成立不？"

"不成立，70年代的官员可不像现在那样管不住自己。"

"你公公是个例外。"

"这事我那城市纨绔子弟出身的爸爸干得出来，我那山沟里出来的凤凰男公公就干不出来。我婆婆盯了那女的一辈子，愣是没看出此女有任何可疑之处。每次为此吵闹，一定这样结尾：不过那女的长得挺丑的，而且性格愚懦，估计你们也干不出啥来！每次也都是这句话最激怒我公公：估计干不出来啥来，你就在孩子面前诋毁我一辈子？我婆婆也有她的道理：我怀孕你就该避嫌！出差就该跟男的出。"

"很多夫妻，把耍无赖、冤枉对方当理所当然；你忍不了我诬赖你，就是不爱我了。"

"嗯，我婆婆就是，各种杯弓蛇影、恶意猜疑，欺负了我公公一辈子。"

"其实你婆婆未必看重这事，也许更根本的问题在于，夫妻之间没那么多话说，这是填补无聊和空虚的一个现成的玩具。"

"人类的无聊，就是这么来的。"

"高层次的无聊，由艺术和宗教来治疗，低层次的无聊，就是没事找事，闲嘟囔，磨嘴皮，以无意义攻伐无意义——而时间竟也一秒一秒地过去了，直到有一天回头一看，已经有惊无险地夫妻了一辈子。"

"不做无聊之事，何以遣有涯之生？"

"总之，世间万事，不过男女那点事，但最根本的，还是自己的事，你觉得快乐，好玩，有价值，就去做，否则，宁可一个人待着……"

出租车在下午的阳光中疾驰。

盈盈感到说不出的疲惫。不是说话和争论带来的疲惫，而是不明所以的倦怠，从内心深处散发出来，渗透到每一颗细胞、每一根神经。她交代师傅下车时叫醒她。她倚在后座上，闭上眼睛。她想到十几年前来深圳的前因后果，来深圳之后的工作与爱情，以及结婚之后的点点滴滴，她仿佛看到无边的黑暗向自己涌来。她命令自己赶紧睡着。也许只有梦才能拯救她，即使是一个短短的几分钟的梦。

她分明感到自己正处于一个岔路口，就仿佛从新洲路向南行驶，既可以直行到底，也可以通过深南大道向东或向西，有此路，有他途，但无论驶向何处，都是灰暗、单调、贫瘠的瞬间——她的一生注定就是这些枝节横生的瞬间组成的。

和咏涛结婚显然是一个错误。她痛恨自己当时太年轻，沉不住气，被他廉价的体贴和真诚给哄骗了。那些低三下四的请求、那些小心翼翼的赔罪、那些不值钱的小礼物、小卖弄，根本不是自己追求的，或者说，根本不是自己最想要的。她要的不是锦上添花，而是雪中送炭。事实证明，他从来不是一块温暖的、发光的、相思树制成的木炭，永远放不进她的红泥小火炉。她受够了那种空落落的寂寞与荒凉。

在求婚那天，他的小伎俩玩得多么成功。他找来一批亲朋好友，在楼下用999支蜡烛和999朵红玫瑰（鬼才知道有没有那么多）拼成一个巨大的"心"形。他们在楼下大喊她的名字。后来，他又使出大招：不知道用了什么手段，花了什么代价，他居然请来了她非常喜欢的一个女作家——她经常在电视上、各大沙龙上露面，是不折不扣的名人——这个作家用她圆润、清亮的嗓音朗诵了一首辛波斯卡的诗：《一见钟情》。

> 他们彼此深信
> 是瞬间迸发的热情让他们相遇。
> 这样的确定是美丽的，
> 但变化无常更为美丽。
> 他们素未谋面，所以他们确定
> 彼此并无瓜葛。
>
> 但是，自街道、楼梯、大堂，传来的话语——
> 他们也许擦肩而过，一百万次了吧？

关不上的门
Guan Bu Shang De Men

我想问他们是否记得——
在旋转门面对面那一刹？
或者在人群中喃喃道出的"对不起"？
或是在电话的另一端道出的"打错了"？
但是，我早已知道答案。
是的，他们并不记得。

……
每个开始
毕竟都只是续篇，
而充满情节的书本
总是从一半开始看起。

　　她莫名其妙地流出了泪水。其实在看到蜡烛和玫瑰时，她甚至还觉得有点好笑。《好笑的爱》，她不由自主地想到了昆德拉的小说。但是，后来，不知怎的，也许是辛波斯卡的作用，她忽然被一种神秘的力量掘住了，她跟着女作家的节奏，默默地背诵了一遍这首她最喜欢的诗。她不禁沉浸到她的诗意里去了。是的：这样的确定是美丽的，但变化无常更为美丽！

　　她不由自主地打开了门，不由自主地走到楼下，不由自主地被他牵到"心"里。她还记得当时她心里想的是：是的，我是不由自主的，这怪不得我。

　　在婚礼上，她又哭了一次。当司仪问咏涛：你们在谈恋爱的时候，有没有发生一些可以怀念终生的事情？

　　咏涛在裤兜里摸索了一下，取出两只易拉罐的拉环，在盈盈眼前一晃，郑重地回答道："有！还记得那是 2004 年的 11 月，我们报了同一个旅行团。在三亚的天涯海角景区，我和盈盈正好落在大部队的后面。当时她穿着一件白底碎花的裙子，戴着一顶粉色的遮阳帽，走在沙滩上，就好像一个仙子。忽然她说，有点渴了，想喝冰镇饮料。我就在旁边的小店里买了两罐雪碧。喝完了雪碧，我偷偷地把这两枚拉环取了下来，并珍藏至今，那是我平生第一次对一个女生心动……"

吴超请她吃饭，就在海上世界的一个安徽菜馆。

"那里的臭鳜鱼简直是一绝！"吴超兴奋地说，"我吃过很多次了，但还是忍不住想吃。这次又找不到合适的理由，所以就以请你吃饭为由，来满足自己的口腹之欲……哈哈哈，开个玩笑。"

老板请客，当然不好拒绝。不过，盈盈又有点害怕吃他的饭。他的心思，盈盈也可以猜到一二。她试探性地说道："恐怕有点不太方便，我正跟朋友在一起……"

"那就把你朋友一起带来嘛，都 11 点半了，反正都要吃饭的。"

她赶紧给秦晓鸽打电话，晓鸽是吃货，听到有人请客，毫不犹豫地答应了。

刚进门，盈盈就看见靠窗一个座位上，吴超那张略显大号的脑袋。她和晓鸽走过去，和他打招呼，他亲热地和晓鸽握了握手。

晓鸽是自来熟，左一声吴总，右一声吴总，把吴超叫得晕晕乎乎。盈盈心想，吴超是个精明强悍的人，怎么今天显得这么手足无措？晓鸽这种略带一点莽撞特质的性格，确实有其迷人之处。莫不是他对晓鸽有了感觉？想到这里，淡淡一笑，才发觉吴超正在看她。

菜上得很快，现在已经有四个了。

盈盈笑道："吴总点得太多了，何必这么浪费。"

当她刚说到"太"字时，第五道菜也端上来了。

"我对数字不太有概念。"

"钱太多的人对数字都没有概念。"晓鸽笑着接道。

"那倒不是。可能因为我数学学得太差。"

"啊？那不是跟盈盈一样？"

"怎么，盈盈的数学很差吗？"

"你不知道啊？要不是数学成绩不太好，盈盈都可以上清华、北大了。是吧，盈盈？"

盈盈点点头。

"要不要喝点酒？我怎么感觉应该为了我们的数学成绩干一杯呢？"

"为什么？"晓鸽瞪大了眼睛。她总是很随意地做出惊诧之状。

"世间的事，都很奇怪的，就像两个人的邂逅，多走一步，少走一步，都会错过。我在想，假如盈盈的数学成绩太好，上了清华或北大，也许她就不会进入我那个小公司了，那我不就错过了一个如此优秀的员工吗？"

"高论！那我们以茶代酒，干一杯呗。"

盈盈杯子里的茶已经喝去大半。服务员提起茶壶，要为她添茶。吴超一把抢了过去，道："我来。"服务员先是吓了一跳，接着赧然一笑，走了。

晓鸽笑道："吴总确实应该对我们盈盈好些，她一个人挺不容易的。"

"一个人，什么意思？"吴超敏锐地捕捉到了晓鸽的言外之意。

盈盈急道："晓鸽，你在说什么！"

阻止无效："她跟她老公分开了。你不知道吗？已经快两个月了。"

"盈盈，怎么回事？"

"没什么，彼此厌倦了，就分开呗，有什么大惊小怪的。"

"确实没什么大惊小怪的，深圳离婚率达到了 36%，过不下去的可不止你们家啊。"

"36%？有这么恐怖？"晓鸽的眼睛和嘴巴一起张大，并成功地把表情塑造成"我的天哪，不敢想象"的效果。

"深圳这座城市就是这样，忙碌，浮躁，诱惑太多。有许多事情是无法预料也无法控制的。有很多夫妻，他们开始肯定也是恩爱的，但莫名其妙地、一步一步地走向了厌倦，走向了悲剧。这个时候，离婚可能是最好的选择，换一条路走走，也许风景更好，至少不会更坏。还有很多夫妻，表面看来风平浪静，其实也是强行维持，危机四伏。开始他们还会争执，指责，吵架，最后连话都懒得说了。我们只是无声无息地制造出让对方感到不爽、感到愧疚的氛围。我们不再对骂，只是相互羞辱对方。对，就是羞辱。我们把对方的节奏打乱，把对方的情绪撩拨得想要燃烧、想要爆炸。我们胜任很多角色，儿子，父亲，头等舱乘客，曼联球迷，老板，逛商场的顾客，看电影的人，世界之窗的游人，等等，就是不能胜任丈夫或妻子。我们对自己的神经已经无能为力，我们希望各自放弃，却又不愿首先走出那一步，于是折磨在继续，受难在继续，不知道何年何月、何时何地才能结束。"

一阵沉默。这阵沉默在空气中流动，越来越密集，越来越厚实。如果任由它扩散、增长，它有可能占领整个餐厅。

幸亏有秦晓鸽在。她适时地咳嗽了一声，笑着道："想不到吴总也有来自家庭的烦恼啊。我原以为作为一个成功人士，不回家则已，一回家，嫂子还不扑上来把你又亲又啃的，女人对成功男人最崇拜了……"

"不好意思，刚才扯得有点远。"吴超尴尬地一笑。

盈盈道："家家有本难念的经，想念，就继续念，不想念，就扔掉……"

"你家的经已经彻底扔了？再也不捡回来了？"

"既然扔了，肯定不会再捡回来了，我不喜欢捡破烂儿。"

"如果觉得一个人生活更好，那就坚持下去。这是一种令人惬意的痛苦，一种快乐而甜蜜的异化。"

那只臭鳜鱼只吃掉了一半。

孩子出生后，她与公公、婆婆有一段相处非常融洽的日子。两位退休老人从咏涛姐姐家来到深圳，环境变了，角色没变，仍然是做家务，带孩子。但心情不一样。有一次，从他们的闲谈里，盈盈捕捉到这样的信息：此前我们带的孩子，虽然是个男孩儿，但毕竟姓王，现在这个孩子，虽然是个女孩儿，但毕竟是我们老韩家的。盈盈心里抑制不住地涌起一阵鄙视。不过也好，他们一定会很用心地照顾孩子，倒免了自己的后顾之忧。

公公婆婆也很疼爱盈盈。婆婆很会做菜，每天下班回家，四菜一汤已经热乎乎地端上了桌。咏涛加班较多，饭桌上经常只有三个大人，外加旁边婴儿车上的小孩子。婆婆嘴碎，一边吃饭一边唠叨，她甚至给盈盈讲起公公年轻时候怎么把她骗到手的，以及一些显然不足为外人道的事情。这时公公总是红了脸，说："那都是你的想象，哪有的事！"偶尔他似乎也想发作，但婆婆把眼一瞪，他马上缴械投降了。婆婆很享受自己的权威。

没想到问题却出现在"用心地照顾孩子"上。

两位老人，尤其是婆婆对孩子的照顾无微不至，不免侵犯了孩子父母的权利。因为晚上要喂奶，盈盈把婴儿车放在自己的卧室。但婆婆不放心，总是几次三番地推门进来查看。有一次，咏涛凑上来要吸她的奶，忽然门锁转动，婆

关不上的门
Guan Bu Shang De Men

婆进来了。幸亏咏涛机警，赶紧转过头去装睡。婆婆在婴儿车前摸索了一阵，又出去。咏涛又凑上来，发现盈盈已经"睡着"了。咏涛轻轻地叹了一口气。

白天，公公婆婆经常推着婴儿车在小区里逛。为了避免孩子哭闹，她在婴儿车上系了一枚中国结。孩子似乎很喜欢这个鲜红醒目的东西，总是盯着看。孩子十个月大的时候，开始模糊地喊出"爸爸"、"妈妈"，惹得咏涛喜极而泣。他把孩子抱起来，高高举过头顶，孩子咯咯地笑起来。

咏涛与孩子脸对着脸，亲热个没完。忽然，他好像有什么重大发现似的，说道："你们看，孩子的眼睛是不是有点问题？"

盈盈心中一惊，问道："什么问题？"

"好像有点斗鸡眼……"

婆婆冲过去，从咏涛手里夺过孩子，仔细地看了一下，道："谁说我们是斗鸡眼？我们的眼睛可漂亮了，又大又明亮，白天看太阳，晚上看月亮。爸爸什么眼神，居然说我们是斗鸡眼。他才是斗鸡眼呢！左斜眼，右斜眼，中间对对眼……"她的话既像是对孩子说的，又像是对大人说的。

孩子确实有点斗鸡眼。盈盈和咏涛经过一番分析、盘查，最终把罪魁祸首锁定在那枚中国结上。晚上吃饭的时候，咏涛壮着胆子说道："妈，婴儿车上那个中国结，还是摘掉吧……"

"怎么，一个中国结，就能孩子变成斗鸡眼吗？你都三十好几的人了，耳根子还这么软，听风就是雨的……"

"别说了，孩子还小，注意点没坏处，吃完饭就把它摘了。"公公尽量把语气控制得很镇定、很轻松。

"我上午去社康中心问过医生了，小孩子，多多少少总有点斗鸡眼的，长大就好了。你们是相信科学呢，还是相信感觉呢？"婆婆显得理直气壮。

最终，中国结被摘掉了。婆婆把它丢进了垃圾桶。

最初的信任与和谐迅速被日常碎屑、鸡毛蒜皮、磕磕绊绊所取代。相互的怨愤在一点一点地积累。两个男人起初还想挽救，他们用和稀泥的方式维持着最坏的和平，但随着时间的推移，他们发现自己的努力非但没有降低两人的敌意，反而弄得自己两边不是人。婆媳之间还是不可避免地滑向了战争。在孩子3岁那年，因为喂饭问题，她们爆发过一次激烈的争吵。盈盈认为，从3岁开始，孩子就可以学着自己吃饭了，但婆婆每一顿饭都要一勺一勺地喂她。4岁那年，在婆婆给孩子洗澡时，孩子尖锐凄惨的哭声把盈盈从床上拉了起来。她狠狠地丢下iPad，快步走向浴室。孩子看到妈妈到来，哭得更厉害了。

"宝贝怎么啦？"

"水……太热了，烫……"孩子抽抽噎噎地回答道。

"哪里热啦？哪里热啦？说谎！"婆婆吼道。

"就是热，烫死人了！"

"每天都是这个温度，难道我会故意烫你？"婆婆的声调又提高了一倍。

"你能小点声吗？别吓着孩子。"正在看电视的公公也凑了过来。

"没你的事，你不用管！"

"宝贝是嫌水太热吗？"盈盈一直压抑着自己的怒火。她用手试了试水温，确实有点热。

"是的，好烫好烫的……"

婆婆啪的一声，打了孩子一巴掌。

"说谎。每天都是这个温度，昨晚你怎么不说烫？你冤枉人，必须认错。"

孩子又大哭起来。

"错了没有？错了没有？居然冤枉我！"婆婆又打了她两巴掌。

盈盈再也忍不住了，大声道："好了，你觉得不烫，还不许孩子觉得烫吗？"

"你什么意思？"

"她细皮嫩肉的，对温度当然要敏感得多……"

"你就直说我皮粗肉糙好了……"

"我没这样说你……"

"你不就是这个意思吗？"

"那是你自己的意思。"

"我天天侍候了小的，又侍候大的，图的啥？最后还落个埋怨。都是养不熟的白眼狼，没良心……"

婆婆被公公拽出去了。

咏涛回来的时候，已经11点多了。他被爸爸拉到阳台，边抽烟边聊天。半个小时后，咏涛回到卧室，脸色铁青。

"你和我妈吵架啦？"

"你应该去问你妈。"

"到底怎么回事？"咏涛提高了嗓门。

盈盈索性转过身去，闭上眼睛。

"让她回老家吧。我不想让她把孩子毁了；另外，我也受不了她的歇斯底里。"

公公婆婆走后，盈盈把那间卧室改造成了书房。把书搬进去的那天，她分外愉快，她一直觉得，在一个城市生活，如果没有一间书房，那就等于人生只有白天，没有夜晚，只有工作，没有休息。她自认为自己一向是个注重精神生活胜过物质生活的人。

她理想的自己是：独立，自由，丰富，优雅。

坏事总是成双成对的。

在跟婆婆闹僵之后，她与咏涛的关系也开始急转直下。

在公公婆婆离开一个星期之后，她们请了一个临时保姆，保姆只是早上过来把孩子送往幼儿园，晚上把孩子接回家，顺便做一顿晚饭。那天她心里高兴，送了保姆一条丝巾。保姆再三道谢之后走了。

把孩子哄睡之后，咏涛也回来了。他先去洗澡。她习惯性地打开了iPad。一对电影明星在秀恩爱，他们甚谈到自己的房事。过了一会儿，她关掉了iPad，拿起了手机，开始浏览朋友圈。忽然她感到身体莫名其妙地躁动起来，仿佛有一团火在燃烧。她很奇怪，因为她刚才看的朋友内容是：假如命令我闭嘴，我可以永远沉默，也不会感到丝毫痛苦；独自一个人看看书，听听音乐，去外边逛逛，跟小猫小狗玩玩，人生就这么对付了。她听见洗手间里传来冲水的声音，一阵轻一阵重，唰唰唰，哗哗哗。他洗得实在太久了。她略一思忖，大着胆子把睡衣脱了，她确信自己脸上一定红得很厉害。

他上床的时候，第一时间就发现了她的异常。然而更为异常的是，他竟然若无其事地躺在她的身边，一动不动，像块木头——热烘烘的木头。她只好主动向他贴近，她吃惊地发觉他向边上挪了挪。他做得不动声色，仿佛没挪，但她确信自己的感觉不会错。后来，他借助一声咳嗽，干脆转过身去，背向自己的妻子。她一时间羞愤交加，粗鲁地向他的胯下抓去，只抓到软绵绵的一只小动物，仿佛生了重病似的。

他必须做出解释。

"对不起，我刚才自己做过了。"

"为什么要自己做？"

"我不知道你想……"

"那你不会试探一下再说嘛！"

他似乎也有点生气："以前也不是没有试探过，每次都被你……难道我受的羞辱还不够吗？"

他居然用了"羞辱"一词！

他不知道该说些什么，她也不知道该做些什么。无论如何她不能坐起来穿衣服，那太丢脸了。屋子里一片死寂，钟表的走动让寂静变得更深沉更浓烈，像一口废弃的荒井，结着黑暗的冰，一种无边无际无始终的尴尬与绝望。

泪水淋湿了枕头。不知哭了多久，她还是睡着了。

从那儿之后，她拒绝跟他做爱。只要他一把手搭上她的肩头，她就厌恶地甩开。她不给他一丝幻想的余地。很多时候，他气得浑身发抖。她甚至看到他挥起了拳头。但是，他最后还是默默地躺下了。

当然，他并非没有得逞的时候，但次数很少，而且越来越少。

盈盈在书房里放了一支"高清针孔摄像笔"。

已经有一段日子了，书房里的灯光总是凌晨两三点钟才灭。有时还会传出一些奇怪的声音。嗞嗞嗞。啪啪啪。咚咚咚。呜呜呜。偶尔似乎还能听到抽泣声。自从盈盈在上厕所时留意到这些不同寻常的现象，就产生出要安装一个摄像头的想法。她并不担心咏涛会损坏她的书，因为咏涛对于文史哲之类的书籍一点兴趣都没有。她有点担心他会自杀，至少会自戕。她极力抑制自己不要产

生这样的念头：她想看看自己的丈夫在独自一人时会表现得多么不堪。

盈盈在网上买了一支摄像笔。卖家信誓旦旦地说，他的产品不但造型优美，伪装效果好——它看起来就是一支普通的圆珠笔——更重要的是录制细节到位，高速捕捉能力十分强悍，工作时长可达 8 个小时；而且还具有断电保存功能，当出现低电量提示时，摄像笔会立刻保存当前文件，然后自动关机。盈盈心想：这些话他至少对几百个客户说过几百遍了。她特意注意到他的宝贝已经卖出了 471 件。

这天晚上，盈盈和咏涛回来得都很早。他们几乎是在沉默中吃完了晚餐。只有孩子偶尔吵闹几句，两人便一左一右地哄她，或呵斥她。保姆面无表情地在旁边看着。丢下碗筷，咏涛一头钻进了书房，并轻轻地关上了门。孩子在用盈盈的 iPad 看动画片。卧室里传出熊大、熊二的呐喊和光头强的奸笑。

趁咏涛去洗澡之际，盈盈把摄像笔装进了那只原木笔筒里。笔筒原本在书桌上，为了寻找一个更好的拍摄角度，她把笔筒挪到了书架上，镜头正对着咏涛的地铺。她扫了一眼笔筒后面的书，看到一本余华的《没有一条道路是重复的》、一本阿尔比的《山羊》。两本书都是黑色的。

走出书房，她心里有些愧疚；但这愧疚不过如蜻蜓点水似的，一掠而过。

她靠在床头，打开手机，浏览了一遍朋友圈。她看到秦晓鸽又发了一组奇迹课堂的照片：一群如醉如睡的男女坐成几圈，聆听一个长胡子中年男人讲课。配文是："如果内在的男人与女人能有更深层的相遇，会帮助打开生命更多的意义与可能性……从男性、女性相异的两极性到融合成一个新的整体……"

她忍不住写了一句评论：你要升仙了。

不到 10 秒钟，就看到晓鸽的回复：快来，我们一起升仙。

忽然她又看到咏涛接连发出的六条微信：

人既渴望新鲜刺激，又希望安定温暖。

如果人生可以永远不老，我肯定不会结婚也不想生孩子，我要一场场恋爱谈到老。只可惜，人生有秋天，还有冬天。

人就是这么矛盾，或者说这么贱，怎么做都有遗憾的。一个虽然迂腐但可能真有用的办法是：选择一种哲学，给自己心问口、口问心地一解释，什么都通了，什么都释然了，就安于现状了。

结婚是对的，但你应该万般风景都看过后再结，再过细水长流的生活。不然，结了也不安分，结了也是遗憾，

平衡才和谐，热恋时的激情，对应着结婚后的平淡，一平均，就正常了，但没人愿意接受这个正常。

再热烈的爱情，过着过着也过成亲情了。什么是亲情？就是你平时也许没感觉到他们的存在，但一旦遭逢困难和遇到赏心乐事时，第一个想告诉他们。

在最后一条微信下面，还有一条他回复别人的话："我一点都不向往婚姻生活，但我现在知道，平淡比孤独终老好；孤独终老不是无味了，而是可怜了。"

盈盈当然知道他的话令有所指，但也懒得理会。

她关掉微信，播放了一首理查德·克莱德曼钢琴曲《蓝色的爱》。在行云流水般的音符中，她的心逐渐平静下来，仿佛风雨过后的大海。她心想：有些曲子，仿如一个人，不经意间相遇了，一见钟情，就让你不由自主陷进去，从此你中有我，我中有你，厮守于岁月之中，轻易不肯分离。尽管平素千烦百忧，万事劳形，但只要听到熟悉的旋律，疲倦的肢体伸展了，飘摇的心事静定了。无论你活得多么不如意，都有权利向生活要求一段空白，由自己来

填补它。

她睡着了。

第二天，她取了摄像笔，出门上班。整整一个白天，她一直在忙碌着。直到晚上，偌大的公司就剩下她一个人，她才有机会把摄像笔连上电脑，进入主通道，查看录制内容。

屏幕上同时跳出了：椅子，电脑桌，凌乱的地铺，墙角一个挂衣架。

几分钟后，是穿着睡衣的咏涛。

他坐在椅子上，拿起手机，看了十几分钟。他保持着同一姿势，如果不是手机屏幕在闪烁，会给人造成一种屋里没人的假象。后来，他放下手机，打开了电脑。他在屋里走来走去，起初是漫步乱走，后来干脆以士兵的姿态走起正步来，但屋子空间有限，走了三四步就到头了，他就转过身来再重复一遍。盈盈看了看时间，他走了十分钟左右。

他又坐了下来，手握鼠标，在电脑上指指戳戳，应该是在播放歌曲吧。他又站起了身，脱去了上衣，露出光滑的皮肤。他略胖的身体走起来微微地颤动。盈盈有一些恶心。他很快地玩起了一种倒立的游戏：头顶与双手呈三角形，撑在地上——其实是他的地铺上——两脚朝天。他保持这个动作大约三分钟，忽然倒了下去，盈盈不禁一惊。但很快，他又竖了起来，两只脚还在空中画了一个圈，这次他坚持了五分钟。

他又开始打拳。盈盈一向不知道，他居然还练过太极拳。他的腰、腹、四肢一起缓慢地舒展着，上下呼应，内外合一，颇有些"运劲如抽丝，迈步如猫行"的模样。盈盈知道自己想笑，她也确实笑了起来。

不久，惊人的一幕出现了。咏涛在电脑前坐了几分钟，不停地用鼠标切换着什么，后来，他上身前倾，安静地盯着屏幕，一动不动。忽然，他站起身来，把裤子脱掉了，赤身裸体地面对电脑。盈盈心想，他一定是在看色情电影。她的目光聚焦在他的下半身，果然，他抓住了自己的生殖器，轻轻地抚摸起来。

盈盈胃部一阵紧缩，接着紧缩变成了抽搐。她实在忍不住，弯下腰去，在旁边的垃圾桶里吐了起来。她闻到了食物腐败的气味，那种气味就如同用针刺鼻子，一种痒痒的疼痛。

咏涛受伤的事情发生在两个月之后。

那天盈盈正在下班的路上。她感到格外的累。她的累是叠加的，由身至心，层层包裹，让她无法喘息。但是，她越累就越清晰地感知到所有的一切，并将之一一区分开来。大街上，人们从不同的方向走来，向不同的方向走去。她看到，公共汽车在红灯前排着队，车里的乘客一部分在看手机，一部分茫然望着窗外。她还看到，一个丑陋的胖女人从一家餐厅出来，在一棵榕树下站着打电话，有四个人在经过时都看了她一眼。这会儿，她冷静了下来，一切又回到了原样，就像笼罩在一片祥和的雾霭中，楼归楼，路归路，人群在城市的每一个角落里蠕动。

她撑开雨伞，雨很快就噼里啪啦地下了起来，声音大得甚至超过了飞驰而过的公共汽车。

她从伞下望出去。那个胖女人已经不见了，就仿佛雨水把她化掉了。此外，霓虹灯在雨雾中不停地变换着颜色，从红到蓝，又到黄和绿。

她继续往前走，因为……

有必要为继续往前走找个理由吗？因为她要坐地铁？因为有一家她最喜欢的餐馆？因为必须在商场里避避雨？因为前面有一个熟悉的背影？因为当名词和动词在一起的时候，就组成了一个动宾结构的句子？

这时候，手机响了，是咏涛打来的："我摔断了手，正在医院……"

她接他回家，心里的厌烦愈发强烈。但她克制得很好。

咏涛不想吃东西，他说："我现在没胃口。"

保姆走后，咏涛说："老婆，给我泡一包方便面吧。"

咏涛的右手打着石膏，只好用左手吃面。但他的左手很不灵便，细滑的面条总是从筷子间滑落。他又换了叉子，还是没用。他停下不吃了，眼睛里闪烁着无限忧伤。

盈盈不忍，说道："算了，我来喂你吧。"话还没说完就有些后悔了。

咏涛大喜："谢谢老婆！这种待遇已经十几年没享受过了！"

受伤事件让二人的关系缓和了不少。盈盈早上要为他准备好牙刷、牙膏，

晚上要给他喂饭，有时还会为他擦洗一下身子。她做这一切的时候，一言不发，即使说话，也是跟孩子说；但咏涛已经很满足。

他甚至发了一条微信，说："受伤之后，老婆悉心照料，深感伤得值，伤得好，伤得妙！"

但是，最终也是微信出卖了他。

一个朋友给盈盈发来一张微信聊天的截图，上面有一条这样的信息："我故意摔伤自己，换得老婆无微不至的照料，关系缓和了很多，甚至重温了年轻时候被喂饭的幸福。你也可以试一下，做男人就得狠起来，尤其是对自己。"

发这条微信的名字被涂掉了。

朋友说：她是从她的朋友圈里看到这张截图的，发这张图的人说：悲催的时代！悲催的深圳！有多少老公宁愿通过自残来挽回夫妻感情？

"听说你老公也摔伤了，希望这只是个巧合。"

盈盈有点诧异，对于此事，她似乎并没有想象中那么生气；她甚至笑了起来。这件事是如此滑稽，如此耸人听闻。咏涛这个木头一样的男人，怎么想得出来？他怎么做到的？弄伤自己，这简直是局部自杀！关键是，如何达到自己想要的结果，伤得不轻不重，不多不少？

她不无恶意地想象了一段这样的情节：

已经在床上躺了很久，但咏涛并无睡意。他翻了个身，心中电光石火地一闪。他忽然悟到：盈盈之所以性情恶劣，对他这么冷漠，大半原因在于她认定他们的生活状态已然固化：他会挣钱回来，他会努力上进，让他们的家庭更加殷实富裕，让她和孩子过得更幸福，这些不会改变的，就像火车不会偏离轨道。那么，是否只需要一个意外，一个简单的意外，就能把生活的方向整个调转，使盈盈重新回到从前那个盈盈，温柔、体贴、贤惠、优雅、爱丈夫、爱家庭？

如何制造一个意外？如何让盈盈必须关心我？咏涛的计划逐渐清晰起来。这很冒险，有可能头破血流，甚至丢掉性命；但值得一试。他心想："或者重获幸福，或者永堕地狱！"

他决定明天晚上下班后就开始实施他的计划。他已经完全准备好了。

而明天说来就来。

在计划即将实施的一刹那，他还是有些忐忑。不过这仅仅是一瞬间的事。他整理一下自己的衣服，深吸一口气，看准楼梯的空档处，闭上眼睛，咬紧牙关，身子夸张地一斜，重重地摔了下去。他感觉到左腿撞到了冰凉的钢筋栏杆，一阵钻心的疼痛。接着背部、肩膀、小腹、膝盖等部位相继（他甚至觉得用"同时"一词更准确些）与水泥阶梯发生了轻重不一的碰撞。最终，剧烈的头痛夺走了他的大部分知觉，剩下的一点仅够他模糊地叫出一个字："啊！"

苍白的墙壁，低垂的窗帘，凝滞的空气。

盈盈看到镜子里自己那张小巧的脸：一半是光，一半是阴影，同样充满了倦怠与蔑视。

她给咏涛发了一条微信："或者你留下，我走；或者我留下，你走。你自己选择吧。"

过年的时候，父亲从老家来看她。她发现他脸上已经有了皱纹，头上已经有了不少白发，心中一阵酸楚。这个快六十岁的男人，孤独自处，是如何度过这些洪水猛兽似的日日夜夜的？读书？写字？喝酒？看电视？出去鬼混？

他给孩子带来了很多玩具。

孩子扑到他的怀里，说："外公，你的胡子有点扎人。"

"那我马上去刮了它。"

孩子看着外公把胡子刮好，说："这样你就可以亲我了。"

她带父亲去沃尔玛，逛公园，吃湘菜。

去海边散步。

他们经过一个电话亭，一辆停着的白色汽车，一条刚刚修剪过的绿化带。

父亲说："你小的时候很喜欢跟我一起逛街，因为我总是给你买冰激凌吃。"

盈盈不说话。

孩子跑到前面。一个小男孩儿在玩彩泡。大大小小的彩泡不停地从一只细细的塑料管里吹出来，孩子跟着那些体积较大的泡泡跑来跑去，并在小男孩儿不注意的时候，把彩泡一一戳烂。

关不上的门
Guan Bu Shang De Men

"我承认，你对我很好，但是，你并没有让我妈妈感到幸福。你伤害了她。"

父亲叹了一口气。

"你稍等一下，我先打个电话。"

"为什么要现在打？过一会儿不行吗？"

父亲仿佛没听到似的。他走到一棵大树后，接通了电话。盈盈看到他面带微笑，以一种平静而愉悦的语调跟对方絮絮叨叨地聊着。

那一定是个女人，盈盈心想。只有对女人说话时，他才会这样的温柔、快乐、小心翼翼。

等他打完电话，他们继续向海边走。

"你知道，现在家里就剩下我一个人。年纪大了，最怕的是孤独，所以我就经常邀请一帮老哥们儿来家里做客，我们喝酒，聊天，打麻将，谈谈往事。"

"你的身体怎么样？"

"还不错。这几年无灾无病，能吃能睡。"

"你想过我妈妈吗？"

父亲不说话。

"我倒是经常想起妈妈。"

"你遗传了你妈妈的美貌，还有她的倔强。"

"不要胡说八道了。"

"两个人的相遇，好像都是安排好的，结局也一样。"

"你有没有想过，人还可以怎样生活？能否让大家过得更快乐，更幸福？"

"行了，别谈这个了。"

"当时妈妈在桥上坐了整整一个下午，你居然没有发现。因为你心里根本没有她。"

父亲望着海面。天色阴沉，海水暗淡，没什么好看的。

"如果你发现了她，她就不会跳下去了。为此我永远不会原谅你。"

他抬起手来，不停地摸着自己的脸。

"我哭过，后悔过，甚至想从你妈妈跳过的地方跳下去。但那又有什么用？你妈妈不会活过来了，她已经死了。但我有责任把你养大。我给了你最好的教育。你考了个不错的大学，读了很多书……"

"我宁愿跟妈妈在一起，做一个傻里傻气的孩子。"

"我真的为你妈妈哭过。"

"我相信你。"

孩子要吃冰激凌，盈盈不许："天太冷了，不能吃冰冻的东西。"

在一个报亭里，她给孩子要了一根烤香肠，父亲抢着付了账。

报亭后面有人说话，最后一句话逐渐变成一种含混的声响。盈盈极力要听清楚那句话，仿佛它有生死攸关的含义似的。

"你要知道，我这一生活得也不快乐。有时候，我们必须相信宿命。宿命，可以解释很多无法解释的东西。"

"我不喜欢这个词。你教过我，人的真实生活不在于穿衣吃饭，而在艺术、思想和爱。但你并没有做到。有很多事情，你可以试着挽回的。但你让人对你失去了信任，信任没有了，一切都没有了。"

他取出一张纸巾，擦了擦想象中的鼻涕；然后他四处张望，要寻找一个垃圾桶。没有垃圾桶，他只好把纸巾攥在手里。这意味着什么呢？

"天很冷，是不是？"

"是的，深圳的冬天比我想象中冷。"

"咏涛是不是给你打过电话？"

父亲沉默了一会儿："是的。"

"我不想谈他了。"

"你是放不开还是胆子太小啦？"

"什么？"

"他说，你太自我。你只是活在自己的世界里，不愿跨越雷池一步。你想成为小说里或电影中的人物，但你从不去冒险争取，所以，你其实一直都是在装腔作势……"

"他这么说？"

"是的。他说，你连叹气的时候都不敢大声，睡觉的时候都不敢张开四肢，你自我保护意识太强，拒绝了很多东西。"

"还有呢？"

孩子过来，牵她的袖子，结果被电了一下，又缩回了手；她嘴里发出一声微弱的呼喊。

"是静电，没关系的。"她伸出手去。因为厌倦，她的鼻孔变得冰凉。

风不知道从哪个方向吹来，在地上卷起几片树叶和纸屑，扫过水泥地面，仿佛来自另一个季节。

"盈盈，明天我就要走了。我要告诉你，你的结果会跟我一样，你会失去你最宝贵的东西。这就是我要提醒你的。说出这句话，我的任务也完成了。"

他牵住了孩子的另一只手，又补充了一句："不管怎样，我只有你这么一个女儿，无论你怎么做，我都会支持你。我无条件地爱你。"

假期将尽，后天就要上班了。孩子还要过一段时间才开学，盈盈准备把她送到邻居家——他家有两位老人正照顾着一个三岁大的孩子。夏天的时候，盈盈曾给他们送过一箱车厘子。

她对两位老人说："以后如果我要加班或出差，可否帮我照顾一下孩子？"

吃过晚饭，盈盈陪孩子写作文，题目是："我最喜欢的一本书"。

孩子写道：爸爸妈妈给我买了许多书，比如《嗨，纽约》《紫悦的馊主意》《公主的荣誉勋章》《足球先生的假期》，其中，我最喜欢的是《芭比花仙子》。这本书非常有趣！它讲的是，在一个神奇的小花国里，花仙子心宝莲娜和两个好朋友珍妮莎、嘉思娜无忧无虑地生活着；直到有一天，有人想把她们童话般的家园变成一座工厂！心宝莲娜决心阻止这一天的到来，她要保护自己的家园，还要和人类做朋友……她实现了这个目标。心宝莲娜是勇敢的。当心宝莲娜和珍妮莎、嘉思娜被带到麦姬娜家时，她第一个打开花瓣，在蜂鸟露娜的帮助下，她让两个朋友先回去，想办法拖住工人们施工，自己却留下来，阻止破坏她们家园的计划。这时候，她真是勇敢极了！心宝莲娜是机智的。在麦姬娜的帮助下，她见到了麦姬娜的父母，并说服了他们。"对你们来说，那只是一片小花园，对我来说，那却是整个世界。"心宝莲娜的话让麦姬娜的父母很感动，他们马上让包工头马龙停止了工程。心宝莲娜的机智拯救了她的家园。这样的女孩，这样的故事，谁不喜欢呢？明天，我准备再读一遍《芭比花仙子》。

盈盈对孩子说道:"你的想象力很不错,只是你总是觉得自己写得太多。你已经上小学了,现在刚刚开始练习写作,必须多写……"

这时门铃响了。盈盈感到,男人的到来有点魔术的味道。

他送给盈盈一件蒂芙尼的项链。

"我可以拒绝吗?"盈盈有点不安。

"不行。这是新年礼物,你没理由拒绝。"他瞪大了眼睛,一脸笑意。

他给孩子一个厚重的红包,孩子看了盈盈一眼,盈盈全无表示,她接过了红包,回到自己的房间里去了。

"这么晚过来,是要谈工作吗?"

"为什么要谈那么庸俗的话题?我们可以随便聊聊,聊什么都比聊工作有意思。"

"为什么不在家陪嫂子呢?"

"不是我不陪,是人家不要我陪。"

"为什么?"

"你什么时候也这么八卦啦?印象中你对这些事情不感兴趣啊。"

他们一起笑起来。

男人拿起了孩子的作文,刚看了一半,就说:"不错,写得真好,完全遗传了你的才气。"他把作文本放下了。他靠在沙发上,黑色的毛衣在靠背上擦出一团静电的火花。

盈盈说:"冬天静电太多了,我刚才差点以为你的毛衣会烧起来。"

"这种毛衣的料子容易产生静电。你家里有没有酒?"

她开了一瓶红酒,但只拿来了一只杯子。

"你也喝一点吧。"

她只好又取出一只杯子。

他的脸刮得很干净,更衬得他的眉毛又黑又浓。电灯忽然闪了一下,使此刻的他仿佛成了前一秒钟的孪生兄弟。

他注意到客厅的墙角挂着一把吉他。

"你也弹吉他吗?"

"一度经常弹。"

"我想起我的学生时代，我和几个同学在草地上弹吉他，有许多同学停下来听，一曲弹完，他们就不停地鼓掌。那时候我还是挺能吸引女生的。"

"喜欢音乐的男士总是很受女生的青睐。"

"音乐，有时候能表达语言表达不了的东西，这正是音乐的意义与神秘所在。"

他们各自喝干了杯子里的酒。

"你多喝点吧，我不行了，我酒量小得很。"盈盈说。

"我知道你是一个人，盈盈……"

孩子大声地叫妈妈。盈盈走了过去。

等她回来的时候，男人已经喝完了第二杯酒。

她站在他的面前，就这样看着他。他抬起头来，与她对视。灯光下，她的脸线条柔和，眼睑下垂，轮廓柔美。过了一会儿，他先屈服了，低下了头。他们长时间地沉默着。

"我想再喝一杯。"

她又给他倒了一杯。

他站了起来，走向阳台，但他并没有开门。隔着巨大的落地玻璃，望着外面。远方的灯火灿烂耀眼，时时传来一阵车声。所有人的生命，都在这灯火中各自闪烁、明灭。突然，他仿佛想起什么似的问道："你有多久没和秦晓鸽联系啦？"

她这才想到，她已经近一个月没给这位朋友打过电话、发过微信了；而且在朋友圈里似乎也没看到过她的消息。她为什么没有觉察到这个异常？

"她被抓了。"

"被抓啦？为什么？"她知道她必须做出一个吃惊的表情来，她尝试这样做了。

"她参加的那个奇迹课堂，其实是一个非法灵修机构，鼓吹男人可以换妻，女人可以换夫，而且聚众淫乱……"

"可是她也是受害者啊！"

"她是那个机构的成员，不过算不上核心成员。"

"那她怎么办？"

"我和她的一些朋友都已经尽力了，但她还是被判了两年。"

"真没想到，真没想到……"

"我知道她一直想拉你参加她们的课堂，幸亏你没去……"

她觉得有一只手拍了拍她的肩膀。她看到他眼睛里有个东西闪了一下；她无法判断那个一闪而过的物体。她接受了另一种解释：她看花眼了。

他们回到沙发上，并排坐在一起。男人往她这边挪了挪，缩小了他们之间的距离。屋子里的某种约定俗成的秩序即将被破坏。

"你知道，我今天鼓足了勇气才敢敲开你的门……"

"难道我家里有怪兽吗？"

"不是怪兽不怪兽的事，盈盈，你很好，很不同，你身上有一种落落寡欢的气质，没有人敢随便冒犯你……"

孩子又大声叫她。

这次她离开得更久些。等她回来的时候，发现男人正颓废地靠在沙发上，头歪在一边。难道他还希望以这种姿势表达出某种愿望吗？看到盈盈出来，他立刻坐直了身子，还笑了笑，仿佛在笑自己。

他站起来，把两只酒杯都倒上了酒。他端起酒杯，走到盈盈身边，说："我已经忘记了哪只杯子是我的，哪只杯子是你的。随便挑一杯吧。"

他们碰了碰了杯，把酒喝下了大半。

她说："对不起，孩子放假后作息不规律，睡得很晚。"

"没关系，我不怪孩子，一点都不怪。孩子很可爱。我看得出，你很爱孩子。我只恨自己胆小，尤其是在你面前。"

他一边寻找着误入歧途的句子，一边握住了她的手。当他的手碰到她的手时，他正说出"尤其"这个词。

她笑起来："你胆子果然很小。"

他只好松开了她的手。他的右手手面上有一块疤痕；如果去掉一个凸起，就呈现相对规则的月牙形。

空气流动得太慢了。

他目光呆滞地盯着自己的鞋子，那确实是一双上好的皮鞋，然而毫无用处。

"盈盈，请允许我斗胆说一句话，你就想一辈子一个人吗？你就不渴望有一个人，一个和你身体、灵魂完全重合的人？"

"我当然想，可是这样的人在哪里？我等待过，寻找过，我努力了，但一无所获。也许世界上根本没有这样的人。每个人都在以自己的方式爱别人，从来不问问别人到底需不需要。男人和女人，简直是相互的笨蛋，相互的魔鬼！无药可救！"

"我在等着你说'可是'。"

"没有'可是'，也没有'然而'。"

"我知道我不可能幸福，因为我不需要幸福，我害怕幸福，我怕我承受不了。"她仿佛已经控制不住自己的情绪。

又是一阵静默。随后，静默被冲动打破，好像被利箭射穿。

他先是用力地挤紧了眼皮，然后，仿佛终于下定了决心，忽然睁开了眼，紧紧地抱住了她。

他听到她刻意压低的声音："你不该这么做，虽然你是我的老板。我现在不需要任何人。在我看来，所有的一切都毫无必要。"

她不想再听，也不想再看。

在这尴尬的间歇里，他顿然明白，他必须离开了。

走到门口，他忽然回过头来说："盈盈，不要一个人喝酒，记住，不要一个人喝酒。"

她在沙发上坐了很久。当她去看孩子时，发现她已经睡着了。她回到自己的卧室。没有开灯，也没有脱衣服。她站在窗前，向下俯瞰。首先是一阵眩晕，千般感觉朝她一涌而来，一时间混沌而迷乱。有一个人匆匆地在路灯下行走，影子被拉得越来越长；他看着前方；他只甩动一只胳膊；他拐弯了。

关不上的门

一个故事
或
许多故事
或
被人讲述
或
自我讲述
或
成为黑暗中的想象
或
在昼夜交替之时哭泣
或
冥思不需要的结果
或
我与她一起在火中飞翔
或

相信事实拥有声响

或

没有一本书可以抵达

或

就让一切如此

或

本质碰触了本质

或

想见红色如此之红

或

成为黑色如此之黑

——题辞

1. 我是一个鬼魂，我在等待

第一百零六天的傍晚，我又来到她的闺房。我已经完全习惯了；她也是。

我等了好一会儿，才听见钥匙在锁眼里转动的声音，接着她走进客厅，脱下鞋子，并把手提袋——今年寇驰新款麦迪逊系列——扔在沙发上。报纸被团起来的声音。手机接收短信的声音。一声简短的轻叹，刚一发出就立即收回，仿佛有点后悔似的。她还打开冰箱，取了一罐饮料。她最喜欢喝的是雪碧。她说，雪碧的包装让她想到春天。我咽了口吐沫，喉咙里又干又涩。我很想出去跟她要些水喝，但是，我想了想，决定继续在房间里等她。在接下来的生命里，我只有这么一件事可做。

我拉起窗帘，看到十二层楼下的街道上竟然没有车；可是，就在我这样想的时候，一辆红色的出租车呼啸而过，接着是一辆白色小轿车。标致408？本田歌诗图？路灯懒洋洋地散发着淡黄色的光，巨大的道旁树投下浓重的阴影。一张报纸拍打在路面上，欲起还伏。远处，在无数高楼的缝隙里，居然能看见地王大厦和京基100。或者说，我曾经在这个角度看见过这两栋建筑。什么地方传来一声尖叫，分不清是男人还是女人——也许我听错了。

2. 笔筒的世界，不仅仅与笔有关

自从投胎为一只笔筒，我已经辗转过三个城市，跟过四位主人，第一个是个小老板，第二个是前者的下属，第三个是一位中学教师，第四个就是目前这位，一个尚未冒头、也许永远不会冒头的小画家。

那时候，何正予来深圳已经三年了，但生活还说不上稳定。自从他辞掉了一个超市的美工工作之后，就完全靠卖画为生了；因此，有个别时候他甚至需要在老家做小生意的父母支援一下。何正予为自己制定了短期目标：一年之内依靠自己的收入，可以承担全部房租，保证每个月衣食无忧。当然，他也没想过要买一件奢侈品什么的。除了画册和书籍，他不记得在生活的必需品之外还买过什么。哦，也许那块淡蓝和浅红条纹相间的毛巾是个例外。但那是他原来的毛巾掉进了一只不常用的塑料水桶后面，等找到它时，新毛巾已经买回来了，于是正予就有了两条毛巾。来深圳之后，他第一次同时拥有两条毛巾。在正予当时的一篇日记里，他这样写道：所谓奢侈，其实就是一件物品在量上的增加；同一件物品，拥有一件，是必需，拥有两件以上，就是奢侈了——不管这种物品是鞋子、钢笔、LV 钱包、劳斯莱斯汽车还是波多菲诺别墅。后来他注意到，波多菲诺应作波托菲诺，那是一个音译自意大利某小镇的楼盘名字。每次念到这个名字，正予就有一种会咬到舌头的不祥预感。事实上，这种事情真的发生过一次。

林瑶佳第一次来的时候，对他的居室风格大加嘲讽：袜子几乎没洗过，总是换着穿；衣服永远搭在椅背上；托蒂那张画像的一角已经耷拉了半年；拖把怎能靠着书桌放呢；废纸在墙角越积越多；书居然都摆在床上靠墙一侧——"在床上修长城呢，你？"

正予争辩说，对于一个有思想的人来说，他必然要把居室布置成灵魂的翻版；他这间屋子，表面看来杂乱无章，其实是和宇宙、自然、以及人体的运行

保持一致的，所谓无状之状，无象之象，是谓恍惚；迎之，不见其首，随之，不见其后。但恍惚之中，自有秩序存在，"所以，"他不无骄傲地说，"我能在最短的时间里找到刷牙的工具、喝水的杯子、想看的书籍、逝去友人的照片，甚至一枚小小的曲别针。"

瑶佳好像没听到他的话，自顾自地忙起来。她把头发挽起来，伸出白天鹅般的手臂，开始破坏整个屋子的相互关系，一件物品和另一件物品的相互关系，包括杯子的灵魂和枕头的灵魂之间或存在，或不存在的相互关系。正予没有阻止她，而是看着她完成了整个过程，直到最后一个动作：把一本鲍里斯·维昂的《岁月的泡沫》摆在书桌的正中央，离台灯大概二十多厘米的地方。

"这是你最近在读的书吗？"

"是的。今年和明年，我只读鲍里斯·维昂！我相信，一个读者与一位作者的相遇，好比一个男人和他心动的女人相遇，无可避免，无比动人。"

"难得你还读小说。"

"确实，我们的同胞早就不读小说了，芒果台、韩剧、肯德基、KTV已经足以让大多数人安度一生。有人一辈子没听说过莎士比亚，或者听说过他的名字却不知道他的性别，但却活得理直气壮、无忧无虑。现在，小说只是在美国、欧洲依然流行，在我国已经悄然死去，即使莫言获得了诺贝尔文学奖，也不过是为它做了一次人工呼吸而已——愿小说的骨灰安息。"

"作为读者，你也在帮助小说苟延残喘。"

"人有时候也得做点救死扶伤的事情，尤其是我们这种被社会视为毫无用处的人。"稍稍停了一下，他又说："我读书不多，平时读书，都是拣书画类的看。维昂是我所读的唯一一个小说家，确切地说，是外国小说家——上中学的时候毕竟还在语文课本上读过一些中国小说，比如《孔乙己》。"

"你不画画了吗？"正予注意到她说话时的呼吸十分低沉，她那半露的洁白牙齿在灯光的照射下微微地闪着光。

"不画了，"他尽量控制着失落的语气，表情严肃得像老师讲课，又像官员讲话，"这年头，画画会让人无所适从：画国画，人家说你囿于传统，画油画，人家说你崇洋媚外，中西结合，人家又说你不够纯粹，简直不伦不类。所以我干脆不画了。"

"其实在我看来，这些说法毫无意义，不理它就是了。也许你骨子里并不喜欢画画，我是说，真正的喜欢。"

"有这种可能。也许对于某一件事物来说，所谓喜欢，就是激情还没有丧失罢了。画画对我来说，只是用以认识你的一个工具。它的使命已经完成了，而且完成得很漂亮。"

她笑起来，两颊微微隆起，似乎在脸庞的凹陷之处投下了一层薄薄的阴影，像是初春的风抹过柳梢，或者黄鹂的叫声落在水面。

"这句话，自从第一次见面你就说过了，可是直到现在，你还在画。"

某一刻，正予觉得她的五官被笼罩在一片白色的光芒里。这些光越来越强烈，仿佛在蓄积什么能量，到了一定的程度，就会发生爆炸。在这些闪烁的光里，正予感觉自己的视觉被控制了，以致看不见任何细节。另一个体系降临了。他费尽九牛二虎之力，眨了一下眼睛，但这些光拒绝褪去，一切都拒绝褪去。他隐约想到，自己与世界的联系正在被重新改写，一次方变成了二次方，纯色向杂色推进，善里出现了恶。（作为一只思想保守的笔筒，有些事儿还是不要说得那么细了。）

事后正予兴奋地说："刚才你的头上透着一层光，就像是阳光和月光的混合，你全身透明，充满了神性。我觉得自己简直是在犯罪。"

她斜躺在凌乱的床上，朝向正予的一边脸上长出一棵甜蜜的嘲笑：就像现在这样，全身赤裸，通体透明？

正予盯着她看了一会儿，她终于受不了，拉起毯子把自己盖上了。由白色、淡黄色、紫红色相间条纹和浅绿色小圆点构成的毛毯在她脖颈以下部分形成一座丘陵，高低起伏，皱褶密布。正予忽然意识到她的头发散开后显得有些稀薄了，而且颜色也有些暗淡。

他抬头看看窗外，当然看不到什么的，她在他们办事之前把窗帘拉得严严实实。他甚至不确定现在是晴天还是阴天，是下午一点还是傍晚五点；但是，他的想象力却异常兴奋起来，脑海里走马灯似的掠过深圳各个角落里正在发生的事：深南大道上有许多汽车在奔驰，在等一个红灯时，司机甲对左边、右边以及前面的同胞破口大骂——并小心翼翼不让他们听到；百老汇电影院的柜台

前弯弯曲曲地排起长龙，一个穿着清凉的年轻女人被男友紧紧地搂着，原本巍峨的胸部被挤压得像一块跌落尘埃的泥巴；快餐厅里的生意总是很火爆，饥饿的眼睛犹豫不决地读着贴在墙上的菜单：西红柿蛋炒饭、青椒猪肝饭、鱼香肉丝饭……整个城市里，没人用的电话亭落寞地站立在路边，公交车站的广告灯箱照着人们毫无表情的脸，街道上的樟树发出沙沙的响声，恋人们在接吻和爱抚，孩子们在手工课上打打闹闹，除此之外，没有人把用过的纸巾丢向二楼的阳台，也没有一朵开得很茂盛的勒杜鹃遭遇断折之痛。

"我们所有人都混同在统一的秩序里，以个性构建着这座城市的共性，最终却在共性里变成一撮白色的粉末。"

不得不承认，这个年轻人的思想颇有些古怪；但他说的话却不无道理；作为一只插了七支笔的木制笔筒，我早晚也会在岁月的泡沫里化为一撮尘埃，对此我深信不疑。

3. 气味的寿命，取决于人体的温度

在中心书城南区二楼艺术长廊，何正予在朋友的帮助下张罗了一次画展。那一周里，他怀着感激而不安的心情混迹于人群中，想搜集每一个观看者对自己作品的反应，这给他带来了诸多乐趣，就像一个侦探在大街上神不知鬼不觉地掌握了办案线索。第一天人不多。但有个头发花白的老先生给他留下了十分特别的印象。他的脸型居然是方的；脸上的肌肉有些发红，眼睛下面有两个很深的蓝黑色眼袋；他淡蓝色的衬衫外面套着一件很厚的黑色西服，显得有点不合时宜，因为时值春末，天气已经十分炎热。

想到天气，他明显地感觉到身体的温度在上升。由于紧张、激动、兴奋的混合作用，从他身上散发出一种淡淡的气味来：似香非香，似臭非臭，香臭之间，相反相成，绵绵若存，不绝如缕。这种气味就是我。顺便发一句牢骚，作为一种寄生物，我完全身不由己。如果他心里别那么紧张，如果他的体质别那么容易出汗，他就可以轻轻易易地把我杀死。

第二天人忽然多了起来。中午时分，至少有四十个人看了他的画。第三天

人数又降了下来。正予已经能够平静地看待这个结果。这是一个商业化城市对待艺术的正常态度。直到第五天傍晚，他才遇到她，一个真正尊重艺术的人，一个懂他的女人。我真为他高兴。

"为什么这座桥是断的？"一个有点尖细的嗓音，来自一个穿着黑色T恤、浅蓝色牛仔裤的女生。她指着那幅《秋山高隐图》，问她的同伴。

"这还不明白？你看到松树下那个老头儿了吗？这表示他与俗世断绝了关系，一心归隐山林。"稍显滞涩却十分悦耳的女低音；红色的裙子与黑色的长发构成一种火热的神秘，在正予看来，就仿佛牡丹上开出一只玄狐，动与静彼此融合，形成微妙的制衡局面，在他的视网膜上滑过来滑过去。

"很多古代的画上都没有这么处理。"

"这才见出画家的匠心和气魄。你看画上的山，重重叠叠的，而且很高，高到整个画幅都装不下了；再看那些树，多茂密，那些小径，多曲折，但那个老头坐的地方，又是那么宽广、平坦，这些都代表着画家自己的追求：他喜欢这种与世隔绝、幽深宁静的地方；或者说，他内心深处自有一方宁静，浩淼无边。"

正予愣住了。他没想到自己一幅并不怎么高明的画，居然获得了如此精准的解读。之所以说不高明，是因为他在绘制这幅画时正被强烈的厌倦感所折磨，在笔墨和技法上毫无讲究；之所以说解读精准，是因为这幅画确实表达了他当时的情绪：逃避——逃避喧嚣，逃避责任，逃避一切。他遇到了一位笔墨知己。"我必须认识她，无论用什么方式。"

我看到，他马上做出了一个决定。对于一个性格内向的人来说，要去主动结识一个异性，简直比吃一颗子弹还难。但是，正予相信他一定能找到合适的机会，跟她搭上话；万事开头难，只要能搭上话，就成功了一半。他尽量做出心平气和、无所事事的样子，像一般参观者一样走走看看，看看走走，但总是与他的目标保持三五米的距离。后来他们离开了展览区，从一条走廊转到另一条走廊，从一扇橱窗转到另一扇橱窗，从南区转到北区。接着，两位女士手挽着手进入一家寿司店。隔了大约五十秒钟，正予也来到寿司店门口，却被服务员拦住了："不好意思，先生，现在已经没位子了。你可以先拿个号，一会儿有了位子我再叫您。"

服务员刚说到"再"字的时候，就听到里面有人叫："19 号埋单。"正予忽然觉得 19 这个数字很吉利。

她们坐在转角处。正予装作很爱东张西望的样子，以便能自然而然地把目光停留在他的猎物上。从他这个角度看去，尽管只能看到红裙女郎大约三分之二的侧影，他还是看清了她的容貌：肤色稍显苍白，但光滑可鉴，且没有一个麻点；眼睛虽然不大，但黑亮有神，盈盈欲转；眉毛绝对是天然的，眉梢轻轻地往两边一撇，形成一种"青霭入看无"的淡漠效果；嘴唇十分饱满，涂了一层薄薄的口红。这时，她把右边的头发撩到耳根后，免得吃东西时掉到装满酱油的碟子里。她吃东西的时候，咀嚼的幅度很轻，脸上的肌肉随着下巴微微起伏，令人想到一波春水皱。正予用手机偷偷拍了两张照片。打开看时，发现其中一张有点模糊，盯着看久了，眼睛酸痛。第二张正好拍到她挺胸抬头的样子——她正在看玻璃房里一个男厨师，那个厨师刚刚把做好的波士顿卷放到盘子里——据这张照片显示，她的胸脯略显平淡。

在埋单的时候，正予差点把目标跟丢了。他不禁有点恼恨服务员办事拖沓，简直是头蠢猪，与此同时，心里的焦躁开始向身体的每一个方位蔓延。直到转过两根柱廊，蓦然看到两位女士款款地走进了北区综合书店，他才放下心来。

但另一些问题马上又开始折磨他：如何搭讪？第一句如何起，第二句如何转？要用什么样的声调？辅以什么样的表情？对方会有什么样的反应？她会不会因为女伴的在场而难堪？那个女伴会不会对他的行为感到滑稽？

书店里人太多了。他和她们尽量隔得远些。他嘲笑自己是个拙劣的侦探。他讨厌在书架之间穿梭的人，那些肥胖的、头发干枯、张着嘴巴的中年妇女，那些穿着粗制滥造的丑陋校服、摆出一副很成熟很深沉表情的中学生。他们此刻虽然在看书，但他们的眼睛就像一个个陷阱，只要他一开始行动，这些陷阱就会倒着把他盖住。他抬手努了努了鼻子。做着这个动作时，他又担心动作结束的那一刻。他认为他的额头上一定渗出了汗珠，他用手摸了摸，什么都没有。

正予大着胆子向她们靠近一些。他注意到她的耳垂下有一颗痣，虽然不太明显，像是谁用毛笔轻轻地点上去的。红裙女郎抽出一本淡绿色封面的书翻了起来。她的上半身向书籍倾斜着，有几根头发垂到了书页上。过了几分钟，她们离开了那架书。正予三步两步走过去，把那本书捧在手里，贴在脸上，感受着它微微的凉意。过了一会儿，他小心翼翼地翻开书，心里默念着：如果她刚才翻的是第27页，她将读到《青黄》；如果她翻的是第71页，她将读到《雨季的感觉》；如果她翻的是第200页，她将读到这样一句话："他在那里一站就是很久。"看到这一幕，我差点笑出声来，我心想：如果此刻她站在你旁边，说不定会闻到一种似香非香、似臭非臭的气味呢。

突然间，他有所憬悟似的把书丢在书架上，起身去追那两位女士。哪里还有她们的影子？文学、历史、人物传记、畅销书台、美食、理财……他在各个区域、各个书架之间钻来钻去，一无所获。他又去地下一层找了一遍，怏怏而归。他走出了书店，乘电梯上了二楼。他先是围着综合书店转了一圈，又折向南区，一边走一遍搜寻目标。玩具店、咖啡馆、理发店、创意品店，一家商店都不放过，但两位女士依然不见踪影。

他又回北区搜索了一遍。他又回南区搜索了一遍。他甚至把搜索的范围扩展到几个出入口。随着时间的推移，他的心情越来越灰暗，越来越凄凉。他不得不接受这个现实：因为自己的怯懦，他失去了一个绝对的知己、一段可能的姻缘。

到7点钟的时候，一切都结束了。他惊奇地感到一阵自内而外的轻松，像刚刚喝下饮料时随处弥漫的清凉。在书城广场上，他在冷冷的灯光下站立良久，对四周沸腾的歌声充耳不闻。后来，他掏出手机发了一条微信："缘分是用来错过的；怯懦是用来后悔的。"我感到身体一阵阵的扭曲，一种钻心的疼痛和彻骨的舒爽同时占领了我的全身；不到十分钟，我就完全消失了。

4. 已经饿了两天了的蜘蛛，难言快乐

何正予回到家时，已经疲惫至极。他连鞋子都没脱，就躺在床上，试图清醒地想一想。他感到自己的头脑像一锅沸腾的稀粥，冒着蒸汽与气泡。每当一紧张，他的思绪就开始跳舞，节奏激烈，令人目眩。过了很久，他才像驯服一

匹野马样，费力地控制住了情绪。他相信，如果继续此前的剧烈节奏，顶多再撑五分钟，他就会疯掉。

我藏在暗处，等待蛟虫上钩。那些家伙越来越狡猾了；它们仿佛能看到我精心布置下的陷阱，老是躲着走。除非会有一只被壁虎猎杀未果、慌不择路的蚊子或蛾子撞到我的网上，否则我又得饿一顿了。我已经饿了两天了。这种借来的生存感有时会让我十分沮丧。但是，何正予傻乎乎的样子引起了我的兴趣，使我暂时忘记了饥饿。这倒不错，以后饿的时候，设法转移一下注意力就行了。

尽管依然很疲惫，甚至又加上了几分沮丧，他还是开始整顿和清理自己的思绪。他不想失去这个如此理解他作品的女人，如果不能结识她，他一定会后悔终生。他盯着天花板，注视着一个由光与影组成的流动的、明暗交替的图案。渐渐地，他感到一种——一种什么呢？他还没想出合适的词汇，就发现在灯泡的右边趴着一只壁虎。他眯着眼睛看，心想：当我合起眼皮，这个小东西会不会被挤扁？忽然，壁虎似乎动了一下。也许没动。他很担心它随时会掉下来；他目测了一下，如果壁虎真的掉下来，大概会落到他的膝盖处。想及此，膝盖部位似乎已经感受到一丝想象中的凉意。一阵风把窗帘吹得缓缓摆动，仿佛有一双手在后面摸索着什么。

正予恨自己没有主动抓住机会。在那个红裙女郎看画时、吃饭时、翻书时，他都有机会上前搭讪。他现在才意识到，如何搭讪根本不重要，重要的是搭讪本身，只要行动，就有机会。即使搭讪时语言、表情、动作不到位，以后还可以补救——他自知自己从来不是一个善于制造良好第一印象的人，但是，他相信只要展示了自己的一半才华，就一定能够打动任何人。他愈发厌恨自己的怯懦。

他不由自主地把双手弯曲成鹰爪状，狠命地抓自己的头发。抓了一会儿，他觉得头皮进入了半痒半痛的状态，既觉得舒服，又有些厌倦；于是就把动作发展成双手交叉，垫在脑后，并把双肘贴向自己的脸。胳膊上丝丝缕缕的肌肤气息渗入他的鼻孔。他忍不住有点轻微的恶心。他想，也许男人只能嗅异性的肌肤，那种诱人的粉白色的甜香。

怎样才能找到那个姑娘呢？尽管他的音容笑貌已经深深地印在脑海里，可是他去哪儿找她呢？她到底住在福田、罗湖、还是南山？甚至关外？（最坏的结果，她只是一个外地来的旅游者，明天一早就乘飞机离开了。）她在哪里上班？或者，她有没有上班呢？他试着重新想象她的容貌，发现她的五官竟然变得模糊不清了，不禁吃了一惊。他又附带着想到中心书城的画廊，二楼中庭的工艺品小商店，以及寿司店——对了，他曾偷偷地拍过她的照片！他取出手机来，打开她的照片，再次看到她抬头凝视的样子。他心里渗出一丝甜蜜，同时惊骇地想起自己居然丝毫不记得中午到底吃了些什么。原本就很轻淡的甜蜜很快就被强有力的忧郁取代了：她在哪儿呢？怎样才能找到她？

寻人启事？可是该怎样对她进行描述呢？"一个对《秋山高隐图》做出精准评价的红衣女郎？"可笑。"4月26日在中心书城和朋友一起吃寿司的女孩"？滑稽。他发现即使是去报社、电视台登广告，同样都面临着如何对她进行描述的问题。他恨自己不是作家，可以用一只支生花妙笔，把自己喜欢的女人描绘得独一无二，一望而知。

他随手拿起王蒙的《太白山图》来看，起初是心不在焉的，慢慢地，他的思绪开始转移到那片茫茫的烟水之间去了。他先是盯着卷首的"松岫香台"四个字看了一会儿，接着目光缓缓掠过萧寺殿阁、溪流拱桥、草堂茅屋、苍松丹槲。正予一向对王蒙独特的皴法十分佩服，最能渲染中国山水烟霭微茫的意境。看完了画，他又盯着那方"几暇怡情"的印文想了想，但也没想出个所以然来。最后，画卷从手中滑落，只留下他的手依然在胸口举着，像一座蜡像。

有大概二十分钟的样子，他保持目前的姿势，一动不动。甚至连呼吸都停止了，胸口也看不到轻微的起伏。我想，这家伙的耐心让他有资格加入我们的阵营——蚊子和苍蝇最讨厌的就是我们超常耐心的埋伏。也许他睡着啦？

女人的美　在于那种既冷淡又热情的综合　动物和植物的界限　广告牌上写的是什么　智者的姿态消融的乐趣　为了止饿可否吃一张A4纸嚼成浆就着水吞进肚子　第一次恋爱是在初中二年级　我们都叫她小乔　林志玲　她比我大两岁呢还是　幸福抑或不幸最好不要去谈论　医生太胖了不停地流汗不停地擦拭他用的毛巾是白色的还有黄色　下一个节日是什么　雨声是怎样的　我不能再

胡思乱想了　还有呢还有呢

哎呀，不是还有她的照片吗！他蓦地醒来，睁开了眼睛。有照片在，还用什么描述？算了吧，可耻的语言，滚开吧，无用的文字！他兴奋得握起了拳头，他觉得应该捶一下床，于是真的这样做了。接着，他心问口，口问心，再三思索，又有点犹豫起来：报纸上的寻人启事，其对象不是迷路走失的精神病，就是因家暴、感情破裂等原因离家出走的伤心人，她这样一个高贵脱俗的女孩，怎能与他们为伍？如果她对此深恶痛绝，那功夫不是完全白费啦？而且，报纸上每天都有很多寻人启事，谁看？登录一则寻人启事，需要多少钱？不行——起码这不是最好的选择。

他也不敢把她的照片发到微博上。

难道只剩下一个办法啦？

他把这句话念了出来，又暗自默诵了一遍，接着腾地坐了起来，心也跟着激烈地跳动起来；他感到，在内心深处沉睡已久的一股巨大的力量爆发出来了。他确信无疑：他一定会找到她！他听到自己的高声呐喊：一定！一定！一定！一万个一定！

他听到自己的肚子咕噜地叫了一声。

哦，不，其实是我自己的肚子叫了一声。这时，我看到一只年幼的细脚花蚊向我的网飞来，我紧张得连气都不敢出了。我闭上眼睛，向上帝祈祷道：

"天灵灵，地灵灵，

耶稣我主最英明，

蚊虫小鬼触天网，

吃饱喝足祭冥冥！"

5. 我是一个鬼魂，我在约会

门没有关。她进来的时候，悄无声息，就像正在捕捉老鼠的猫，或者落向泥土的花瓣。她穿着浅绿色的短裙，厚厚的肉色丝袜裹在大腿上，仿佛是肌肤的一部分。她细瘦的大腿微微地晃动着，闪烁出一片强烈却不刺眼的光芒。一座温暖的大理石雕像，一种来自欧罗巴的蓝色旋律。

我知道你在这里，她说。我们四目相对，视线重叠成两条平行线，淡紫色的平行线，细若游丝。

我总是在这里，我们总是这样互相看着，已经不知道有多少回了。我说。我的嗓子有点沙哑。我又使劲咽了口唾沫，喉咙上的肌肉大幅度地收缩了一下，像——像什么呢？我想到正在吞咽昆虫的青蛙。那样子一定很滑稽。

她果然笑了起来，我感觉自己脸上的温度一下子升高了。你还是那么害羞，我们第一次见面时，你也曾经脸红过，当然，要比现在红得多。她伸出手来，摸摸我的脸。她的手指又细又长，滑滑嫩嫩的，但是很凉。

天气变冷了，我说，我看了天气预报，这是今年深圳最冷的一天。

是的，天气越来越冷，你一定要多穿些衣服，因为你太怕冷了。停了一下，她又说，有时候我觉得你是一座唐代的大理石雕像，身上没有一点热度。

她走向梳妆台，坐在那把旧木椅上。我跟在她后面，我们一起望向镜子。你还是那样，一点没变。为什么我要说这句话？

可是，我也不想永远做一个平行四边形的女人。

这可是个新名词。是什么典故吗？

不是典故，是个比喻。平行四边形，有四个边，但也有四个尖尖的角，边可以依靠，角却可以伤人。

她神色黯然，却更显娇媚。我有些懊丧地确信，我刚才说她一点没变，就是为了重温她这种表情。每次我说类似的话时，她总是显得既忧郁又魅惑。我得逞了。

6. 作为一只台灯，我有些年纪了

林若望放下电话，高兴得直搓手。作为这个家庭服役最久的一只台灯，我已经很久没有看见他这么兴奋过了。他在客厅里踱来踱去，忽然又一屁股坐在沙发上；刚坐了不到一分钟，他再次站起来踱步。他先是走到阳台上，扒着栏

杆，看着花园里郁郁葱葱的树木；接着又走回客厅，在那幅以魏碑体写成的对联下背手站着："江河自古无西注，鸿雁经时又北飞。"他觉得自己有些失态了。他理想的自己是：无论发生什么事，大悲也好大喜也罢，都要风雨不动，淡然处之。以前他留给学生的印象就是这样的。

但那毕竟是以前的事了。作为一个教授，一个著名学者，魏晋文学的重量级专家，更重要的是，作为一个经历过风雨的老人，他本来就不应该对别人的施舍抱有幻想；现在，他不得不尴尬地向自己承认：他已经被学校当成了一个摆设。那些表面的尊重和奉承并不能当饭吃。

一切都会好起来的，很快就会好起来的。他瞟了一眼电视旁边妻子的照片，她正向他微笑。那幅相片夹在一个红木相框里，是他们去丽江旅游时买的。妻子去世时嘱咐他要照顾好女儿。他当时既感到痛心，又觉得荒诞。女儿是他的心头肉，他当然会好好照顾她的。她应该跟他说点别的。

20年过去了。照片上的妻子依然停留在37岁，跟杨贵妃死时同岁，而他已经老了。他清晰地感觉到，他正在遭受未老先衰的折磨：他脸上、身上开始生出一条条皱纹，深深浅浅，阡陌交通，他的双腿越来越容易疲倦，在他的双眼中时常流露出一种岁月的空虚。直到最近几年，他才算明白了妻子的临终遗言。他确实对女儿疼爱有加，在衣食住行上尽量满足她的要求，并想尽办法让她接受最好的教育；但是，女儿的坏脾气也随着年龄的增长越变越大；最要命的是，他大手大脚惯了，居然没有在退休之前攒下一笔足够的家产；他甚至还欠着100多万的房贷没有还清。要不是接到这个电话，他还真有点为女儿的未来担心。

他觉得有必要把此刻的好心情记下来；这是他的习惯。于是他随手从茶几上拿起自己的笔记本，平平仄仄地写起诗来；经过半个多小时的推敲，一首古色古香的七律诞生了：

> 诸公衮衮聚晨昏，道济群伦岂足论。
> 闭户自亲书几卷，凭轩谁与酒千樽；
> 文章意气欺山岳，快士交情散晓暾；
> 犹可残年长啸傲，从今不仕卧松根。

女儿回来时，他正在低声吟诵自己的新作。他抬头看到一团艳红的影子闪进了门。他合上笔记本，脸上浮现出一层慈爱的笑意。

"回来啦？怎么不按门铃？"

"怕你在休息或写作。发生了什么好事吗？看你兴致这么好。"

"没什么，刚写了一首诗。"他把笔记本扔在茶几上，满以为女儿会像往常那样向他索看，看完后还会调侃他几句；趁着气氛融洽，他会自然而然地向她提到那件事。可是，女儿一句话也不说，竟自回房间了。

林若望叹了口气，只好自己拿起笔记本读了一遍自己的作品。他觉得诗里那个"仕"字不太恰切，一时又找不到合适的字眼来代替。他心想：这件事要放在心上，一旦有了更好的选择，就把那个字换掉。

他在厨房里折腾了半个小时，炒了四个小菜，还特意取出一瓶红酒，接着才去敲女儿的房门。女儿出来时，穿着睡衣，打着哈欠，睡眼惺忪。女儿那副娇慵可爱的样子，让他想到温庭筠、韦庄等《花间集》词人所描写的女人形象。他毫不怀疑自己的女儿是一个美人。

"爸，今天怎么这么讲究起来？"看到桌上的红酒，她有点惊讶地问。

林若望笑道："我总不能老让宝贝女儿跟着我过修道院生活。"他原本想说"苦行僧生活"，觉得不恰当，转念又想说"尼姑"，更觉不合适，于是改成"修道院"——不管用得好不好，反正他已经说出来了。他觉得跟自己的女儿说个话都这么费劲，不禁双颊生热。他在心里又叹了一口气。

"爸，一定是发生了什么事，很久没看见你心情这么好了。告诉我吧，有什么好隐瞒的？"

"瑶佳，不瞒你说，确实遇到了一件好事，一件大大的好事，对老爸和你的未来都非同小可。"林若望习惯性地停顿了一下。

"哦？"瑶佳拿起筷子，却并不夹菜，瞪大眼睛听着。她刚洗了脸，面色红润，双眸炯炯有神。

答案很快揭晓了："你还记得你庞叔叔吧？就是两年前住在我们楼上的庞天胜？他下午给我来过一个电话，说准备赞助我三百万，让我完成我的魏晋文学研究……"

"啊？真的？"

"当然是真的。"

"太好了，老爸！这可是你退休后最大的心愿！"

"何止是退休后的心愿，简直是毕生的心愿。以前教学时我觉得见识尚浅，材料匮乏，屡次向校领导申请去北大、哈佛交流问学，又不准……"

"那是因为你遭受小人陷害，说你对上司……"

"其实哪有？完全是子虚乌有，子虚乌有！"林若望似乎想起了伤心往事双手有些轻微的颤抖。

瑶佳端起酒杯，笑道："爸，那些陈芝麻烂谷子的事就别提了。来，我们干一杯，庆贺一下！"

林若望也笑起来："这好像是咱俩第一次单独喝酒。"

二人边吃边聊，一顿饭不知不觉竟然吃了一个多小时。

瑶佳忽然想起什么似的问道："庞叔叔为什么这么大方，要赞助爸爸搞学术研究呢？不会有什么阴谋吧？"

虽然早已想好了答案，林若望还是感到了自己的紧张："阴谋？能有什么阴……谋。你庞叔叔生意做大了，难免想涉足风雅，他又只认识我一个……学者；这跟他做慈善没什么区别。上个月他还向粤北山区捐了一所小学。"

幸亏瑶佳也没听出什么异常，反而自责起来："看来是我以小人之心度君子之腹了。"

林若望忽然决定无伤大雅地逗女儿一下："你呀，是以女孩子之心度君子之腹。"

瑶佳果然顽皮地一笑。

收拾碗筷时，林若望尽力做出无意的样子对瑶佳说道："我想我们应该抽时间请你庞叔叔吃个饭，到时也叫上你定文哥和王阿姨。"

"庞定文？那个有三大爱好的家伙？"

"什么三大爱好？"林若望不解地问。

"抽烟、喝酒、烫头。"

听到女儿充满不屑的口气，林若望不由心里一沉。一丝忧虑爬上眉头——毋宁说，那些潜藏在他皱纹里的忧虑开始跳起一种奇怪的舞蹈。他费尽心力才忍住没有叹气，而是顺着女儿的话接了一句："想不到你还听郭德纲的相声。"

瑶佳正在把蓬松的头发拢到一起，但手一放开，头发又分散开来。她的头发又黑又浓，像一团黑色的云。

"我可没听过郭德纲，我是在网上看到的。"

7. 以浮云的方式，遭遇一桩好玩的事

无聊抓住了我。滑翔并不能使我更快乐。从观澜到布吉，从布吉到罗湖，此刻又到了福田，竟然没有遇到一件值得一乐的事。在市民中心上空，我停了下来。我希望会邂逅一个我看得上的人，或者遭遇一段好玩的情节——每次回家都被姐妹们奚落，真是受不了。

在图书馆西边那条路上，太阳透过我照在每一栋建筑物上。几台公交车在等红灯，热闹的声音互相呼应。红灯变绿了，汽车咆哮着，一阵风似的开了过去。一排高大茂盛的榕树遮住了人行道。这些树似乎在承接着、释放着热乎乎的白昼，参与着白昼的运行。从树叶的缝隙里，可以看到一个叫林瑶佳的漂亮女生慢慢地向前走着。离上班时间还有二十多分钟，她可以从容地买了早餐再上楼去。她似乎有点心神不宁，总感觉到身后有个人在跟踪她。

她的直觉应该打满分。那个穿着一双旧运动鞋、白色短袖衬衫、脸色显得过分地苍白的男人已经跟着她走了好一会儿。他两眼盯着她的背影，仿佛盯着一团火。他犹疑不定，想冲上来跟她说话，但终于还是不敢，每次都是在离她还剩下三四米的时候又慢了下来。

最后还是林瑶佳停了下来，转身问他："你为什么老跟着我？"

男人紧张万分，面红耳赤，目光从她的眼睛滑落到她的脖子、胸脯、肚子、大腿，直到两只脚，一双金色的露趾凉鞋——其实他什么也没看清。

"我，我是，你是……"他低声嗫嚅着，汗都出来了。

她忽然对他产生了同情。她向她走近两步，问道："你是不是认错了人，把我当成你的熟人啦？"

"是，哦，不是。"他咬了咬嘴唇，抬起头来看着她，一副豁出去了的样子："我虽然不知道你的名字，但我必须认识你。两个月前，你是不是在中心

书城看过一次画展？"

她眨了一下眼睛，略一思考，肯定地答道："是啊。有什么问题吗？"

"我就是那个画家，我叫何正予。"她能听到他长长地出了一口气。

她脸上露出一丝钦敬，说道："真的呀？没想到能遇到大画家。您的画挺好的。"

"我听到了你对那幅《秋山高隐图》的评价，说得真好。我后悔那天没能和你说话。我在中心书城转悠了两个多月，我相信总有一天你还会去那里，如果再次遇见你，我绝不会错过了。我没想到能在路上遇到你。"他对自己突然具有的表达能力感到满意。

林瑶佳脸上现出几丝不安："我那天只是随口胡说，你，你何必当真呢？"

何正予急道："怎么可能？怎么可能？那不可能……"一着急，他的思路就滞涩起来。后来，他干脆拣关键的说："我想和你谈谈。"

林瑶佳为难道："可是，上班时间就要到了……"

"那我留一下你的电话？"他马上去掏他的手机。手机在他左边的裤兜里挤出一个长方形的突起。

"哦，你有名片吗？还是我来留你的电话吧，理应由我来给大画家打电话。"

他低垂的眼中掩饰不住的孤独、忧戚和失望，但还是递给她一张名片。然后，盯着她袅袅娜娜地向马路对面走去，那样子就像一只幼鹅——他很奇怪为什么会想到"鹅"这个意象。

这个傻瓜站在路上发了一阵子呆，才转过身来，向中心书城走去。我想看看这出戏到底如何发展，就跟着他缓缓地移动。不久，他在星巴克找到一个靠窗的座位，并点了一份小杯的焦糖卡布其诺。他抿了一口，觉得有点烫，又放下了。他摸出手机来，看了又看。后来他干脆把手机放在桌子上，沉默地看着窗外——那里是一道蓝色的铁皮围墙，围墙后面的空地杂草丛生。燠热的空气中传来街头艺人拉二胡的声音。是一首流行歌曲的调子。

终于，他开始活动了：先是把脑袋转回正常方向，低头瞥了一下手机，顺手拿起咖啡喝了一口。在右手准备放下咖啡的时候，左手已经抓到了手机。他在查看，他在等一个电话；但没有电话。太阳晒得我浑身发困，我简直看不下去了。

一个小时过去了，还是没有动静。他应该知道，林瑶佳，那个女孩儿，不可能在上班期间给他打电话。于是他转而祈祷时间过得快点、再快点，赶快到五点半、六点、六点半、七点。有一次，他试着把手机上的时钟调整为五点五十九，并在心里默数了六十秒，等到时间变成 18:00 时，他明显地感到他的心脏激烈地跳动了一下。但是，什么都没有发生。

他发现窗外有个过路的人瞟了他一眼，他索性挑衅地直视他，但那人已经转过脸走到柱子的后面去了，他只看到他黑色背包的一角，一条低垂的灰色带子有节奏地晃来晃去。他心里忽然烦躁起来。那女孩可能不会给他打电话了。早上见到她时，他甚至都忘了问问她的名字。他狠狠地拍了拍脑门，把手都拍痛了。她会保存他的名片吗？她会把他的电话输入自己的手机吗？她有什么理由这样做呢？对她来说，自己只是个陌生人，即使是个画家，也是个陌生的画家罢了。他越想越沮丧。他想做点什么，好转移一下思维，调节一下心情，于是他开始偷听邻桌一对女中学生的谈话。

"我根本就……很远的……见过一次。"典型的广东普通话，像嘴里含着一块未化的糖。

"听说了……追过……有时你必舍弃些什么。"略显沙哑的嗓子，青春期变声的前奏。

"好古怪……有点稀了……我妈跟我说……可能吧。"

"是的是的。不会的。"

"你真的准备养吗？"

"为什么不能……家里。"

何正予凝耳听了一会儿，不明所以，只好放弃了。现在才十一点十四分。离下班还有六七个小时呢。他想说服自己不要绝望，但绝望的感觉主动来找他了。她不会打电话的。甚至，他早上到底有没有碰到她？她真的实有其人吗？不，没有。不，有过，但现在没有了。咳，那些墙上如果再有些竖着的曲线装饰该有多好啊。似乎有钟声响起。他在服务台后面的墙上搜寻良久，并没有发现有什么挂钟。他觉得现在好像到了半夜，他被黑暗包围着。空气是凉的。

这时候，他的手机持续地震动起来。他忽然紧张得不知所措，身上的温度

急剧上升：38度，39度，40度。他的右手不停地颤抖，食指在屏幕"接听"二字上划了好几下，总算接通了电话。他感到他好像已经使出了生死之力。

"大画家你好，我是林瑶佳。"41度。"中午有空一起吃饭吗？"42度。

"有有有，当然有……"温度还在持续上升。会不会烧起来？

挂断手机，他仿佛刚从地狱逃出，身上每一颗细胞都极度疲惫；但很快，他就被宏大的幸福感覆盖了。他毫不留情地嘲弄自己只想到她下班后才会给他打电话，却不曾料到她也可能在中午打过来！他心里默念着"林瑶佳"三个字，一边想起她那张精致、生动的脸，她袅娜的身姿，她的两条腿，又细又长的大腿，她那条红色裙子掩盖下的青春活力，以及她发出"吃饭吗"时口型的变化：舌尖顶向上颚，双唇微启——吃；上唇与下唇相互冲向对方，接着果断地分开——饭；两片鲜红的嘴唇柔情旖旎地相互紧贴，再轻轻地、依依不舍地挥手离别——吗。

他把林瑶佳的电话添加到了手机电话簿，并在她的名字前面加了个字母"a"，这样她就排在电话簿的第一位了。

8. 这种"感觉"你应该也经历过

有人把我称作"狂喜"，有人把我叫作"幸福"，还有些词汇量贫乏的人以"快乐"代替我。这些都无所谓。作为一种视之不见、抟之不得的感觉，就像历史一样，我必须习惯被人任意打扮的尴尬。不习惯又能怎样呢？

今晚我注定会"一心二用"，这可是从未有过的体验。为此，我感到骄傲。

何正予回到自己的出租屋，依然处于失魂落魄、如痴如梦的状态。他早早地冲了凉，上了床，闭上眼睛想心事。大概过了半个小时，他忽然坐起身来，呆呆地望着床单上的皱褶，接着像下了极大的决心似的，跳下床来，径直向书桌走去。他摊开一个棕色皮纹封面的笔记本，开始记一篇日记：

漫长漫长漫长的等待，魔鬼魔鬼魔鬼似的煎熬，今天，终于有了结果——一个诗一样的结果，一个天堂般的结果！

我真希望自己是个作家，可以妙笔生花，文不加点，把我此刻的狂喜表达得淋漓尽致！

一个天使，一个造化用全副精力精心造就的雌性标本。漂亮、温雅、高贵、纯净无疵，像水晶般透明。哎呀，我只会这些陈词滥调，我滞重无力的文笔不能描写出她的好处于万一。

还是说说我们的约会吧。在那间精致的小包厢里，我们单独相对。她的眼睛如此多情。起初，她还有些戒备，但几分钟后，她就完全放开了。她侃侃而谈，谈到我的画，谈到自己的工作，以及自己的爱好。我发现我们的共同点还真不少哩。

在她的带动下，我的表达障碍完全被克服了，我甚至还说了几句妙语，逗得她忍不住直笑。我一向没有发现我居然也这么能说。

她对我历尽磨难寻找她的行为表示感动。"我活了二十五岁了，还没遇到一个男生这样对我呢。"她说。

我说："我活了二十六岁，也没有遇到一个女生值得我这样付出。"

她对我的放肆大胆丝毫也不以为过。

她笑着问我："你一定要认识我，就因为我无意中吹捧了你的画？"

"不是。不仅仅是。我也说不清楚。人们做的很多事往往自己也弄不清楚。有时是心血来潮，有时是想寻找刺激，有时是受了一种神秘力量的推动，于是做了一件反常的事。你无法向他们索要解释，他们自己也莫名其妙。不过，好多传奇的经历和美妙的缘分就是这样形成的。"我很喜自己的总结，就在心里把最后一句话又重复了一遍。

一种奇特的欲望在心中升起：就是她了！一个无价之宝，我必须得到她，我必须完整地占有她的形象。

另一边，林瑶佳回到家里，连向父亲打招呼的环节都省略了；她直接钻进自己的卧室，打开电脑，开始记下今天的奇遇：

一切都富有戏剧色彩。

我怎么会遇到这么一个傻瓜的？说他是傻瓜并没有讽刺他的意思；相反，我很吃惊，也很感动——在这个效率至上、浮躁善变的时代还有谁能坚持两个

月在同一个地方等待一个女孩儿再次出现？有此工夫，他还不如去做做白日梦。这是个不同寻常的人，我敢肯定。

我在想：如果今天我开车上班——车被爸爸开去会朋友了——我还能遇到他吗？如果我乘公交车呢？或者，我路过便利店时去买一个面包呢？又或者，我走路比平时快或慢一分钟呢？也许都遇不到他了吧？同一个时间，同一个地点，互相看到了，交集了，搭讪了，认识了——谁安排的？

这是怎样一种感觉？就像沐浴在云海里，裸露的皮肤浸泡在空气、水与风的混合物中——轻柔，松软，彻底的自由，就像童年的某些回忆一样动人。天空中的一切都变得奇妙起来，有着令人不可思议的魅力；相比之下，生活只是一团充满嘈杂与骚动的大杂烩。

他个子很高，但说不上多帅；但眼睛纯净而有神，尤其当他盯着我看的时候，那情景，就像一个饥饿的婴儿望着他的母亲。他才华横溢；就像古今中外所有怀才不遇的艺术家一样，他牢骚满腹，但并不让人觉得讨厌。

他的画谨守传统法则，不敢越雷池一步，但规矩之内，自己的个性情趣一点也没少。说起来惭愧，那天跟女友一起看他的画，我只不过信口说了几句书上的套话，但竟然把他感动得一塌糊涂，可见在他的朋友圈里，连能说这种陈词滥调的人都没有。当然，也许因为我是个女人，女人说的话，三分道理、五分正确会被他们夸大成十分。这种性别的便宜我们每天在享受。

这倒不错。以后我只需要向任何男士说一句："先生，如果我说错了，请您不要见笑，在您的绘画里，或文字里，或歌声里，有一些特别的东西……"不愁他们不拜倒在我的脚下。跟自己开个玩笑。

最初的印象是：这是个腼腆、羞怯、不善言辞的大男孩儿。结果我不得不承认我看错了他。只要氛围合适，心情放松，他可以滔滔不绝地讲上两个小时！而且他很有见识，偶尔也会幽默一下。他逗笑的本领深藏不露；而今晚，我是唯一的受益人。

我对他说的这几句话记忆犹新："我也有记日记的习惯。这是个好习惯。这种按日期写作的方式，记载的往往是作者向自己叙述时丝毫不觉得脸红的那一部分生活。""坚决不能给朋友提供道歉的机会，所谓道歉，其实就是为下次冒犯打下的伏笔。""我痛恨一切专家的言论，这是一群知道所有答案、却提不出任何问题的人。""人类一共有三种性别：男人、女人和女孩儿，你就是一个标准意义上的女孩儿。"难为他想得出来！

长久以来，我总是试图逃离，逃离别人称之为生活的东西，逃离家庭，逃离感情。也许以后不用了。尽管我们只是宇宙数十亿星系之一的银河系中百万分之一的星球上一个孤独而短暂的生命，但是，我们还是有机会发生一些美好的交集——一想到此时此刻那个家伙肯定在想我，我就感到自己被幸福的洪水淹没了，我像一条鱼一样，享受着这种随波逐流、无所用心的没顶之乐。

9. 我是一个鬼魂，我在聆听

她真是个可爱的女人。在我的想象里，她的形状和气味依然清晰无比，包括她身上的温度，她身体的每一处弧度。我的目光以二维的方式运行，凝视着骚动的三维世界。

她打开化妆盒，取出一支眉笔，在左边那道眉毛上扫了几下。她又拿起一只小刷子，仔细看了看，又放了回去；像变戏法似的，她的手里忽然多了一只唇膏。她把自己的嘴唇涂得很亮，像许多缩小的星星定居在上面。这时候，她调皮地眨了几下眼睛，长长的睫毛在下睑投下淡淡的影子。

我忍不住赞叹：你的手真灵巧，仿佛会变魔术似的。她笑起来，声音有点滞涩，粉白的脸上忽然敷上一层红铜的颜色。

你是不是要感冒啦？我盯着她的眼睛，感觉正在慢慢地被她的目光所吸附——也许下一秒钟，我就进入那个神秘而深邃的所在了。

她咳嗽了一下。是干咳。我随时都可能感冒；或者说，我已经处在感冒的趋势里。她的衬衫在刚刚坐下去的时候，领口有些隆起，现在则重新变得服帖了。如果长时间保持一种姿势的话，衣服也会主动适应这种姿势。

我必须像往常一样触及她，才能感觉到自己的属性。

你在凝听一种声音，我猜？她背对着我，因此这声音也仿佛从背上发出的。

让我猜一下，你都听到了什么：有汽车奔驰的声音，有陌生人说话的声

音，有一只狗的吠叫声，有水管里水滴下坠的声音，有星光跌倒的声音，有窗帘摩擦窗棂的声音，有芒果花开放的声音，有台风积蓄力量的声音，有湿衣服慢慢蒸干的声音，有电流在电线上滑行的声音，可能还有书籍自言自语的声音……

其实，我只听到一种声音，我装出一副忧伤的语调，这吸引她转过脸来仔细聆听——我只听到岁月变老的声音。

她笑起来：太玄虚了，比你此刻的存在还要玄虚。

10. 从出生之日起，我就是一种有用的表情

在庞天胜的脸上，我淋漓尽致地发挥着自己的特长，如鱼得水。脸颊向上稍稍收缩，眼皮向中间轻轻一挤，同时嘴唇略启，配以洪亮动听的谈吐，就凑成了被称为"笑"的表情。这只是我的学名，此外我还有许多小名、乳名、诨名、别名、曾用名，比如大笑、巧笑、微笑、狂笑、媚笑、浅笑、冷笑、嗤笑、苦笑、银铃般的笑，以及皮笑肉不笑之类。而那些讨人喜欢的、拉近距离的笑，对于庞天胜来说已经成为他的生活习惯和人格修养的一部分。他已经不需要特别使劲，也不需要借助特定的外部环境，只要有个人出现在他面前，不管是政府官员、媒体记者、公司下属还是不认识的路人，他的笑马上就浮上脸来，仿佛云聚在一起就会下雨、鸭子吃饱了就要拉屎一样自然而然。据某财经周刊的主编说，庞天胜之所以有今天的数亿身家，有一半的功劳要算在他的笑上——也就是我身上。为此，我感到骄傲。

周日晚上，他携妻子以及未来庞氏集团接班人、自己的独子庞定文一起请林若望、林瑶佳父女吃饭。在庞家未搬入华侨城的豪宅之前，曾经和林家做了两年邻居。庞天胜说，这次请林教授父女吃饭，主要是重叙邻里旧谊——不能因为搬了家，就把老朋友给忘了。

他们几乎是同时到达餐厅的。庞天胜照例把我推向前台，并伸出双手，和林教授紧紧地握在一起，一边寒暄问好。他原本也要和林瑶佳握手的，但林瑶佳的手一直被妻子攥着。她们低声地说话，仿佛怕别人听见似的。庞定文跟林

若望打过招呼，就把目光转移到林瑶佳身上，但他却找不到和她说话的机会。林瑶佳瞥见庞定文理了一个清爽帅气的平头，不禁微微吃了一惊。

在那间叫作"白鹤厅"的包间里，进门左手边摆着一张沙发，沙发上套着一块红布；靠窗位置，一张硕大无朋的圆桌占据了三分之二的空间，桌面上铺着整洁的紫色碎花桌布，桌子中间设有可以转动的玻璃；桌子周围原本放了八张高背软椅，被一个男服务员收起三把，摆在墙角；他把第三把椅子摞到第二把上时，用力过猛，"噗"的发出一声巨响，把他吓了一跳。接着，他一言不发地走了出去。

落座之后，庞天胜忙着点菜，王太太还在跟林瑶佳嘀咕着什么，庞天文挨着林若望，正准备说话，结果林教授已经开口了。

"本来想由我们请你们吃饭的，庞先生非要坚持由他做东，我想着，我一介教书匠，衣可蔽体，食难果腹，哪里抢得过一个大老板，所以就带着空肚子来了。"他站惯了讲堂，讲话声音响亮，一板一眼，抑扬有致。

大家报以参差不齐的笑声。庞天胜连说："客气了，客气了。"一边让笑容继续逗留在脸上，一边继续点他的菜。那个漂亮的女服飞快地在小本子上记着，表情忧郁而严肃，好像故意要跟房间里的气氛产生对比效应。

庞定文向林若望说道："一个月前我爸就张罗着要请林叔叔吃饭的，但公司事情太多，实在抽不开身。我爸说，像林叔叔这样德高望重的大学者，我们必须好好巴结巴结。"

庞天胜和妻子不住微笑点头，既像对儿子所言表示同意，又像是对他诚恳幽默的说话方式表示嘉许。

林若望半是惭愧，半是自豪，摇头道："迂夫子一个，虚耗几十年钱粮，定文这是在讽刺我呢。"

庞定文调皮地吐了吐舌头："借我一千个胆子我也不敢啊。"说完趁机向林瑶佳偷觑了一眼，只见她微笑着的脸被奶油似的灯光照着，柔润的下巴上游移着一块灰白色的阴影，饱满的嘴唇像是新鲜裸露的果肉。他嘴里不禁一阵干涩。他有些怀疑大家听到了他咽唾沫的声音。

菜点好了。还要了一瓶红酒。服务员道："给您重复一下菜单？"

庞天胜大手一挥："不用了。"

服务员又问："请问需要几只酒杯？"

庞天胜声音里透出一丝不耐烦，但仍然笑容满面："五只，当然是五只。"

林瑶佳忙说："庞叔叔，我不喝酒的。"

王太太抢道："瑶佳，不要怕，阿姨陪你喝，我们少喝一点，不会醉的；再说，在你爸爸面前，你还怕我们把你拐跑哇？"

王太太身着素装，烫着卷发，略施粉黛，自有一种高雅不凡的气质；她语气里含着威严和慈爱，让瑶佳实在无法拒绝。

王太太又说："上次看见瑶佳，感觉还有点学生气呢，现在再看看，啧啧，完全一个又美又乖的大小姐了。"

其余几人一齐看向林瑶佳，瑶佳忙低下头，说："阿姨就会取笑我。"

庞天胜接过话去，说："你王阿姨说得还不够呢。要我说，瑶佳是又有文化、又有美貌，堪称才貌双全，打着灯笼都找不到的。不怕得罪你王阿姨，你比她年轻时候还有气质……"

庞定文看到林瑶佳羞红了脸，忙打断父亲道："爸，你得罪我妈，小心回家受罚哟。"

王太太道："我才没那个闲心呢。对了瑶佳，你在哪里上班？做什么？"

瑶佳道："在一家移民咨询公司，做移民……"

庞天胜道："移民？我都没考虑过移民。上了年纪，生活习惯改不了，到国外恐怕不适应。"

瑶佳道："像庞叔叔这样的身家，当然是无须移民的，想移民的，还是中产阶级和资产千万以内的人，这些人在国内缺乏安全感，而且多数面临子女教育问题……"

"对，这些人上不上，下不下，强不强，弱不弱，最缺乏安全感。林教授，你对这个问题怎么看？"

"不管别人，我是不会移民的。虽然我的英语不错，但是我一直生活在汉语思维里，移民到国外，恐怕连一篇文章都写不出来，也卖不出去，估计也找不到谋生手段。我可不想成一个活死人。"

"说得好，我们的根都在中国，就像一棵树，即使外部环境再好，没了根，只有死路一条。"

林瑶佳有点听不下去，插嘴道："都像爸爸和庞叔叔这么想，我们就得喝西北风了。"

庞天胜哈哈大笑道："放心吧，瑶佳，你要愿意，可以到我公司去上班，我最起码可以给你安排个部门主管，我相信，不出三年，你就是部门总经理的有力竞争者。"

林瑶佳报之一笑，道："庞叔叔太高看我了。"

庞定文注意到瑶佳右侧脸颊上有一道阴影，浅浅淡淡，像月光透过窗纱映在雪白的墙壁上，它的主人是一绺脱离了集体的秀发。

五个人边吃边聊，时时举杯，不知不觉已经过了一个多小时。庞定文看林瑶佳喝酒时总是捧着杯肚，忍不住说："喝红酒时不能这样握杯，而应该这样。"说着用食指和大拇指夹起杯颈，"这样才不会改变酒的温度。"

林瑶佳并不看他，懒洋洋地说道："原来喝红酒这么讲究啊。"

庞天胜忽然向林若望道："记得几年前我到林教授家串门时，你说你正准备写一本有关魏晋文学的专著，不知道怎么样啦？"

林若望正色道："有心无力啊。目前国内能找到资料有限，而且基本上已经被用滥了，再分析再解构，也折腾不出新意了。如果条件允许，我想到欧洲和美国待一段时间，那里有很多国内见不到的材料，更重要的是，可以跟几位思想活跃的同行进行深度交流……"

"假如真想去，也没什么不可能的。"

"说实话，那次接到你的电话，我很激动。我没想到有生之年还可以完成我的心愿。"

"我们是老邻居了，如果能帮到你，也算是为老邻居老朋友稍稍尽一点心意；再说了，这对中国学术来说，绝对是一件非常有意义的事情。"

"难得庞先生对学术事业这么关心和支持……"

"这也算是我年轻时候的一个梦吧，我没机会实现了，但至少还可以请别人帮我实现，你知道，我是学历史的，我对魏晋史一向情有独钟——"忽然看到王太太和林瑶佳在悄声低语，终于没能忍住——"你们在说什么悄悄话呢？跟大家分享一下。"

王太太大笑，林瑶佳低头。王太太瞟了一眼丈夫，又看了一下林瑶佳，

说：“我跟瑶佳说，我要她做我的儿媳妇。”

庞天胜一拍大腿，大声道："好，好！我巴不得有这么一个优秀的儿媳妇呢。"

趁大家开怀大笑的时候，庞定文又偷偷地瞄了瞄林瑶佳，她仍然低着头，脸上涩着一层桃花似的粉红，娇艳绝伦。定文极力克制住自己，避免失态。他觉得自从两年前初次见面开始，他已经被她俘虏了；这次见面，则加深了这个念头。

11. 企鹅的夜晚，偶尔与爱情有关

自从移民到中国，我几乎一天好日子都没过过。如你们所知，我是一种不会飞但善于游泳的海洋鸟类，由沙漠中爬行的蜥蜴进化而来，喜欢以冷鱼为食——当然，即使我想吃热的，也没那个条件。可是在这个大陆国家，我完全丧失了熟悉的一切外部条件。如今，每时每刻，我都要化身千亿，提醒人们你的"好友"又跟你说话了。有时候，他们说的确实是重要的事情，如生意、约会、离婚，甚至抢劫、杀人之类，但有时候，却是一些鸡毛蒜皮和毫无意义的闲扯淡，顺便诉一下苦，每当我遇到"嗯"、"咋"、"呵呵"之类，就禁不住要打呵欠，碰上情绪恶劣的话，甚至都想罢工！我最喜欢的，是恋人之间的交谈；要是热恋的人，就更好了。这些人无论什么时候聊天，也不管聊些什么，总是全身心投入，兴致勃勃，每一个字、每一个标点符号都渗透了情感——将心比心，当客户认真的时候，你怎好意思懈怠？职业精神在我们动物界也是要讲的，尽管我离开南极之后，连一个像样的对手都没遇到过。

何正予直等到晚上八点四十，才看到林瑶佳上线。他迫不及待地发了二十枝"玫瑰"和五个"吻"过去。

"等急了吧？爸爸那个朋友太啰唆了，本来八点之前就能回来的，结果……"

"没关系。大不了我们多聊一会儿，晚睡一会儿。"

"一直想问你，光靠卖画，能支撑你的生活吗？"

"有时能，有时不能。多数时候能。不能的时候，家里会支援我一下。哪个月赚得多了，我再反哺他们。"

"你咋不去找个工作？边工作边画画不是更好？"

"我不喜欢工作？"

"不喜欢？为什么？"

"工作把人降格为机器。"

"是啊，我也不喜欢工作——世上有多少人喜欢工作呢？"

"而且很多人的工作并非自己所长——所学非其所用，所用非其所学。工作扼杀人性，把活着的价值压缩到最低。"

"那你画画之余做些什么？"

"想你。"

"一直想吗？"

"对，每时每刻，每分每秒。"

"吃饭时呢？睡觉时呢？"

"吃饭时，就看着米饭青菜想你，睡觉时，就在梦里……"

"乱讲，你能控制梦吗？"

"不能。但是我可以引导它。小时候，我买了一把扇子，扇子上画着孙悟空，手擎金箍棒，驾云飞翔，睡觉前，我把它放在枕边，结果当晚就做了一个梦，梦见我变成了孙悟空，会飞，会变，还杀了一个人。"

"哦？这么刺激的事情居然被你赶上了？嫉妒。"

"我没想到自己成了杀人犯，心里十分恐惧，尤其听见警笛时，更是吓得屁滚尿流，拼命逃窜，结果慌乱之下，飞得太低，还擦破了肚皮……"

"哈哈哈……看来，想做齐天大圣，简直是做梦——做梦都不成。"

"我把你的照片放在床头，临睡前盯着看，直看到两眼发涩，不知不觉睡着了，一睡着，就做梦，一做梦，就看见你了……"

"哄小孩子的吧？"

"不，哄大孩子的。其人身高一米六八，长发袅袅，皮肤白皙，胸脯高耸，没穿衣服……"

"啊？你怎么知道我没穿衣服？"

"你，你真的没穿？"

"太热了，我就脱了……可能喝了点酒的缘故。"

"你还会喝酒？"

"那个阔太太非要我喝，就陪她喝了两杯。"

"喝酒是好事，起码比抽烟好，抽烟的人总是摆出一副很酷的样子，那样实在太容易了；喝酒就不一样了，喝酒之后的人特别清醒，把敌我双方分得清清楚楚，甚至连平时装得最亲热的敌人也难逃醉眼。我要看。"

"看什么？"

"看你。"

"我有什么好看……哎呀，你这个色狼！"

"不要误会，我只是想对你进行一次全面的审美研究。女人的美总是赤裸裸的，要不然，西方绘画里的女人为什么总是不穿衣服？"

"审美个屁！"

"美女还说脏话？你要知道，女人跟男人不一样，男人往往表里不一；女人则内外一体。所以看一个女人，最好是看她的裸体，如果她从上到下都是美的，那她一定有个与之相匹配的灵魂……"

"瞎扯。听说你们这些艺术家画油画时，经常用妓女做模特，像凡·高就是；你能说因为凡·高的画美，所以那个妓女就是美人吗？你难道没听说过世界上有一种女人，兼有魔鬼身材、天使容貌、蛇蝎心肠？这种人你又该叫她什么呢？"

"如果真有这样的女人，那一定是世间尤物了。不过我说的不是这个概念。即使是一个妓女，她也可能拥有一颗纯真的灵魂，至少在某个时刻，她的内心是既温柔又纯洁的，画家要表现的就是她们外在美与内在美同时并现、完成统一的时刻，而不是她们正在接客的时刻。快打开你的摄像头！"

"不，你居然拿妓女来……"

"是你先说的，怎能赖我？打开！"

"偏不。"

"必须打开！"

"做梦吧你。"

"你你你……"

"哎呀！"

"怎么，看见老鼠还是蟑螂啦？一般来说，女人看到这两种动物时，如果身旁有男人，她们就会以超过五十分贝的声音尖叫起来，如果没有男人在场，她们会把它活生生地打死。你到底看到了哪种动物呢？"

"我没看到什么动物，倒是正在和一个动物聊天呢——忽然想起还要做一个PPT。讨厌的工作！"

"什么PPT？"

"后天要举行一个小型移民讲座，总经理让我明天上午给他看初稿，今晚不加班，肯定交不了差。"

"唉，工作，工作，又是工作，万恶的工作！"

"要不，我们暂停一会儿？"

"你写PPT时，阿拉斯加的鳕鱼正跃出水面；你看报表时，梅里雪山的金丝猴刚好爬上树尖；你挤进地铁时，西藏的山鹰盘旋云端；你在会议中吵架时，尼泊尔的背包客端起酒杯坐在火堆旁。有一些高跟鞋走不到的路，有一些喷着香水闻不到的空气，有一些在写字楼里永远遇不到的人。"

"早就在网上读过这段话了。"

"对于被工作和家庭限制在一城一地、两点一线的人来说，每时每刻，总是面对着比自己的钱包还熟悉的人，总是说着连舌头都腻歪的话，总是做着去年、昨天、上午已经做过的事，真是活受罪啊！"

"是呀。那就又能怎样？闭上眼睛做梦吗？"

"去旅行吧，哪儿都行。"

"长途旅行暂时不可能，不过，我们可以考虑一次短途旅行。我有个同事说东部有一片海滩，在一个悬崖下面，很少有人去，我们可以去那里玩一下。哪天我问问他具体的行车路线。"

12. 做一只海鸥，就要习惯观看与记录

这是我的领地。平时，我在海面上飞翔，寻找食物；累了，就在这块岩石上休息。这里有一片约略七八百米长的沙滩，浪白沙嫩，但因为被一堵峭壁挡住了，所以几乎没有人发现，连无所不在的政府部门也没发现。来过这里的人，几乎全部是误打误撞。我怀疑今天这一对也是。

当何正予带着林瑶佳进入这片海滩时，还在回味路上的情景。林瑶佳开着她的银白色马自达3，在心荡神驰的静谧中滑过光泽熠熠的灰白色水泥公路。公路的一边是大海、一边是高山；被工业文明纳入发展轨道的岭南小村落倏然而过；村里连个人影都看不到，也听不到任何声音。否认这个事实是没有意义的。路旁的树在向相反的方向运动。这些树好像要向他讲述一些事。是的，这些榕树、樟树——枝干弯曲，树叶发亮，在车的两侧旋转，确实是想要表达些什么，就像一个人张口要向他倾诉。树木很多，成千上万棵，每一棵都有不同的轮廓，不同的风格。所有这些树木仿佛被一种巨大的看不见的力量卷进一个旋涡，汽车在旋涡的中心张开翅膀奋力飞翔。

每一段山路，每一处坡度，每一阵清风，每一道风景，迎过来，又退回去，接着新的一组又突然出现在眼前。所有这些都意味着什么呢？

> 骑单车一起去赏樱
> 坐火车看云看日出　美成了电影
> 为感动惊喜掉眼泪　像微醺
> 用深深一吻去感激
> 用胸膛能互相抱紧　融化孤寂
> 日子会变有趣
> 能证明恋人曾　为我痴迷
> 就不止我而已
>
> 等一个暖手心　浪漫牵引
> 走过的不如意　模糊成往事的背影

等一个暖手心　实现梦境

让幸福别结冰　像笑声不断的风铃

这时候，林瑶佳突然唱起歌来。她唱的是一首流行歌曲：郭采洁的《暖手心》。原本，这是一首曲调婉转，略带感伤的歌曲，但是却被林瑶佳唱得兴高采烈、热情洋溢。她的嗓子并不尖锐、清亮，唱起歌来却准确、有力、极有分寸，至少正予这么觉得。这种流行调子从她的嘴里唱出，仿佛成了一种隐秘的誓言，一种奇妙的示威。

"再唱一个。"一曲唱毕，正予听得意犹未尽。

林瑶佳朝她一笑，又唱起来。她完全不经过任何调整和过渡，就唱起了另外一首歌，一首英文歌。正予听不懂，只约略听到其中有"a sad song"、"don't lie"、"bad day"之类的单词，但还是被那高亢优美的旋律给征服了。

这是一个阳光明媚的令人高兴的大晴天。天、地、风、光、云、树、花、香、鸟、船、鱼、堤，一切都在静静蒸腾，像袅袅的炉烟一样。海滩上空空荡荡却显得喜气洋洋。天上的白云一直保持着漂亮的姿态。碧绿如翡翠一般的海水一层一层地漾上沙滩，洁白的浪花慵懒得简直不愿碎成泡沫。

他们在沙滩上追逐嬉戏，像两个五六岁的孩子。小姑娘时不时地站住，煞有介事地伸出双手，做着抓到了一只看不见的精灵的样子。她的淡黄色超短裙被海水打湿了几块，沾在大腿肌肤上。风吹得她的头发扬起又落下；有几缕甚至遮住了她的眼睛。他看着她直发呆。

他注意到她身后的背景：悬崖、植物、石头、飞鸟、云朵——这些东西，再加上路上那些道旁树，统统意味着什么呢？他心里感叹道：太美了！仅此而已吗？他以前旅行时，经常长时间地盯着那些风景拼命思考其含义：一座小山，一株野花，一段道路，一个花园，一座寺庙，一条小巷，一个广场，一扇紧闭着的铁门，一片宁静得仿佛固体的湖泊……他对之欣赏、赞美，却不解其意。它们为什么存在？

林瑶佳已经结束了捉精灵的游戏，开始不停地踢水，海水伴随着沙粒被踢向空中，又唰的一声落下。

正予突然之间明白了：这一奥秘说起来很简单，那就是爱情。能够吸引我

们的所有没有生命的东西，山脉、大海、沙漠、落日、篱笆、树木、田埂、炊烟，以及城市、公园、建筑、橱窗、桌椅、雕塑、报亭，甚至风、雨、闪电、暴雪、昼夜的交替、季节的变化，等等，所这一切都是无生命、无感情的，空洞而冷漠的，但是，它们在不知不觉中掺入了与人相关的寓意，包含了爱的预感，于是变得愈发丰富、生动、可亲、可爱起来。

他认定，他看到的一切都是对她的暗示，非常准确，都是暗示这个令人心醉神迷的女人。这是怎样一种充满诗意的美妙感悟！

他们自然而然地抱在了一起。

他感到她的身体剧烈地抖动起来，两只腋窝紧紧地夹着他的手。接着她咯咯地笑起来："我怕痒。"

她的两个乳房不盈一握，而且似乎不像几天前那样坚挺，而是有点柔软，但依然那么玲珑可爱。两颗乳头朝前翘着，又小又尖。他对此并不在意。

他们开始玩一种精心编织的把戏，一会他爬到她身上，一会又反过来。他们同时陷入疯狂之中。之后，又并排躺在沙滩上喘气。

他终于爬起来，趴在她耳朵上，轻轻地吹着气，低声说："这是我们十二天以来，第十九次做爱。"

她笑着转过脸来，没有说话。

"爱情，爱情，爱情到底是什么呢？"他又躺下去，看着天空，自言自语地问道。

"爱情，是一种危险的疾病吧。"她说。

"很有可能。我们都病得不轻。"

"不过，这同时也是一种很美好的疾病。"

"是的，我完全同意；而且我敢说，很多人一辈子都没尝到这种珍贵的疾病。他们都是些可怜虫！"

"也许人家还以此为荣呢，无病就是有福嘛。"

"人生的最大魅力就在于穷尽生活的可种可能，尤其是患上爱情这种不治之症；当然，这种福利是年轻人的权利。中年人把自己抵押给了事业，老年人困在生命的废品站，只有青年人才是生活的主人，他们把自己托付给爱情和享乐，以身患爱情的绝症为唯一的理想。为了这个理想，除了早睡早起、上班打卡、做个对社会有用的人，我可以做一切事情。"

"你又在为自己的懒惰寻找借口。"

"你错了，我一直为我不够懒惰、不会懒惰而耿耿于怀呢。懒惰是当前唯一值得追求的人生境界。瞧瞧哪些人是勤奋的吧：龙华工厂里的工人，建筑工地上的泥瓦匠，中心区朝九晚五的白领们，以及广告公司永远在加班的平面设计师；他们无一例外地证明：勤奋为贫穷之母。他们穷其一生地辛勤劳作，到头来不过是为了享受总数不超过一个月的懒惰。"

"那，那些懒惰的人呢？"

"政治家、大老板、艺术家、公务员、乞丐、流氓、纨绔子弟、花花公子，这些天天无所事事、到处东游西逛的人才是社会的栋梁、时代的骄子。公众最佩服最崇拜的就是这些人，历史、书籍、影视一再描述、演绎的也是这些人。可以说，世界属于那些懒惰的纨绔子弟，四体不勤的花花公子将统治世界。"

"你这是变着法儿、拐着弯儿为自己唱赞歌吧，大艺术家？"

"我认为，发现自己的优点是人生严肃的第一步，我以前太随便了。人生于世，衣着可以随便，但态度必须严肃。"

"那你就是怎么做的呢，大艺术家？"

"我首先丢掉领带，甩掉衬衣，换上T恤，把人生的形式尽量搞得轻松无拘；有时为了达到更好的效果，我甚至连衣服也不穿，比如此刻。"

"这都是从哪里听来的歪理邪说？小心警察把你当成邪教抓起来。好了，不听你胡扯了，我们下去游会儿泳吧。"

"你先下去，我一会儿就来。"

他看着她破浪游去，激起阵阵白光。周围的景物彼此呼应，在一个液体的、暂时的世界里相互纠缠；这些景物在他之外、人之外，组成了特殊的颜色、气味、性格。在海水中，她的形象逐渐变得暧昧不明，模棱两可；有一瞬间，他觉得她原本就是来自海底的生物——她会不会一去不回？

他转过身子，注意到沙滩上斜插着一根细细的木棍。他想到刚才他们一起翻滚时，居然没有被木棍刺伤，真是万幸。他捡起木棍，俯下身子，手臂轻轻挥动，开始在沙地上东涂涂，西划划。他选择的是一块平滑流畅的沙滩，看起来像是一块黄金的画框。他先勾勒出一个图形，挪动了一下，眼睛仍然望着地下。当他停下来时，沙滩上躺着一个用金粉一样的细沙做成金肤的女人像，既像童话里的美人鱼，又像什么也没穿、正在碧蓝的海水中轻快地畅游的美少女。

13. 我是一个鬼魂，我在讲述

为了一场梦，我必须跨越重重障碍。我说。她的身体在我的怀抱里越缩越小，像一把温暖的尘埃，在透明的泡沫里闪闪发光。

她又习惯性地颤抖。以往这个时候，她该说些什么的。但这次她只是闭上眼睛，嘴唇微微地翕动了一下，就像公园水池里的鲤鱼，或者一次器官的小型地震。

你是指那些门吗？她轻柔的嘘息弄得我左边胳膊上的皮肤很痒。

是的，就是那些门。

每晚来到这里，我都要穿过三重门。我本来不需要走这些门，我完全可以从窗户、水管等渠道进入，但是，我必须保持我的绅士风度。有门的时候，就要由门进出，这正是风度的一部分。

第一重门是楼栋大门。以前，我只需要把钥匙插入锁眼，往左一拧，门就开了。接着，再走到电梯间，按一下十二楼，不到一分钟，就到了第二重门。这道保险门的绿漆已经局部脱落，造成一种时间久远的斑驳。直到打开第三重木门，才算进入到这个熟悉的空间。这时候，我走起路来更加步履轻盈，硬朗有力。如果她已经提前回来，就会听到我的脚步声。不过，我总是比她先到。

我们互相凝视着的时候，突然明白了我生前的种种障碍，就像这些门，一道一道的门就是一道一道的障碍，它们威胁着我对你的注意。只有在我一直凝望你的时候，我才体验到，这些障碍一个接一个地消失了，最后只剩下了你。而此刻，一切都是透明的。

我把手放在她的肩头，轻轻地捏了几下。我手上的温度远远高过她的肌肤。

我再为你画一幅肖像吧。我说。

好的。要不要我把衣服脱掉？还是——由你来？

可是，你已经感冒了。

14. 眼镜所看到的，总是大于眼睛所看到的

5月7日　晴

我说过，戴在主人脸上让我备感骄傲。以前，有不少人以轻蔑的口气说他是纨绔子弟，不务正业，这我承认，因为他干那些荒唐事时，我都看在眼里；说实话，我也曾想过干脆离开他，但是，又于心不忍。他对我真的没得说。

幸而，一切都过去了，用人类的话说，此前种种，譬如昨日死。

他坠入了爱河。那个叫林瑶佳的女孩儿漂亮、性感、优雅，是我所看到过的最有魅力的女孩儿。别说是他这种青年男子，就是我们眼镜们看到她也会魂不守舍，像被下了迷药一样。

因此，对主人隔三岔五向她送礼物献殷勤的举动，我不但理解，而且举双手赞成——当然，我并没有手可举。

5月17日　晴

他们坐在一个情侣包间里，品着咖啡，等待侍者上菜。气氛温馨极了。在所有能听到的声音中，以我自己的声音为最低。

"工作很辛苦吧？"主人说话时很想看着林瑶佳的眼睛，但是又有些不敢，结果竟造成一种羞怯、躲闪的效果出来，惹得林瑶佳似乎起了同情心。

"是呀。不辛苦哪有钱赚？"她大大方方地盯着他的眼睛，为他做出表率。

"那天，爸爸说，你可以到我们公司上班啊？"

"那怎么好？我工作经验太少，到你们公司去，还真不知道做什么好，万一做错了什么，你们是开除我呢还是不开除我呢？"

"怎么会？由我来教你怎么可能出现这种事？"

"你是集团接班人，哪有时间管一个小员工的事？"

"那可不一样，你是……我们曾经是邻居，就像亲人一样。"

"越是有这层关系，我就越是不能给你们添麻烦。你们能帮爸爸完成他的专题研究，我们已经感激不尽了。"

"对了，林叔叔准备什么时候去美国？"

"下个月三号。他很感谢庞叔叔给他打来启动资金。"

"没什么。我爸对林叔叔敬佩得很，他能帮林叔叔完成心愿，感觉比挣了一千万还高兴。"

说实话，我有点替我主人着急。他在公司开会或者会见客户时，何等健谈，何等潇洒，但在林瑶佳面前，他的表现简直像个白痴！他的表情扭扭捏捏，他的声音阴沉滞浊，他的话语没有一句精彩。我真想对他说："你以为你是你自己，其实你身子里有的是别人；优秀的庞定文匿影遁形，木讷的庞定文出乖卖丑。"照这样下去，他只会继续和林瑶佳保持"前邻居"的关系，而不可能成为她的丈夫。

我着迷于短暂的事物，却总觉得时间漫长；什么都可以改变我，我却什么都改变不了。唉。

6月8日　雨一直下

"你为什么急着见我？"

"朋友从巴黎回国，我让他帮我带回一个小礼物，送给你。"

"香奈儿？"

"Grand Extrait 系列，栀子花典藏版。"

"我从来没用过这么贵重的香水。"

"以后你每天都可以用它。"

"包装也好看。可是，一般大家不会这么做的。"

"什么？"

"换香水。这可不太符合惯例——一个女人应该忠于一种香水。"

"哪有的事？你从哪儿听来的？"

"我忘了，应该有这么一条古老的规则。"

"荒谬。要真是这样，一个女生经过多年奋斗跨入上流阶层，难道她还要继续使用几十块钱的劣质香水吗？"

"你说得有道理，也许我记错了。谢谢你的礼物。"

"不用客气。对了，明天林叔叔就要去美国了，我陪你去送他？"

"好哇，你的奔驰坐着肯定比我的马自达舒服得多。"

"那明天我给你电话。"

我明显看得出，林瑶佳对主人送她的礼物十分欢喜，那种表情，只有小女孩儿在生日晚会上收到一件漂亮裙子时才会看到。主人离他的目标已经越来越近了。应该喝杯啤酒庆贺一下。不过反观诸己，已经步入中年的我还没见识过女人的滋味哩。有时候我感到亟须同情。

6月18日　多云

"那幅《秋山高隐图》我已经给你买了，12000元呢。"

"谢谢你，定文。"

"没什么。只是，你为什么非要买这么一幅山水画？而且是个年轻画家画的，他似乎还没有多少名气；他的其他画每平尺只卖500～1000块。"

"谁说他没有名气？好多名人都为他写过画评呢？大画家方严来深圳演讲时，有记者问他：深圳谁的画最好？他说：何正予是最值得期待的。再说，不管他有名无名，只要我喜欢，你就会给我买，是吗？"

"那是当然。"

"那就不要再问了。我很喜欢这幅画的意境。当然，12000的要价有点高了，你应该杀一杀价……"

"要不杀价，那个破画家会宰我10000块呢。他说那是他目前为止最满意的一幅画，渗透了他的感情，因此他压根就没打算卖，他只是贴到网上来给大家欣赏的。"

哎，我不想骂脏话（我对"脏"字严重过敏），但是，恋爱中的男人，简直是白痴、瞎子、重度脑残，无药可救！

7月2日　晴转多云

"你跟瑶佳进展怎样啦？"

关不上的门
Guan Bu Shang De Men

“这两个月不停地在约她，请她吃饭，送她礼物，感觉关系近了不少，不过……”

“不过什么？”

“有时感到她跟我见面时挺投入，挺快乐，有时候又显得心不在焉的，好像在想别的事。”

“哦？”

“有一次我们正在丹桂轩吃饭，刚吃到一半，她起身接了个电话，回来就说公司有急事，匆匆走了。”

“奇怪。”

“我也觉得奇怪，但也问不出所以然来。”

“看来你还得继续努力啊。不过，深圳好女孩儿多的是，你为什么只看上了她？为了你的爱情，我们可是付出了不少代价。如果最后你没能娶她，那我们那几百万就真的变成做慈善事业了。当然，我们庞家浪费得起。”

“我也说不清，反正就是喜欢她。深圳好女孩儿是不少，但也许我跟她们没缘分吧，以前谈那几个，都没成。”

“嗯，她们有的家境太好了，反而难以驾驭。这也是我赞同你跟林瑶佳来往的原因，她虽然被林若望惯得不像样子，但毕业后还是很懂规矩的，而且，你妈也很喜欢她。”

“如果娶不成她，我恐怕会遗憾终身了。”

“瞧你那点出息！别忘了你是我庞家唯一的孩子，是庞氏集团的继承人，每天都有几千张嘴等着你喂食呢。我会给林若望打个电话，拿了我们的钱，总不能置身事外，他答应过我的。”

我对你一无用处，我等着你们的消息。

15. “电子邮件”的精神，在于有来有往

发件人：林瑶佳

时间：6月27日上午9:19

收件人：林若望

亲爱的老爸：

一切都好吧？

上次给你发的邮件收到了吗？我央求你的事，你考虑了吗？这个叫何正予的青年画家，真的挺不错的，功底扎实，学识渊博，而且非常勤奋，他是我的好朋友，你若有空，就帮他写一篇画评吹捧吹捧嘛，奖掖后辈，"到处逢人说项斯"，不正是您老人家留给社会的鲜明标签吗？而且你认识很多报纸、杂志的编辑，他们都翘首期待着你的稿子呢，正好换几杯咖啡钱；同时，也让女儿我在朋友面前出出风头。

附件里我发了30幅他的作品，你可以看看——看了之后，说不定你会忍不住主动为他"说项"呢。祝亲爱的老爸

吃好、睡好、一切都好！

发件人：林若望
时间：7月10日晚上23:12
收件人：林瑶佳

山高水长寄此心：浅论何正予的山水画

在美游学，半夜上网，偶读青年画家何正予山水画数十幅，不禁惊喜莫名，如袁宏道之初遇徐青藤："不觉惊跃，读复叫，叫复读"——恨无"僮仆"可以惊醒耳！

余谓自然山水者，陶冶性情，涤荡心灵，澡雪精神者也！是故，《论语》有云："知者乐水，仁者乐山"，渊明诗曰："少无适俗韵，性本爱丘山"。今人居于闹市之间，日熙熙而夜攘攘，人事往还，隔绝山水，欲寻曾点之乐、味康乐之情，其可得耶！

青年画家何正予，"80后"，北方人。莅鹏城有年，大隐于市，自携丘壑，自得其乐。观正予画作，或崇山峻岭，或林泉幽涧，或

短岸坡堤，或放舟中流，或渔樵耕读，皆潇洒秀润，洗脱凡俗，直抵空灵。又兼遣兴戏墨，涉笔成趣，而无不妙造自然，与古人若合符节。

当今画坛，潮流拍岸，新意跌出，且美之名为"创造"，为"发展"，为"自我作古"，殊非正途。盖山水画也，独立于隋唐，成熟于五代、北宋，繁盛于元明清，虽一路革新，而其体固在。故今世学画者，必先入乎古，方能有所成。老友许石林有言：对传统必迷信而盲从。若夫心怀不靖之志，造反传统，昌言创新，必堕野狐外道。宁入古而死，不拘泥创新而生，盖前死为虽死犹生，后生为生不如死。学画者，可不慎乎！

弘一大师语云："士之致远者，当先器识而后文艺。文艺当以人传，不当人以文艺传。"此说也，事关宏旨，不可不为详言之。书墨画艺，笔笔无非心胸，山水花草，在在见之襟怀，所谓"清风明月本无价，远水近山皆有情"者也。画之优劣，在乎人之高下。观正予之画，可窥其心怀一二。其画也，声情并集，隽秀高洁，萧散脱俗，则其人也，必有豪迈意气、慷慨大度、豪情干云者矣。

正予恰值青春年少，意气风发，才华似海，心雄万里，来日可期，期之必成。一路风光好，俊得江山助。乃不远万里，于异域他乡为吾同胞鼓与呼。

16. 一阵风吹过，留下了声音

没有人知道我来自哪个方向，也没有人知道我将往哪个方向吹。事实上，根本就没人注意到我的存在。每当我的属性以这种方式呈现出来时，我就感到一种痛彻肺腑的厌恶感，即使加速运行也不能终结这种厌恶。但我也有我的骄傲。我到过很多地方：热带、温带、极地、城市、荒原；我遇见过很多人：眼睛或蓝，或黑，或棕，或绿；我还邂逅过很多场景：一滴雨被太阳蒸干、花瓣像纸屑一样飘落、汽车刺耳的鸣笛惊醒了正在做梦的婴儿、麻雀们在树枝上跳跃；以及，许多许多声音。我对声音尤其敏感。

来自美国的电话

"瑶佳，爸爸不在身边，你过得还好吗？"

"很好，爸爸，你呢？"

"我总算适应了这里的饮食。刚来的时候，居然拉了三天肚子。现在生活越来越规律了：每天除了吃饭睡觉，就是搜集资料，与一些同行进行交流。"

"那收获一定不小。"

"是呀，收获非常大，尤其是跟哥伦比亚大学的一些学者交流时，受益匪浅，受益匪浅啊。这些人的眼界太开阔了，见解太新颖了，不虚此行，不虚此行啊。这些天，你是怎么过的呀？"

"还不是上班、逛街、吃饭、睡觉……"

"只有这些吗？"

"还能有哪些？"

"我不相信我又漂亮又温柔又高雅又贤惠的乖乖女儿，竟然没有优秀男士慧眼识宝……"

"我看您老这是要把我扫地出门的架势啊。要不我真给您老找几个好女婿去？"

"哟，还几个呢！你以为这是韩信将兵、多多益善呢？真要是好女婿，一个足矣。像我女儿这么优秀的女生，没有潘安之貌、子建之才、比尔·盖茨之富，恐怕是没资格追求的……"

"您老这是把自己当成皇上、把女儿当成公主了吧？看来只有皇阿玛才有资格做这种男神的老丈人。"

"其实，也不是没有合适的……"

"比如？"

"比如，你定文哥就不错。"

"他呀，他是比我两年前看见他时好多了，不过人家超级富二代，会看上我这样的吗？人家恐怕在等自己的真命公主呢——说不定已经和某皇亲国戚家的格格勾搭上了。"

"什么勾搭上啦？瞧你说得有多难听。反正，我觉得定文这孩子挺可靠的，况且你庞叔叔和王阿姨也都喜欢你……"

"喜欢我的叔叔阿姨多了，难道我都要嫁给他们做儿媳妇啊？那得把我分成几瓣啊——我又不是哈密瓜。"

"哈哈，我只是随口一说，我相信我女儿的选择，即使不比庞定文更好，也绝对不会比他更差，哈哈哈……"

"这还像话。肯定不会比他差的。"

"不过，我也得慎重提醒你，爱情是没道理的，婚姻是有道理的，两者不是一个概念；选择结婚对象，再怎么理智、算计也不为过，因为两个人一起柴米油盐几十年，绝对不是随随便便就能对付的事。不要幻想会有多么完美的婚姻，任何完美，都是等待拆除案的骗局。"

"我知道了，我会很、非常、相当、极其、十分、万分、万万分理智和小心的，你就把心放到肚子里，好好在那里做学问吧，老爸；等您回国的时候，我还要当世界级大学者的女儿呢。"

"福尔摩斯"的骄傲

"我的朋友张起向我推荐了你，说你是深圳的福尔摩斯，是这个城市最好的私家侦探。"

"那是张老板抬举。不过，我对客户向来有求必应，多数时候会超额完成任务。张老板能顺利离婚，分文不花，不是我自夸，我确实在其中尽了一份力。"

"这是我女朋友的照片和相关信息，我想让你帮我调查一下，她平时在和什么样的人来往，都做了些什么。"

"这事比较简单。如果运气好，三五天就可以给您结果。"

"我倒希望运气不好，什么结果都得不到。"

"哈哈，庞老板真会开玩笑。你既然出了大价钱，当然是想要点什么结果的。"

"这里是 5000 元定金。剩下的 10000 块，会在任务完成后一次性给你。"

"好，好，如果没别的事，我就不打扰庞老板了，再见。"

办公室的悄悄话

"我已经请林若望给瑶佳打了电话，让他做做女儿的思想工作……"

"没用的。"

"哦？你是说，林若望不会尽力？哼，别忘了，我和他是有约定的，他若反悔，我随时可以让他的事业变成事故！"

"我不是说他。"

"那你是说林瑶佳？难道，你努力了大半年，竟然一点效果都没有？唉，我的傻儿子，不是我说你……当年我追你妈妈，一个月就……"

"我哪能跟爸爸比？爸爸在我这个年纪，已经成为公司的大股东之一了。其实，问题不在于林若望，也不在于我，而在于，林瑶佳已经有男朋友了。"

"已经有男朋友啦？你怎么知道？"

"这是我请的私家侦探帮我调查的结果。我真想不到，我会败在一个穷画家手下，他有时候连肚子都填不饱呢。论家世，论谈吐，论相貌，论生活品位，他哪里比得上我？可是瑶佳居然……"

"这瑶佳简直就是胡闹！"

"瑶佳经常去他的出租屋和他相会，有时也带他回自己家……"

"岂有此理！"

"更可恨的是，瑶佳居然叫我买他的画送她……"

"岂有此理！岂有此理！这简直是侮辱！"

"宰我点钱也没什么，可是居然用我的钱去周济那个穷鬼……"

"容我想想，也许得给这小子点惩罚，让他知道，享用了自己不该享用的东西，必须付出代价……"

"爸爸的意思是——弄死他？"

"弄死他？那倒不必。让他吃点苦头就行了。记住，我们庞家在深圳有头有脸，我们做的是完全合法的买卖，不能随便打打杀杀的。如果你想拥有雄狮般的生活，就必须披上狐狸的外衣。明白吗？"

"嗯，明白了。那瑶佳……"

"我在想，如果那个穷画家成了残废，瑶佳是否还会对他死心塌地？那个时候，她还有别的选择吗？不过，这样的女人，根本不配嫁你，也不配当我们庞家的媳妇。"

17. 我是一个鬼魂，我在交谈

忘记以前所有的事，就等于不曾活过，不曾爱过。我说。我重新握住她想象的手，和她一起看我的作品——她的画像。飘然而垂的长发，柔和圆润的肩膀，起伏有致的胸腹，精巧得有点不真实的脚。

你画的不穿衣服的画像，比穿衣服的更好看。她的声音里充满了俏皮。

因为天气太冷了。我不怕冷，但我不能让你感冒了。

她抿了抿嘴唇，伸出一只手把歪斜的衣服拉好。一些影影绰绰、仿佛长毛绒玩具似的影子在房间里晃动，随着时间的流逝越发密集。

你还记得吗？我第一次来找你时，你惊慌失措的样子？

我记得我告诉过你的，你要我再说一遍吗？最好不要说了吧。

说吧，有些重复是甜蜜的。

你死了，我感觉这个房间就像一口棺材……

棺材？上次你没这么说？

是吗？那是我疏忽了。每天晚上关了灯，我就感觉四周的黑暗慢慢变得具体起来，有了形状，有了平滑的表面，而且密不透风。在我想象中，棺材就是这个样子。我觉得胸腔憋闷得厉害，呼吸也很困难，直到泪水打湿了枕头。我大声叫起来。我想，只要我的叫声足够有力，就会有人听见，来救我出去。但是，没有人听见，什么动静都没有，世界仿佛死了。我想站起来，但浑身瘫软，一点劲儿也使不出来。这时我听到一个声音轻轻地从棺材外面传来：你以为是你独自一人吗？你想不到我也在这里吗？我想弄清楚到底是谁在说话；可是四周实在太黑了，我什么都看不见。但是，从那声音里，我断定说话的人脸上一定带着笑意。

你难道就没想到那就是我吗？

我首先想到的就是你，但你的声音变化太大了，我一时不敢肯定。但我已猜到是你了，除了你，没有别人。

这是没办法的事，人有人声，鬼有鬼声，所有的时间与空间都是固定不变的配比，声音也一样。幸亏我的外表变化不大。

即使外表变了，我相信我也能认出你来，因为你的气味没变。

我忍不住笑起来。我过于低微的声音只有我一个人听见。那是从我体内发出的声音，是我新发明的存在方式。而当我默不作声的时候，我的存在感会得到进一步加强。

18. 以"不可儿戏"的态度，面对这个世界

在我的创造者死后，有两件事让他耿耿于怀。一是他的名字里，"奥斯卡"三个音节响亮的字，他视之为妇女的专利，但竟被美国人用作一项电影奖项；二是相貌丑陋的丘吉尔在接受新闻采访时被问到来生最愿意与谁倾心长谈，他毫不迟疑地回答："奥斯卡·王尔德"。事实上，我的主人从来不喜欢被庸俗的人和事沾惹上身，那就像读一本盗版的卡萨诺瓦一样让人扫兴。有人会认为，盗版书有盗版书的乐趣；但在这里我不想争论——争论总是俗不可耐，而且常常令人信服。

我还没有年轻到什么都懂的地步。我的意思是，有时候我所看到、听到的一切，必须用我仅存的一点虚荣心才能消化。在我的主人死后一百多年里，他的作品依然在不同的地点、以不同形式上演。伦敦、巴黎、慕尼黑。百老汇继续需要他。北京的高端剧院每年都有他的节目。甚至深圳，甚至一对恋人，甚至在他们居住的出租房里，他的戏也在有趣地排练着。我还从来没见过我的兄弟姐妹被如此简陋地对待，但这次轮到我了。我敢肯定，主人对此一定会颔首微笑：他喜欢那个来自台湾的大诗人余光中把我翻译成《不可儿戏》，更喜欢这对恋人对他的孩子任意装扮，造成一种"话里有话，戏中有戏"的效果。他对莎士比亚在《哈姆雷特》里的类似处理充满了钦佩——一个二分之一的爷们儿对据说是纯爷们儿的钦佩。

一间有深圳特色的出租屋：大概20多平方米，有一张床、一张书桌、一把

椅子、一条淡绿色的窗帘；墙壁抹了一层白灰，看着很光洁。这间屋子既是卧室、书房，又是客厅、餐厅，此刻还兼做舞台。靠里一扇门通向厨房和厕所。

何正予　林小姐，今天天气真好。

林瑶佳　何先生，求求你别跟我谈天气。每逢有人跟我谈天气，我都可以断定，他们是别有用心。于是我就好紧张。

何正予　我是别有用心。

林瑶佳　果然我料中了。说真的，我向来料事如神。

何正予　林太太刚刚离开，请容许我利用这时机……

林瑶佳　我正要劝你如此。我妈妈老爱突然闯进人家房里来，逼得我时常讲她。

何正予　（紧张地）林小姐，自从我见你以后，我对你的爱慕，超过了……自从我见你以后……见过的一切女孩子。

林瑶佳　是啊，这一点我很清楚。我还时常希望，至少当着众人的面，你会表示得更加露骨。你对我，一直有一股不能抵抗的魅力。甚至早在遇见你之前，我对你也绝非无动于衷。（正予愕然望着她）何先生，我希望你也知道，我们是生活在一个理想的时代。这件事，高级的月刊上经常提起，据说已经传到央视的讲坛上了；而我的理想呢，一直是要去爱一个名叫何正予的人。何正予这名字，一身正气，让人爱得舒心、嫁得放心。

何正予　你真的爱我吗，林小姐？

林瑶佳　爱得发狂！

何正予　达令！你不知道这句话令我多开心。

林瑶佳　我无条件相信你的话！

何正予　万一我的名字不叫正予，你不会当真就不爱我了吧？

林瑶佳　可是你的名字是正予呀。

何正予　是呀，我知道。可是万一不是正予呢？难道你因此就不能再爱我了吗？

林瑶佳 （圆滑地）啊！这显然是一个玄学的问题，而且像大半的玄学问题一样，和我们所了解的现实生活的真相，根本不相干。

何正予 达令，我个人，老实说，并不怎么喜欢何正予这个名字……我觉得这名字根本不配我。

林瑶佳 这名字对你是天造地设，神妙无比，本身有一种韵味，动人心弦。

何正予 哪，林小姐，坦白地说，我觉得还有不少更好的名字，例如……

林瑶佳 不，别的名字就算有一点韵味，也有限得很。说真的，就像那些电影明星的名字，没有一点刺激，也不动人心弦……只有正予这名字才真的保险。

何正予 林小姐，我必须受洗——我是说，我们必须立刻结婚。不能再耽误了。

林瑶佳 结婚，何先生？

何正予 （愕然）是啊……当然了。你知道我爱你，林小姐，你也使我相信，你对我并非完全无情。

林瑶佳 我崇拜你，可是你还没有向我求婚呢，根本还没有谈到婚嫁呢。这话题碰都没碰过。

何正予 那么……现在我可以向你求婚了吗？

林瑶佳 我认为现在正是良机。而且免得你会失望，我想天公地道应该事先坦坦白白地告诉你，我是下定了决心要——嫁你。

何正予 瑶佳！

林瑶佳 是呀，何先生，你又怎么说呢？

何正予 你知道我会怎么说。

林瑶佳 对，可是你没说。

何正予 林瑶佳小姐，你愿意嫁给我吗？（跪下）

林瑶佳 我当然愿意，达令。看你，折腾了这么久！只怕你求婚的经验很有限。

何正予 我的宝贝，世界之大，除你之外我没有爱过别人。

林瑶佳　　对呀，可是男人求婚，往往是为了练习。我知道我哥哥就是这样，我所有的女朋友都这么告诉我的。你的眼睛亮得好奇妙啊，正予！真是好亮，好亮啊。希望你永远像这样望着我，尤其是当着别人的面。

何正予　　我答应你，你妈不在的时候，我就这样盯着你看。

林瑶佳　　哎呀，在进行求婚这种浪漫无比的行为时，请不要提"妈"这样的字眼。这是一种很俗气的思想。

何正予　　俗气吗？可是我觉得偶尔俗气一下，是对雅气的调剂。当代中国人的毛病在于雅得过头了。

林瑶佳　　我同意你的观点。那你说说看，我的毛病是俗气呢还是雅气呢？

何正予　　你表面上很俗气，骨子里很雅气。你的装扮表明了这些。你全身的行头都是名牌：你穿着一件范思哲的裙子，戴着一件蒂芙尼的项链，身上洒着香奈儿的香水，你的挎包是LV的，你的钱包是普拉达的，我一直不太明白，这些东西你是从哪里弄来的？它们不可能是假的。难道你学会了变戏法？

林瑶佳　　哦，这是一个朋友送我的。我天生不会拒绝人，所以就收下了。不过，我只穿给我喜欢的人看。

何正予　　哦？

林瑶佳　　我要让爱我的人看到我最光鲜、最漂亮的一面，至于其他人，他们只能看到我平凡、朴素的一面。

何正予　　可是，如果你爱的人只想看到你平凡、朴素的一面呢？

林瑶佳　　他这样想吗？他真的这样想吗？

何正予　　他真的这样想。

林瑶佳　　那我立刻把这些玩意统统甩掉：这个包，这双鞋子、袜子（脱衣服），这条裙子，这个……这个……

何正予　　（看着她的裸体）现在我不得不相信：越是美的，越是朴素的；反过来也一样。

19. 玫瑰色台布，并不总能遭遇玫瑰色故事

那块安安静静地铺在桌面上的台布就是我的家。作为一种浪漫的颜色，我已经习惯了收集浪漫的故事。在我的前三本日记里，用工工整整的小楷记录着初恋、热恋、黄昏恋、结婚纪念、甚至婚后出轨的幸福事迹。我想，如果哪天我投胎为人，那我一定是个出色的爱情作家——生而为男则为金庸、徐志摩，生而为女则为琼瑶、张小娴。不过，迄今为止，我还是只能先在我的笔记本上写写涂涂，稍稍慰藉我那浓得化不开的笔墨襟怀。

今晚这一对，是我遇到的最奇怪的一对。尤其是那位女士，面对一个相貌堂堂、谈吐优雅的富家公子，居然表现得相当冷漠。要知道，要是一般女孩遇到这样的追求对象，早就被幸福的洪流淹没了。有好几个女孩，当晚就和男方发生了激烈的身体接触，让他们心满意足。可是这位——

他们已经坐下好一会儿。侍者早已把咖啡、糕点端了上来。浅黄色的灯光照在我身上，使我的颜色变得暗淡了些。邻近的座位上一个人都没有。关于气氛，我和我的伴们只能做到这种地步了。

她放下手机，准备端起咖啡，这时心事重重的男士突然睁大一双火热的眼睛，用一种既冲动又诚恳的语调说道："瑶佳，我想问你一句话。"

那个叫瑶佳的女人缩回正准备端咖啡的手，淡淡地回应道："什么话？"

他直直地瞅着她，她的冷淡令她散发出一种骄傲的光芒，这种光芒如此真实，甚至传递到了他身上。他微微颤抖地说道："你为什么总是对我不冷不热的？你知道，我很喜欢你，为了你，我情愿做任何事。可是，你为什么总是对我不冷不热的？你并不拒绝我约你，却连手都不让我碰一下，你到底怎么考虑的？是不是我做得不够好？"

他一口气说了出来，脸上的羞怯慢慢地转变成了激动。瑶佳怔了一下，我以为她的嘴角会水到渠成地翘起一痕轻蔑，但她一怔之后，很快就恢复了平静，她甚至送给他一个货真价实、童叟无欺的微笑——不能不说，她的微笑很迷人：两颊以恰到好处的幅度轻轻地一收，嘴唇弯成两瓣粘在一起的红月亮，再加上即将发出的清脆悦耳的声音——我差点忘记了："定文哥，我知道你对

我好，包括庞叔叔、王阿姨，你们全家都对我很好，而且还资助我爸搞研究，我心里难道不明白这是你们在帮他，又让他觉得……说真的，我对你们很感激，也一直把你们视作亲人……"

"视作亲人？这可不是我想要的。如果非要做亲人，我只想做你户口本或结婚证上那个人。瑶佳，你喜欢唱歌，我也喜欢，你喜欢拿铁，我也是，你喜欢读书，我也在培养读书的兴趣；更关键的，我有能力给你你想要的生活。难道，你就不曾喜欢过我，哪怕一丝一毫？"定文举起右手，五指并起，中间留出一个圆圆的小口，仿佛这就他所说的"一丝一毫"。

瑶佳略作沉思，道："其实，被你这么优秀的男士喜欢，我感到很骄傲，可是，爱情毕竟是双方的事，不是甲喜欢乙或者你喜欢我就能……就像两条平行线吧，无论它们并肩走了多久、多远，始终无法交叉。"

"难道我一点机会都没有吗？难道我只能和你做平行线吗？"

"我没有这么说。以后的事，谁说得准呢？"

"那你愿不愿意给我机会，继续想你，继续见你？"

"你这又何苦呢？我无权反对你想我约我看我陪我吃饭送我礼物，但我不忍心你为我浪费时间，你是庞氏集团的继承人，你还有很多重要的事要做，我只是一个普通的女孩子，真的不值得你这样。爱情总得讲个般配不般配，燕子是燕子，狼是狼……"

"如果你说句话，我随时可以变成燕子。"

"我知道你可以，但是可以和应该是完全不同的概念。"

"你注定要折磨我一辈子！"

"你把我吓到了。"她终于端起了咖啡。"你真的很痛苦吗？"

"如假包换。而且每时每刻都很痛苦。"

"哪里痛苦？"

"里面。我不知道该怎么说。这里，还有这里。"他指着自己的胸口，脸上的表情也配合地呈现一种苦大仇深的样子。他边说话边观察她的眼睛，试图从中看到她的真正心思。他在瑶佳身上发现了一种精神，这种精神随时准备不顾一切，冲向目的地——她可以不顾感情，不顾现实情况，甚至不顾女性所应有的矜持，其根本原因就是为了保持这种精神的完整性和纯粹性。

他们又重新陷入了沉思。这实在是一件很尴尬的事情。但是忽然之间，林瑶佳恢复了平静。她觉得自己已经寻摸到一种方式，可以在目前的生活里畅饮罪恶之美。"也许这是最好的结果：一个男人供我物质，一个男人给我激情。"她决定放弃一向的自己，不再清高，不再毫无来由地骄傲。她开始向现在的自己掩饰过去的自己：从童年起，她就是一颗孤独的心，在纷纭的世界上跳动。她默默地向那个抽象的存在祈求原谅，然后，她又代替存在原谅了自己的一切。没人能进入别人的内心；他当然不知道她在想什么。作为一个飞黄腾达的雄性动物，他很少这么无助而脆弱，就像一滴水珠，在荷叶上滚来滚去，不由自主。他已经看清了，瑶佳不可能接受他。从一开始她就占据着主动，操纵着他。她会这样做到底的。

哎，真是个庸俗的故事——我实在不愿写下去了，我的笔记本还剩下 4 页，我得格外珍惜。

20. "如果"：连词，表示假设；与水果无关

"如果该是什么样的果子呢？该是淡青色的晶莹多汁的果子，像荔枝而又没有核，甜里面带着点酸。"在张爱玲眼里，我差一点变成了水果，好在她并没有给我一个确切无疑的命名，否则我真要变成荔枝、龙眼、火龙果之类的玩意了。可是我并不想当一种具体的东西。在为数不多的几种身份里，唯一令我感觉到满意的，就是"连词"，这让我想到金庸的《连城诀》（这部小说写得真残酷）、想到"价值连城"的成语，以及"连接你我他"之类充满正能量的行为。当然，如果我在有关爱情的场合出现，则常常伴随着无奈、忧伤以及痛苦。比如张爱玲的后辈本家张靓颖在那首流行甚广的歌里这样唱道：

> 如果这不是结局　如果我还爱你
> 如果我愿相信　你就是唯一
> 如果你听到这里　如果你依然放弃
> 那这就是爱情　我难以抗拒

如果这就是爱情　本来就不公平
你不需要讲理　我可以离去
如果我成全了你　如果我能祝福你
那不是我看清　是我证明　我爱你

　　灯火辉煌的城市背景、不远处主干道上汽车驶过的声音、像一条火龙一样蜿蜒在海面上的深圳湾大桥、略带腥臭气息的海风，以及在身边散步或搂搂抱抱的年轻男女——这一切他们都视之不见、充耳不闻。他们在讨论"如果"的事。

　　林瑶佳以半是认真、半玩笑的口气问："如果我要嫁给你，你将给我怎样的生活呢？"
　　何正予几乎不假思索地回答道："我准备振作起来，多卖些画，等攒点钱，我就带你周游世界去，一路上画画卖钱，补贴生活，如此循环不已，从三十到五十，也许我已名扬天下，身家千万，生活事业两不误，爱情梦想双丰收，人生快事，不过如此。"
　　瑶佳笑笑，说："很浪漫，很美好，听起来很不错。"
　　他仿佛有点抱歉似的说道："你真的相信啊？"
　　"为什么不相信呢？你说什么我都相信，恋爱中的女人，你就是跟她说你在月球的背面有一套别墅，或者狐狸的祖先是蒲公英，她也会相信的。"

　　"如果"按：这是谁说的？人生就是一件蠢事追着另一件蠢事而来，而爱情则是两个蠢东西追来追去。信然，信然！

　　"其实那只是我的梦想，我都不知道能不能实现。"
　　"我很高兴，我是你梦想的组成部分。"
　　"何止是组成部分，应该是最重要的组成部分，是核心部分，是意义生成的所在……"
　　"那请你告诉我，在你心目中，爱情比其他一切都重要，包括画画、名利，甚至婚姻？"她迫切地看着他，眼睛里的光芒一点一点的加强了。

短暂的沉默。"伟人说，任何不以结婚为目的的恋爱都是耍流氓。"

"我不是跟你开玩笑，我是在认真地跟你探讨问题。请给我一个明确的回答。"

"你今天有点奇怪，为什么会突然问起这个来？"

"我只是想知道，我在你心目中到底处于什么位置，你快告诉我呀。"

正予举起右手，摆出发誓的样子，郑重地说："我想永远和你在一起。"

"不拘什么形式？什么名义？"

"可以这么理解吧。"

"如果有一天我嫁给了别人呢？"她极力做出这确实是玩笑话的语气。

他似乎放松了不少："那我就去弘法寺当和尚去。"

"别臭美了，你以为你是贾宝玉？"

"你是林妹妹，我当然是宝哥哥。"

"你怎么现在才想起叫我林妹妹呢？"

"如果妹妹喜欢，我以后多叫就是，一天叫一千次、一万次，把以前亏的都补回来。"

"如果"按：女人代表着物质战胜了理智，正如男人代表着理智战胜了道德；而幽默则让物质和理智发生了严重的车祸，嘭的一声，车毁人亡——也许我过于敏感了。

他们忽然陷入了沉默，于是重新注意到大海、树林、夹着腥气和热气的风、远方氤氲成一片橘黄的灯光，注意到旁边过往的人群，注意身后两个女人的闲谈。何正予把那两个女人的声音和瑶佳做了个对比，他觉得瑶佳的嗓音似乎有点滞浊，他吃了一惊，以前居然没有注意到这个事实。

他有意刺激她一下，于是说道："你这样的穿着，这样的气质，感觉我们站在一起，就像一个乞丐在向公主乞讨一样。如果此刻我们拍一张结婚照，那会是怎样一种滑稽的画面！"

在他开口时，她已经准备好了笑容，等他说到"感觉"二字时，她已经决

定要还他以颜色了；她不能纵容他在一些涉嫌伤害他们关系的行为上迈出第一步："你这话是什么意思？请说明白些。"

"能有什么意思？我一无名，二无钱，三无貌，四无才，更没本事送你贵重礼物，把你打扮得漂漂亮亮的……"

她嗔怪地笑了起来："我还以为什么事呢！我不是跟你说过吗？你什么都没有，只要爱我就够了，只要能哄我开心就够了。至于那些礼物，那是我们以前一个邻居送的；既然他愿意送，我当然愿意收……"

"送你这么多贵重礼物，这到底是什么样的邻居啊？"

"有钱的邻居呗。"

"你有没有想过，每天见到你，你穿的、戴的、抹的、喷的，都是别人送你的，我心里做何感想？"他原本充满讽刺的语气一变而为激动、伤感、愤怒。

她笑得更厉害了："你真是小孩子脾气！这又有什么关系？我用别人送我的东西打扮得漂漂亮亮的给你看，你都赚死了，还生哪门子气呢？"

他低头想了一下，好像被她说服了，再加上她伸出嫩凉的手指在他脸上摩挲，他感到心里正面、欢愉的情绪逐渐占了上风，于是对她报之微弱的一笑："也许你说的有道理，我其实一直在做一桩无本万利的生意。"

他把她拉到怀里，左手握着她的右手，忽然想起自己手心里尽是汗水，一时颇感紧张，既不想松开，也不愿继续握着；但最终他还是决定松开为妙，免得她觉得不舒服。就在他放手的一刹那，却被她滑嫩的手指灵巧地一翻，紧紧地抓住了他的手。他们两只手的角色发生了转变。他搂她的右臂加大了力度，算是对她的回应。他为自己的反应敏捷暗暗自喜。

"如果"按：所有的女人命中注定都要有三个男人——一个负责把她生下来，她管他叫爸爸；一个负责给她钱花，她管他叫丈夫；还有一个负责把她哄得晕头转向，像喝多了蜂蜜酒，她管他叫情人。有时候，一个女人还没结婚，已经同时拥有了三个男人。这种女人一定得到了上天的眷顾。

21. 我是一个鬼魂，我在经历

我唯一的变化只是：以前你可以在镜子里看到我，但现在不能了。不过，这并不重要。

她翻了个身，面向我。我在你的梦里发现了青草、月亮和彩虹，而且，这一切都是同时存在的。我的声音低沉而清晰。她用眼皮的眨动进行了回应。

窗外，南风簌簌地吹来，不久便停息了。

她的呼吸发出了确切无疑的句子：有时候，我必须在梦里清醒着，因为我想在一匹马经过时看到你。我害怕更多的变动。即使一朵云离开了原来的位置，也会让我无限伤感。

有些变动给我们带来了更多好处，比如一次必然的死亡。对你那个追求者，我充满了感恩。

我在想，杨贵妃在衰老以前死去，是一种多么宏大的幸福；就像我们，在热恋的时候死去，或者其中的一个死去，我们就永远互相拥有对方的美好，我们甚至还没来得及吵一次架，闹一次分手……

如果真的那样，我们就跟普通恋爱者没什么区别了。我已经习惯了这一切：我们正在经历的，都是美好。

22. 做惯了《英汉大词典》，也就习惯了寂寞

尽管我的脑子里储藏着 22 万词条，尽管我一直保持着庄重、踏实、趣味、实用的个性，尽管被誉为"无声的老师"、"无墙的大学"，可是，在庞定文的眼里，我现在只是一本毫无用处的词典。五年来，我已经习惯了在这个书架上坐卧、观察、思想、记录；偶尔，我也会跟我的邻居吉姆·柯林斯、沃伦·巴菲特、罗伯特·清崎、毛泽东、曾国藩聊聊天，前几位还行，他们的语言我都能听懂，包括他们故作惊人的经济、管理术语；后两位的湖南官话听得我简直如坠五里雾中。串门太多，聊得太多，大家彼此也厌倦；而且对于我的博学多闻，他们已经毫不掩饰地表现出嫉妒——有时候还鄙视，这种现象只有请弗洛

关不上的门
Guan Bu Shang De Men

伊德们解答了。现在，我只是冥想、观察、记录。我已经彻底忘记了出发时的使命，也懒得去规划遥远的未来。

庞定文为他目前拥有的一切感到骄傲：父亲事业成功，母亲慈爱宽忍，自己年纪轻轻就开始学着驾驶上十亿资产的集团公司，有思想，有见识，谈吐优雅，待人礼貌，被公众追捧为富二代的正面典型。某种意义上，他完全可以把这座城当作自己的，他拥这座城市，拥有深南大道、华侨城、万象城、莲花山、大梅沙和小梅沙，他可以使用这里的一切。如果非要在鸡蛋里挑骨头，无法赢得林瑶佳的芳心可以算是个比较大的遗憾。可是，林瑶佳此刻不正和他"同居一室"吗？想到这里，他觉得自己的嘴角开始漾起了笑意。他决定不必控制它，于是微笑很快变得肆无忌惮。

他还记得两年前夏天的一个周六，他在大梅沙和一个长得很妖冶、穿得很性感的女生搭讪，不想居然一拍即合。晚上，他们一起来到他的海边别墅。他们聊天，喝酒，又唱又跳，晚上，他们醉醺醺地开始做爱；这场激烈、放肆的体力劳动断断续续地进行到第二天中午。他们并不追求是否真有爱情，也不考虑这样做会不会改变彼此的生活，而纯粹是为了追求享乐，不存在任何障碍，不存在任何承诺，只有新一代年轻人才会如此行事。

他带领瑶佳走马观花地参观了别墅区。这个别墅区建在山坡上，以一个个相互累加的"田"字构成，各种户型均在"田"字中产生；建筑以白色和灰色为主色调，在视觉上给人以亲切感；礁石区建有一条木栈道，贯通社区几条主干道。每栋别墅的墙体部分，都采用了不少落地玻璃，最大限度收揽海景。沙滩上，点缀着一些雕塑小品，还摆放着一排遮阳伞和休闲椅。

他们在沙滩上漫步，目极海天一色，耳闻浪花轻拂，夕阳西下，暮色开始侵入这座漂亮的别墅小区，侵入它方方正正的直线条建筑。热气已褪，晚风渐凉，说不尽的宁静和谐、旖旎动人。

瑶佳笑道："这些房子看上去，好像是些纸盒子，一个摞在一个的上面。"透过微茫的光线，她指着那些层层叠叠的房子；此时此刻，连一扇亮灯的窗户都没有。

定文道："据说建筑师的设计理念就是要建造些'盒子'，不过，不是纸盒子，是玻璃盒子，玻璃—BOX。"

"原来建筑设计业没像我们想象的那样高深莫测呀。"

"你看到那些外立面了吗？有大面积的白色，再加上落地玻璃，整个看起来像不像玻璃盒子？"

"的确像。有钱真好；有钱人的生活，真是难以想象。怪不得社会上那么多仇富的人，来这里走几分钟，我都忍不住要仇富了。"

往回走时，定文走在瑶佳的后面，终于可以肆无忌惮地把她看个够。今天她穿得既简单又朴素，短裤、凉鞋和一件米白色 T 恤，头发披在背上，肩上挎着一个包，就是他两个月前送她的。她真的是一个高雅的女人：色彩和情调的搭配恰到好处，化妆也颇为讲究。她的胸罩带子在背上留下一道清晰的痕迹；大腿光洁细腻，上面有几道像是凝血结成的小虚线，每当她跨上一级台阶，她浑圆的臀部就跟着抖动一下，显得弹性十足，想必手感……定文赶紧强行制止自己的胡思乱想。他感到脸上泛起一阵热流，像覆着一条热毛巾一样舒服——他本不想用"舒服"这个词的，是这个词自己冒出来的。

"保姆请假回家了。这里没什么好吃的，只有我们带来的寿司。"

"是被你赶走了吧？"

"什么？"

"保姆啊。她真的请假了吗？"

她嘿嘿一笑，让他不好意思承认，也不好意思否认，只好报之一笑。他有点怨恨自己在她面前总是显得那么笨拙。难道这才是真实的自己？

在自己的崇拜者面前，瑶佳不卑不亢，落落大方。定文为她冲了一杯速溶咖啡。她捧在手里，慢慢地品味。她充满笑意地看着他。她当然知道她的笑对这个男人的杀伤力。

两份寿司很快就吃完了。他打开冰箱看了看，说："还有两瓶红酒。要不要开了它？"

她忽然来了兴致："好，开吧。今晚的主要任务是喝酒。我们把这些酒喝完，一滴不剩！"带着一种毫不装假的放诞。

"好，我们喝酒，不醉不休。"他被她的情绪感染了，啪的拍了一下手。声音太大了，吓了自己一跳。

他们碰杯，喝酒，说乱七八糟的话，用眼神挑逗对方。有时候她会发出几

声短促而沙哑的笑声，空洞而缺乏意义，仿佛情绪失控或癔病发作。他也跟着干笑。淡黄的灯光下，他发现她的嘴唇上有一种闪闪发光的东西，衬得她仿佛一尊白衣飘拂的古典仙女雕像。

"美酒加咖啡，我只要喝一杯，想起了过去，又喝了第二杯……"

她为他嘶哑的声音和不断的跑调而失声大笑起来。他看到自己的表演起了作用，脸上露出得意之色。

"我去放音乐，我们跳舞！"他激动地说。

他们各自端着一只酒杯，赤着脚胡乱地跳着。他们丝毫不理会节拍，陶醉在身体的摩擦里，浮沉于忘我的情绪里。酒洒在地上，他就停下来添上。

"是谁说的：人生匆匆，我在这里，你在这里，我们共舞。"她喃喃地说，"我们一辈子跳舞，我们是那类人，跳舞的人。"

后来，她的 T 恤滑向左肩，露出脖颈与肩膀之间一片雪白的肌肤，她也懒得去管。他稍显粗野地把她揽在怀里，拉着她穿越音乐之墙。她也无法自抑而又茫然无措地跟着他向前走。偌大的客厅，仿佛专门为今晚的激情而建造：它重视空间的绝对宽绰，重视视觉在每一个角度上的对视与平衡，以及每一个能与心灵对话的点、线、面。他们跳累了，转而陶醉于自身的欢愉。她呻吟着，扭动着，用手指狠狠地抠进他的脊背。两只酒杯一前一后掉在地上，碎了。

他接收到确切无疑的信号：她同意了！他命令自己身体内的狮子从速醒来。他攒足力气，把她扛在肩上，小心翼翼地避开碎玻璃，摇摇晃晃地走进卧室，随手开了灯。那张铺着浅蓝色床单的圆形大床似乎已经做好了一切准备。

他费了一番周折，才把她的上半身全部呈现在眼前。她躺在床上，侧着头，胸部高高地耸起，像两座雪白的坟墓。他甩掉自己的上衣，口干舌燥地俯身上去，颤抖的双手兵分两路，齐头并进，以同样的力道做着方向相反、形状一致的动作；同时他的嘴唇也在它的同类那里找到了归宿；他那两片厚实的、柔软的暗红色肉瓣，带着极大的虔敬，轻轻一吮，碰到了她洁白的牙齿，并且分享了她唾液的香味。他大胆地把整个身子压了上去。

她不动声色地接纳了他的重力。开始的时候，他的手指在她的胸部温柔地揉搓，接着，战场转移至脖子和耳根，但刚一离开，手指就开始思念起乳房的柔软质地，于是他只好重新满足它们的要求。在他们坚实有力的相互摩擦中，他的短裤滑下了一段。显然，他已经骑虎难下。这时，仿佛火上浇油似的，她伸出手来，从太阳穴那里抓住了他的脑袋，缓慢而又不容置疑地引导着他的动作。在一小段的空白之后，他感觉到她的身体开始变得淡漠、僵硬，她的表情也跟着从兴致勃勃向惊愕、失望过渡。他几乎是以视死如归的心情检查了自己的工具，确信它确实仍然处于休眠状态。

瑶佳很得体地睡着了。她呼吸均匀，一动不动，平静祥和，看起来像一块透明的玻璃。

他想，夜色中，窗外的海水很可能会变成黑色。可是，他为什么这么急于放弃蓝色呢？

23. 新闻报道的价值，在于还原真相

我越来越厌世了。现在我终于明白，许多人叫嚷着要追究真相，却不知道生活在真相里才是最大的痛苦。每天醒来，眼前所见、耳边所闻、心中所想，无非真相，那就像被一片真空包围了，想死死不了，想活活不成！有一天我忽然觉得这个世界整个儿倾斜了三四十度，人必须斜着身子才能进入，这让我顿生恐惧，直想逃走。我头痛的毛病就是在那时落下的。

悲剧发生时，那个女记者不可谓不尽职。当时她正赤身裸体，气喘吁吁，在一个男人身上又抓又刨，脖子左边那个黑色的痣因为有节律的上下运动而变成一条简短的直线。她一接到电话，马上从男人身上下来，说："发生了一起交通事故，有人被撞死了，我得马上赶过去。"

第二天的《都市早报》上，一条配着两张图片的社会新闻占据了B3版约四分之一的版面——

青年画家遭遇车祸身亡，肇事者逃逸

昨天晚间，我市红砖路发生一起严重车祸，一路人被一辆飞驰的摩托车撞死，肇事司机逃逸。据悉，死者系青年画家何正予。目前事故详细原因仍在进一步调查中。

据处理事故的负责人廖警官介绍，事故发生在当晚十一点零五分左右。接到群众报案之后，警方迅速赶到现场，发现受害人已经死亡，肇事车辆早已逃之夭夭。公园门口的监控视频记录了事故过程，但因为肇事摩托车未挂牌照，司机面貌显示不清，警方无法确认肇事者的准确信息。廖警官表示，警方会将此案确定为重大案件，并成立专案组进行调查和侦破，同时通知死者家人尽快来深。警方希望肇事司机能够尽快向警方投案自首，也希望知情市民及时进行举报。

死者何正予系三年前由内地来深圳寻求发展的青年画家，曾在中心书城举办过个人画展，反响强烈，被誉为深圳画坛一颗冉冉升起的新星；著名学者林若望先生在美国看到他在作品，盛赞他"才华似海，心雄万里，来日可期"。谁也不曾想到，灾难竟如此突如其来地降临在他身上。

据悉，本次事故是自今年春节过后，我市发生的第 32 起致命交通事故。

也许这就是新闻报道里所谓的"真相"。如果这就是真相，那我们会尴尬地发现，这个世界的真相不是由杰出的大脑和一流的智慧发现的，而是由一个刚刚从男人身上走下来的女孩提供给我们的。我们就活在这样的真相里！金融、教育、城建、房地产、商业买卖、养老保险……还有多少"真相"与这篇报道一胎孪生？

其实，这次车祸只是个偶然，而何正予的死却是必然的；这倒不是说何正予早晚会活到死——不是七十岁就是八十岁，甚至九十岁，而是说，他的命运已经不在自己的掌握之中，有人决定让他死，他别无选择，除了死——不死于一次车祸，也会死于一次斗殴。

何正予有散步的习惯。他常对朋友说："生命中，散步是一种奇妙的美学。假如一个人能用散步的调子过完一生，那他就是世界上最幸福的人了。"某种意义上可以说，他就是死在自己这个习惯上了。

当晚他刚从朋友家喝完酒出来，带着七分醉意，踏上最适合散步的红砖路——这条路紧靠郊野公园，人行道上密植着樟树和芒果树，枝叶纷披，白天会撒下一地浓荫；路面铺着红砖，脚踩在上面，说不出的舒服。也许正是这种走路的愉悦，让何正予并不急于打车，而是醉眼蒙眬，蹒蹒跚跚地走着，运动鞋与路面相互撞击，发出嗒嗒嗒的声音，清脆悦耳，与偶尔驶过的汽车声彼此呼应。何正予一时心中畅快，情不自禁，嘴里含含糊糊，哼起一首流行歌曲来：

> 黄昏的时候
> 走在熟悉的路口
> 仿佛一切都已经看透
> 也许太多温柔
> 只会让我更难受
> 不知如何让你接受……

这时候，一辆摩托车从他身后驶来。没有人注意到这些可疑之处：深圳市区极少有摩托车出现；摩托车上没有牌照；骑车人戴着口罩和眼镜——路灯从枝叶间透出几道幽幽的绿光来，在镜片上折射着，更显惨淡。起初，摩托车只是缓缓地跟着他走，过了一会儿，骑车人忽然狠踩油门，摩托车发出一声巨吼，像一头钢铁铸成的野兽一样向前冲去。

> 让我一生一次一个人走
> 到底可不可以不要……

"嘭——""啪——"

何正予在飞出去的一刹那，还有时间观看。他心中并无担忧、惧怕。他只是被撞了一下。他感到四周的一切，道路、树木、山、路灯、公园的大门、远处的建筑物，都开始脱离固有的秩序，走动的走动，翻滚的翻滚。他仿佛要去往空气的尽头，并行经狂风嘶吼之处。就在这一刻，世界的某一个地方，仿佛要迎接他似的，一匹瘸腿的马在大笑中站起。

他的头被抛向马路与人行道交接处的90度棱角。他倒在地上，五官贴地，觉得又冷又痛，他使尽最后一丝力气把脸转向上面，结果这个动作只完成了一半。那辆摩托车轰鸣着消失了。这时他才有点恐惧起来，但为时已晚。一股鲜血从他头上涌出，流经变形了的脸颊，又热又凉，颜色出人意料的红，而且层次丰富。

他重新取得了身体的平衡。直到心脏停止跳动的那一刻，他都没来得及想到父母，想到爱人，更不要说想到上帝。

如果这时他还在走路，还在唱歌，那么他应该唱到这几句了：

管他爱人还是朋友
管他欢喜还是忧……

他永远没机会唱完这首歌了；而且，他也许永远搞不清楚这到底是一桩普通的车祸，还是一次蓄意的谋杀。

24. 作为"微信"，从未如此忧伤与绝望

不爱，就没有生；爱，就没有死。死亡，让爱情变得完美。
你去了，带走了整个世界；我留下了，失去了整个宇宙。
分享了一个链接：《青年画家遭遇车祸身亡，肇事者逃逸》

一间空房子，一个我，乍暖乍寒，最难将息。人通过"我"，明白了世界；我通过他，明白了自己。再多的智慧，也无法说服一颗心——只有砸扁它、撕碎它、烧毁它！

十年生死两茫茫，不思量，自难忘。千里孤坟，无处话凄凉。纵使相逢应不识，尘满面，鬓如霜。夜来幽梦忽还乡，小轩窗，正梳妆。相顾无言，惟有泪千行。料得年年肠断处，明月夜，短松冈。

有时候我羞惭万分，却不敢承认是为了什么。

阳光从海里反射到我身上，我想起你的亮光：一块透明的湖泊跌落在太平洋。

我被抛进宇宙的杯子里，畅饮着虚无：不加冰块，后味微苦。接下来的生命，必须看着钟表上的秒针才能继续——一切都拉得很长很长，像洪荒一样，像刑场一样，像没感觉的房事一样。

生命只是一场残疾，每个人都缺了一半。

"现今咱们什么也不用怕啦。过得几个月，等你身子大好了，咱俩一齐到南方去。听说岭南终年温暖如春，花开不谢，叶绿长春，咱们再也别抡剑使拳啦，种一块田，养些小鸡小鸭，在南方晒一辈子太阳，生一大群儿子女儿，你说好不好呢？"我的理想比杨过、小龙女还要低得多——可是却没机会实现了。

千言万语，不如一醉。今夜，让我喝个够。

渴望揭开幸福的伪装，渴望挣脱备受约束和令人疲倦的安全生活。为了这个目的，必须改变自己。一生至少应该经历一次个人的心灵转变。昨晚，难得睡得那么安静，那么深沉，仿佛一具尸体，一条腿伸到了被子外边。

我的血、肉、头发、眼睛、心脏，难道已经变成一座痛苦的雕像了吗？除了杀死我的肉体之外，就没有办法杀死这些痛苦了吗？

一旦走入一条弯道，你就很难再回到主道了。在支途上走得太久，支途就变成了主道。幸好一切都在失去自我。世界越来越萎顿不堪。我强烈地鄙视我这种人，但是，我不能鄙视我自己。

人真的很矛盾，真的很难去享受寂寞，谁都害怕寂寞这东西，可是，寂寞很可能就是生命的本质。

原来，有些往事，隔得太远也不敢触碰。伸出手指，还未触及，心又淌血，嫣红弥漫。

在任何情况下，自我这一概念总是问题的所在，"我"、"自我"、"我自己"究竟是指什么？一遍又一遍重复自己的名字足以让人感到和自我分离。这真是个有趣的现象。

每个人都为了至亲者伪装自己。我也不能例外。为了妈妈。如果妈妈不在了，就为了爸爸。我也愿意想象自己是一架钢琴，无论谁伸手碰触，就会咚咚

作响。可是，钢琴必须拥有它唯一的主人。钢琴师谢世了，钢琴就失去了存在的必然性。谁在饮水时还能拥有维也纳如歌的快感呢？人啊，竟会迷失在自己的想象力中，找不到出路。

世界，我输了，还是赢啦？我重新收获了一切。我能感觉到他的声音、气味、形象和温存。从此，我将把世界删减缩略成夜晚，晚上到凌晨，7点到7点。我将以生命最原始的状态存在，在爱的囚牢里安放自己，跨过了生死，告别了人间。

25. 我是一个鬼魂，我在告别

对于我来说，世界并没有秘密可言，一切都是透明的。就像这扇门，对我而言，它是关着的，却等同开着。

我只有一个敌人：光明。但是，我会躲着它。我们永远避而不见，像一枚钱币的两面。

你的比喻总是太过玄虚。她又笑起来，嘴唇微微翕动着，像电视在播放动画片时忘了打开声音。然后，她继续培养她的梦境。

只有在黑暗里，我才能感觉到温暖、安全和幸福，就像蚕睡在茧里，或者孩子睡在妈妈的子宫里。

我说，你的怀抱就是天堂；我用黑暗来寻找光明，我用死亡换来了永生，关于爱，没有比这个结果更好的了。

模糊中，我看到窗帘在晃动。窗帘上的图案糊成一片，深色变成了黑色，植物变成了动物。这很有趣：从混淆与错觉之中产生了隐喻。面对周围的环境，我又一次极其真切地感觉到自己。

她也许会梦到别人。

在黎明到来之前，我必须离开。我在她的耳边做最后一次祈祷：如果时间不能停止，那么就请像此刻一样缓缓地、温柔地流动吧；就像漫水桥上，一群蝌蚪滑过长满苔藓的石板，小小的尾巴以同样的幅度轻快地摆动，左，右，左，噗，噗，噗。

读《关不上的门》

◎ 王盛菲

初次浏览笑笑书生《关不上的门》，使我惊奇、惊喜，按捺不住有些小兴奋。当我安排出一个轻闲的午后带着"小说难道可以这样写？"的叩问一字一句通读下来，我不得不承认我被折服了——一种源自阅读本身的纯粹愉悦：陌生感，迷惑感，抑制不住的赞赏，控制不住的击节。

《关不上的门》叙述了林瑶佳与何正予以及庞定文之间的爱情故事，这本是一个很平常的故事，但在书生道来却魅力无穷。这得益于他深厚的文字功底，匠心的结构布局，敢于创新的勇气。《关不上的门》独具一格，似乎是我们文学中的一个变数，这种打破常规的探索书写让我眼前一亮，这样的小说是对读者的挑战，作者颠覆了读者对小说固定模式的期待，让小说变得无穷的可能，彰显了文字的魅力。这样的小说是社区文学赛的高度。

小说采用两条线索同时推进两部分故事情节。一条线索以一系列不同的叙事主体（笔筒、气味、蜘蛛、台灯、浮云、感觉、笑、企鹅、海鸥、眼镜、电子邮件、风、态度、玫瑰色、"如果"、英汉大词典、新闻报道、微信）叙述何正予、林瑶佳、庞定文之间的爱情故事：何正予与林瑶佳真心相爱，但林瑶佳最终没能挡住庞定文物质的诱惑，背叛自己的内心，做出了屈服于现实的选择；同时庞定文采用不正当手段将手无寸铁、毫无防范的何正予置于死地。一条线索以鬼魂为叙述主体，讲述了何正予死后与林瑶佳的爱情达到一种新的永不分离的完美境界，他们每天晚上在夜幕里约会。所有现实里真实的、虚无的

关不上的门
Guan Bu Shang De Men

门都关不住他们的爱情，阻隔不了他们相爱。

读罢小说我提问自己这里的"门"是什么。这里的门既可指阻隔何正予、林瑶佳之间爱情的"门"，同时还可以喻指一种无形的门，它是人们对外界影响的一种抵抗，一种排斥。《关不上的门》是人们抵挡不住这个物欲横流的社会对自己的侵蚀，腐化。林瑶佳与何正予的爱情是单纯的，林瑶佳最初是愿意嫁给何正予的，"我们是生活在一个理想的时代。""而我的理想呢，一直是要去爱一个名叫何正予的人。何正予这名字，一身正气，让人爱得舒心、嫁得放心。"然而林瑶佳究终被物质化，欲望化了。她的父亲接受了庞家300万，她自己也接受了庞定文给的吃喝穿用，最终违背自己的内心接受了庞定文。林瑶佳对这个社会最先是表现出了较强的离心力和反叛力的。她在日记中写道：长久以来，我总是试图逃离，逃离别人称之为生活的东西，逃离家庭，逃离感情。也许以后不用了。尽管我们只是宇宙数十亿星系之一的银河系中百万分之一的星球上一个孤独而短暂的生命，但是，我们还是有机会发生一些美好的交集——一想到此时此刻那个家伙肯定在想我，我就感到自己被幸福的洪水淹没了，我像一条鱼一样，享受着这种随波逐流、无所用心的没顶之乐。然而林瑶佳的爱情，终究在物欲面前一步步败下阵来。"一直想问你，光靠卖画，能支撑你的生活么？"（林瑶佳开始动摇。）"是啊，我也不喜欢工作——世上有多少人喜欢工作呢？"林瑶佳的神态变得生动活泼、光芒四射。她觉得自己已经摸索到一种方式，可以在目前的生活里畅饮罪恶之美。"也许这是最好的结果·一个男人供我物质，一个男人给我激情。"她决定放弃一向的自己，不再清高，不再毫无来由地骄傲。她开始向现在的自己掩饰过去的自己（向现实屈服）。作者没有对林瑶佳做出评判，小说只呈现了现实的残酷。因此这个故事是有代表性的，生活中的人们最初都有过理想和追求，都是向善向美，而在物欲化世界潮流中，不得不慢慢被物质化和同质化，被欲望都市欲望化。谁敢说自己能关上这扇门？或多或少我们都得被影响了。

如今，爱情不再是两个人之间彼此相爱这么简单，而是和诸如房子、车子等这些东西联系起来。可是，建立在这些物质基础之上的爱情，显然已经失去了爱情原本的纯真，难道这样的爱情真的能长久？林瑶佳给了我们答案："你去了，带走了整个世界；我留下了，失去了整个宇宙。""生命只是一场残疾，每个人都缺了一半。"

　　小说打破第一人称"我"为同一主体的叙述方式，不断变换叙述主体，给小说增加了神秘色彩。小说采用鬼魂、笔筒、气味、蜘蛛、台灯、浮云、感觉、表情（笑）、企鹅、海鸥、眼镜、电子邮件、风、态度、玫瑰色、"如果"、英汉大词典、新闻报道、微信共十九个叙事主体，给小说增添了童话、魔幻的色彩。诡异的景象、隐喻的意象给读者迷离的感觉。小标题结构法使小说新颖别致、内容丰富、过渡便捷。叙事主体的选择颇具意味。别具匠心的二十五个小标题，使跳跃的内容连成一个有机的整体。

　　我们分两部分来看看这些小标题。在以下小标题下叙述着现实生活中何正予与林瑶佳之间的爱情故事。

　　2. 笔筒的世界，不仅仅与笔有关【笔筒，与文化相关，由它带出画家何正予，很自然，呈现在读者面前一幅正予居室图。】

　　3. 气味的寿命，取决于人体的温度【选择气味是一件非常有意思的事，爱情与温度有关，温度与气味相关。爱情中的男女不正是一激动就热情十倍，一沮丧就如入冰窖吗？】

　　4. 已经饿了两天了的蜘蛛，难言快乐【蜘蛛的饥饿正如何正予对爱情的饥饿一样。陪衬得好。】

　　6. 作为一只台灯，我有些年纪了【有年纪的台灯带出有年纪的林父。】

　　7. 以浮云的方式，遭遇一桩好玩的事【爱情不是浮云，何正予终于相遇了林瑶佳。】

　　8. 这种"感觉"你应该也经历过【这种感觉正是爱的感觉。】

　　10. 从出生之日起，我就是一种有用的表情【一种有用的表情——笑。庞天胜之所以有今天的数亿身家，有一半的功劳要算在他的笑上。颇具讽刺意味。】

　　11. 企鹅的夜晚，偶尔与爱情有关【QQ 聊天。】

　　12. 做一只海鸥，就要习惯观看与记录【来过这里的人，几乎全部是误打误撞。何正予和林瑶佳的浪漫爱情片断难道也是"误"？】

　　14. 眼镜所看到的，总是大于眼睛所看到的【有些东西是我们眼睛看不到的，比如那些暗流，暗物质。】

15．"电子邮件"的精神，在于有来有往【来信，回信。】

16．一阵风吹过，留下了声音【风吹过无痕，风没有声音，但风可以让别的物体发出声音。电话，对话，一些阴谋正在发生中。】

18．以"不可儿戏"的态度，面对这个世界【这间屋子既是卧室、书房，又是客厅、餐厅，此刻还兼作舞台。舞台不是唱戏的地方么？却在进行"不可儿戏的对话。"】

19．玫瑰色台布，并不总能遭遇玫瑰色故事【爱情里玫瑰色象征暗涌的激情，高贵的浪漫、优雅和纯粹。庞定文的爱遭到了拒绝。】

20．"如果"：连词，表示假设；与水果无关【如果表示假设，如果却不是假设，它是一种试探、一种可能。】

22．做惯了《英汉大词典》，也就习惯了寂寞【夜色中，窗外的海水很可能会变成黑色。可是，他为什么这么急于放弃蓝色呢？大词典无所不知，庞定文已经对另一件事下了决心。另一件事正是下文。】

23．新闻报道的价值，在于还原真相【真正的真相往往被"真相"掩盖。】

24．作为"微信"，从未如此忧伤与绝望【一个人走了，剩下的这个徒剩忧伤和绝望。是为结局。】

再来看鬼魂的七个小标题，在这些标题下叙述着何正予死后他的鬼魂与林瑶佳之间仍然在相爱的故事。

1．我是一个鬼魂，我在等待

5．我是一个鬼魂，我在约会

9．我是一个鬼魂，我在聆听

13．我是一个鬼魂，我在讲述

17．我是一个鬼魂，我在交谈

21．我是一个鬼魂，我在经历

25．我是一个鬼魂，我在告别

小说诗意、哲学意味浓厚，很多经典的语句值得寻味。作者以简单明了的词句表达深刻的意义，用其高妙的艺术语言让我们在阅读中得到享受，并给人深刻的思想启迪。那些散布在小说中的经典句子如璀璨的宝石，使小说放出夺目的光彩。让人爱不释手。

例举一些如下：

缘分是用来错过的；怯懦是用来后悔的。

平行四边形，有四个边，但也有四个尖尖的角，边可以依靠，角却可以伤人。

而且很多人的工作并非自己所长——所学非其所用，所用非其所学。工作扼杀人性，把活着的价值压缩到最低。

同一件物品，拥有一件，是必需，拥有两件以上，就是奢侈了。

也许对于某一件事物来说，所谓喜欢，就是激情还没有丧失罢了。

我们所有人都混同在统一的秩序里，以个性构建着这座城市的共性，最终却在共性里变成一撮白色的粉末。

这是谁说的？人生就是一件蠢事追着另一件蠢事而来，而爱情则是两个蠢东西追来追去。

女人代表着物质战胜了理智，正如男人代表着理智战胜了道德；

不爱，就没有生；爱，就没有死。死亡，让爱情变得完美。

你去了，带走了整个世界；我留下了，失去了整个宇宙。

生命只是一场残疾，每个人都缺了一半。

人真的很矛盾，真的很难去享受寂寞，谁都害怕寂寞这东西，可是，寂寞很可能就是生命的本质。

好小说不是用来读的，得慢慢品。

《关不上的门》值得细细品味，玩味。本人才疏学浅，所能领悟非常有限，但仍抑制不住一腔热情，不怕贻笑大方，就算做个陪衬，也无妨，也乐意。

后记

致敬大师：玩一个叫文学的游戏

雪就是雪，剑就是剑，玫瑰就是玫瑰……文学就是文学。

所以，文学唯一需要对之负责的，是文学本身，是文学意义上的审美属性与审美价值；至于文学对时代的干预与推动、对社会的批判与改良、对道德的解构与重塑等，只不过是其副产品，不可与文学本身相提并论。

当然，当我写出"文学就是文学"这句话时，已经无形中把自己推向了一个尴尬的境地，即：我必须解释文学究竟是什么。文学是什么，决定写作的目的与方向，影响写作的品格与价值。对此，我既感到紧张、兴奋，又感到学有未到、力有不逮。

要对文学进行定义，应该从它的源头入手——如果桃花一开始就是桃花，燕子一出现就叫燕子，文学一诞生就被称为文学，那么如何定义文学的问题就不成其为问题了。

在大学中文系的教材上，古今中外的专家、学者、大师们对文学的起源各有各的见解，总结起来，至少有模仿说、神示说、巫术说、劳动说、心灵表现说等五花八门的观点。

不过，很遗憾，这些观点都没有真正解决"文学的起源"问题，A很快就遭到B的挑战，B不久又遭到C的攻击，而C也不能不承认，D的说法虽然有失偏颇，却也自有它的道理；而A、B、C、D们又不能像管道昇《我侬词》里那两个泥人一样，可以"一齐打破，用水调和"，以致你中我有、我中有你，重新捏成一个E出来。岂不难煞人么哥？岂不气死人么哥？

看来，关于文学的起源，你无法和稀泥，也无法重新发明，而只能半是被动、半是主动，选择一个你符合你认知、体验、脾气、思想的定义，然后去进行你的写作实践。

我倾向于"游戏说"，所以相应地，写作之于我，首先是一种游戏，其次是一种好玩的游戏……最后是一种严肃的游戏——哦，博尔赫斯也这么说；总之，是游戏。

无所谓对，无所谓错，只是喜欢，而已。

有人愿意把写作搞得沉重锐利，有人喜欢把写作搞得轻盈好玩，有人坚持手持无锋重剑，十步杀一人，有人习惯手持鸡心羽扇，动摇微风发，各有所好，各取所需，落霞与战斗机齐飞，秋水共半边天一色，不求友于兄弟，不结生死冤家，彼此较劲，大展神通，百花齐放，河蟹万岁。

文学即游戏。在这面猎猎飞舞的大旗下，聚集了一大批重量级人物。不妨一一拜谒。

首先请跟随我去清华园拜望大学者王国维。这位集史学家、文学家、美学家、考古学家、词学家、金石学家和翻译理论家于一身的天神级人物，对文学的见解同样独特、深刻，他在《文学小言》一文中说道："文学者，游戏的事业也"，"人的势力，用于生存竞争而有余，于是发而为游戏。"

启程去欧洲。这次先去造访荷兰人赫伊津哈。这位经历了两次世界大战、并最终丧生于纳粹枪下的语言学家和历史学家，于1938年发表了专著《游戏的人》，提出了著名的"游戏论"，深刻阐述了游戏与人类文化的关系。他认为，文明植根于高贵的游戏之中，如果文明具有尊严和风范，它就不能忽略游戏成分；游戏作为文化的本质和意义对现代文明有着重要的价值，人只有在游戏中才最自由、最本真、最具有创造力，游戏的世界风和日暖，雨润烟浓。

透过两次世界大战的硝烟，我们还可以隐约瞥见天才哲学家维特根斯坦那睿智的目光。在维氏看来，即使是"真理"，何妨也是一种"语言游戏"。他在《哲学研究》中指出："语言游戏一词是为了强调一个事实，即使用语言是一种活动，或者说是一种生活形式。"他的意思是：无论词和句子，一定要放置在一个语言游戏中才能确定它的意义。他在逝世前的最后一句话，又习惯性地玩了一把"语言游戏"："告诉他们，我已经有过非常精彩的人生。"

从欧洲回来，稍作休整，然后重整行装，再去遥远的布宜诺斯艾利斯拜访"作家们的作家"博尔赫斯。这个睿智的老头儿认为"文学即游戏，尽管是一种严肃的游戏。"对博尔赫斯而言，"游戏"既是他写作的一种姿态、一种策略，更是他对文学艺术的基本认知，同时也表现着他内心深处的思想。

博尔赫斯说，他创作的目的经常是为了打发掉某些想法，而他所想的则多是对存在、世界、宇宙等形而上的问题的思索，因此在他的作品中，诸如梦、迷宫、镜子、老虎、地图、沙漏、硬币、罗盘、书籍、时间等可以用来表达其哲学思想的意象，层出叠见，自成体系。从某种意义上说，博尔赫斯是在同传统文学和文学传统进行游戏。他在创作中乐此不疲，我们在阅读中兴味盎然，作者与读者之间也在进行一种游戏——博尔赫斯式的游戏。

当然，博尔赫斯不是单纯地为游戏而游戏（即使如此，也无可指摘），游戏在他的文学实践中是主、客体的完美统一。他既是游戏的发现者、搜集者、整理者，同时也是游戏的使用者、参与者、创造者；他以游戏式写作获得了一种独特的审美体验，从而实现了与世界的另类关联与沟通。

对于一个文学游戏者来说，文学的意义就在文学本身，写作的乐趣就在写作本身。当你把一个个字、一个个词语、一个个句子串联在一起，组成段落、篇章、完整的作品，让它产生各种形式、意义、美感与可能性，就像小时候我们用泥巴塑造动物与家具，用积木搭建花园与城市，或者和小伙伴们分饰不同的角色，扮演一部简单的戏剧——这本身不就是一件有趣、好玩的事情吗？而当我们手握生杀予夺的大权，以无为有，以少总多，创造出好人与坏人，古代与现代，牛头怪与半人马，雪里芭蕉与火中莲花……的时候，那种快乐与满足，又有什么可以比得上的？或者说，又有什么不能比得上的？

无论写作最终抵达何处，其开始总是源于某种影响；或者是作家的影响，或者是师友的刺激，或者是神的启示……最多的情况还是第一种。

作家影响作家，正如余华所说："如同阳光影响了植物的生长，重要的是植物在接受阳光照耀而生长的时候，并不是以阳光的方式在生长，而始终是以植物自己的方式在生长。"

在《麦克尤恩后遗症》一文中，余华不但重复了以上比喻，还提到麦克尤恩对自己写作方式和写作源头的总结："你可以花五到六个星期模仿一下菲利普·罗斯，如果结果并不是很糟糕，那么你就知道接下来还可以扮扮纳博科夫。""比方说，《家庭制造》，是我在读过《北回归线》之后写的一个轻松滑稽的故事。我感谢亨利·米勒，并同时用一个滑稽的做爱故事取笑了他一把。这个故事也借用了一点罗斯的《波特诺的怨诉》。《化装》刚效法了一点安格斯·威尔逊的《山莓果酱》。"

余华和麦克尤恩都已经是世界知名的大作家了；一开始，我很欣慰我的小说习作都是被一些大师"影响"出来的，跟上述两位大作家的成长之路不谋而合；但进而又想，有哪位作者不是在偷师和模仿中成长起来的呢？我们不必为此脸红，也不必为此沾沾自喜。向名家学习，是成为甚至超越名家的必由之路，向大师致敬，是成为甚至超越大师的唯一选择。

毋庸讳言，我喜欢阅读大师作品、经典作品。在我的书架上，公认的大师经典占据了主要位置和大部分空间。与那些畅销书、炒股术、营销秘籍、明星自传、企业家语录相比，和李白、曹雪芹、钱钟书以及《威尼斯商人》《洛丽塔》《乞力马扎罗的雪》待在一起，我感到更充实、更自在，也更舒服。有些书我并未读完，甚至并未启封，但我一直能感受到它们的存在：那些名字，那些光芒，那些力量与启示。

纳博科夫说："好小说都是好神话。"当我开始动手写作时，我心里总是想着书架上那些"神话"。我殚精竭虑，寻寻觅觅，想要从中拈出一组句子，找出一条技巧，抽出一个观点，以唤起身边人物、衣着、举止、事件、客厅、街道、公园、动物、植物以及从未存在之物的回应，有时轻轻松松就达到了目的，于是一篇小说呱呱落地，更多时候则是千呼万唤不出来，只好归来倚杖自叹息。

读乔伊斯的《都柏林人》时，我对那篇《阿拉比》爱到了极点：那种客观性，那种浓郁的印象主义色彩，那种老辣的象征主义手法，以及乔伊斯的独门绝技"精神顿悟"与"重要瞬间"的使用。我心里想：我也要写这样一篇小说，关于童年，关于爱，关于内心的沮丧与理想的毁灭。《春天里的樱桃》就这样春种秋收，成为我文学仓库里的一枚小小果实。

在帕慕克获得诺贝尔文学奖之前，我已经搜罗了他所有已翻译成中文的著作，当然少不了那本《我的名字叫红》。尽管从托马斯·曼那里继承来的叙述

节奏让我有些厌倦，但小说创造性的多元限知叙述视角还是让我大吃一惊。在《关不上的门》这篇小说中，我用鬼魂、笔筒、气味、蜘蛛、台灯、浮云、感觉、笑、企鹅、海鸥、眼镜、风、态度、桌布、词语、王尔德的剧本、词典、微信等近二十种"不可能"的叙述主体串联起整篇故事，借以向帕慕克表达敬意。不过，不必向他道歉，我并未读完《我的名字叫红》，而在他的所有作品中，我最喜的，是《纯真博物馆》。

也许是宿命？忽然，没有任何预兆，汉德克粗暴地闯入了我的生活，不，生命。也许因为我是个半吊子的足球迷，所以在看到《守门员面对罚点球时的焦虑》时才心生好感，顺手翻阅，结果竟靠在深圳中心书城外国文学的书架旁，一口气读了二十多页。在跟随主人公布洛赫完成他的维也纳巡游之后，我认定汉德克那种语言游戏式的叙述、碎片化的内容呈现、以主体意识构建情节的方式，简直是为当代中国大都市量身定制的文学范本！在汉德克的指引下，我不无愉快地完成了《糟糕透顶的休息日》和《我要自个待着》两篇小说的练习。

此外，科塔萨尔的短篇杰作让我情不自禁地仿写了一篇《构思小说的男人》；作为好基友，我也经常向先锋作家、好基友曾楚桥明学暗求，在《没完没了》这篇习作中，主人公不由自主的古怪念头与古怪行为与他的《夫妻贴》仿佛一胎孪生。

向大师致敬，只不过是迈向文学万里长征的第一步，距离目的地仍然遥遥乎远哉。余华说，在接受了阳光的照耀之后，植物仍然是以自己的方式在生长。他的意思是："文学中的影响只会让一个作家越来越像他自己，而不会像其他任何人。"在一次演讲中，阎连科提到，现在很多中国作家追求共性、丧失个性，很多作品都可以与其他作品找到联系，但却找不到区别在哪里，而一个伟大的作家必须要有"我以为"。麦克尤恩用他充满个性化的语言表达了与余华、阎连科相似的意思："我不记得每篇故事的渊源，但我肯定巡视了别人的领地，夹带回来一点什么，借此开始创作属于我自己的东西。"

是的，所有的致敬，所有的学习与模仿，所有的汲取与消化，都是为了找到自己。它的最终指向，是作者自己的声音、风格与思想。

这很难，但却是必须的。如果不做这样的努力，趁早丢下书本，放弃写作，去从事快递、餐饮、代购、律师、微商、地产营销、证券投资、娱乐明星、健康管理、金融会计师等有前途的职业吧。

作为一种努力的痕迹，我愿意将我为数不多的小说习作原版保留，并与朋友们交流、切磋、分享，共同进步。